CYBORG-DADDY WIDER WISSEN

INTERSTELLARE BRÄUTE® PROGRAMM: DIE KOLONIE - 7

GRACE GOODWIN

Cyborg-Daddy wider Wissen Copyright © 2019 durch Grace Goodwin

Interstellar Brides® ist ein eingetragenes Markenzeichen
von KSA Publishing Consultants Inc.
Alle Rechte vorbehalten. Dieses Buch darf ohne ausdrückliche schriftliche Erlaubnis des Autors weder ganz noch teilweise in jedweder Form und durch jedwede Mittel elektronisch, digital oder mechanisch reproduziert oder übermittelt werden, einschließlich durch Fotokopie, Aufzeichnung, Scannen oder über jegliche Form von Datenspeicherungs- und -abrufsystem.

Coverdesign: Copyright 2019 durch Grace Goodwin, Autor

Bildnachweis: Deposit Photos: imagedb_seller, Improvisor, Angela_Harburn

Anmerkung des Verlags:
Dieses Buch ist für volljährige Leser geschrieben. Das Buch kann eindeutige sexuelle Inhalte enthalten. In diesem Buch vorkommende sexuelle Aktivitäten sind reine Fantasien, geschrieben für erwachsene Leser, und die Aktivitäten oder Risiken, an denen die fiktiven Figuren im Rahmen der Geschichte teilnehmen, werden vom Autor und vom Verlag weder unterstützt noch ermutigt.

WILLKOMMENSGESCHENK!

TRAGE DICH FÜR MEINEN NEWSLETTER EIN, UM LESEPROBEN, VORSCHAUEN UND EIN WILLKOMMENSGESCHENK ZU ERHALTEN!

http://kostenlosescifiromantik.com

INTERSTELLARE BRÄUTE® PROGRAMM

DEIN Partner ist irgendwo da draußen. Mach noch heute den Test und finde deinen perfekten Partner. Bist du bereit für einen sexy Alienpartner (oder zwei)?

Melde dich jetzt freiwillig!
interstellarebraut.com

1

Kriegsfürst Jorik, Abfertigungszentrum für interstellare Bräute, Florida, Erde

MEINE BESTIE WAR ZUM LEBEN ERWACHT, ALS SIE AM EINGANG zum Zentrum für interstellare Bräute vorbeigelaufen war. Ein menschlicher Wachmann hatte dem verführerischen Schwung ihres kurvigen Leibes aufmerksam hinterhergeblickt und das kesse Schwanken ihrer runden Hüften und das Wackeln ihrer üppigen Brüste genossen. Sie trug sogenannte Shorts, die ihre langen, wohlgeformten Beine zur Schau stellten und zu viel nackte Haut zeigten. Ihr Haar fiel ihr bis zur Mitte des Rückens hinunter, ein glänzender Wasserfall aus flüssigem Schwarz. So gerade. So dunkel, dass das Licht in seltsamen Blautönen aufblitzte, sobald das Sonnenlicht im richtigen Winkel darauf traf.

Sergeant Derik Gatski, ein Klotz von einem Mann—zumindest für einen Menschen—pfiff leise vor sich hin, aber ich hatte ihn gehört. Laut und deutlich. "Wie wär's mit ein paar Fritten und einem Milchshake?"

Noch ehe er den Satz beendet hatte, hielt ich seinen Hals in einer Hand und seine Füße baumelten in der Luft. "Du wirst diese Frau nicht dumm anmachen. Niemals."

Er riss verängstigt die Augen auf, war aber wenigstens so schlau, um nicht nach der Ionenpistole in seinem Hüftgurt zu greifen. Stattdessen streckte er einsichtig die Hände in die Luft. "Verzeihung, Kriegsfürst, ich wusste nicht, dass sie Ihnen gehört."

Ich verbesserte ihn nicht—sie gehörte mir nicht ... noch nicht—, ließ ihn aber wieder runter, und zwar ohne dabei seine empfindliche Luftröhre zu zerdrücken. Sein Grinsen nervte mich und ich wandte mich von seinem wissenden Blick ab und reckte den Nacken, um einen letzten Blick auf meine zukünftige Partnerin zu erhaschen.

Sie würde mir gehören. Wochenlang hatte ich sie umworben, war ich so oft wie möglich in ihre Eisdiele spaziert, um mit ihr zu plaudern. Das erste Mal, als sie mich erblickt hatte, war sie schockiert gewesen. Sie hatte Angst gehabt. Vor meiner Größe. Meiner tiefen Stimme. Meiner Stärke. Vor mir.

Das war nicht meine Absicht gewesen. Ich brauchte sie heiß und willig, mit ihrem zarten Körper gegen meinen gepresst, meinem Schwanz tief in ihr vergraben und ihren Lustschreien, die meine Bestie um den Verstand brachten.

Ich wollte nicht, dass sie sich vor mir fürchtete. Ich erhoffte mir mehr. Ich war fast soweit, meinen Anspruch auf sie geltend zu machen. Meine Bestie war mehr als bereit und stinksauer, weil ich so verdammt lange brauchte, um ihre Triebe zu lindern.

Aber ich war nicht außer Kontrolle. Noch nicht. Das Paarungsfieber war noch nicht ausgebrochen. Ich hatte immer noch eine Wahl. Und ich wählte sie.

Mir.

Das war das Einzige, was meine Bestie hervorgrölte, als sie eilig die Straße überquerte und dabei einen Bogen um die Demonstranten machte, die am anderen Ende des Gebäudes aufmarschiert waren. Bestimmt war sie so in Eile, weil sie sonst zu spät zu ihrer Stempeluhr kommen würde. Einmal hatte sie etwas von sich einstempeln erwähnt, aber ich hatte nicht verstanden, warum sie sich in einer Uhr einstempeln musste. Uhren; eine veraltete menschliche Technologie. Und die meisten davon waren alles andere als genau.

Die Hälfte der Zeit hatte ich keinen Schimmer gehabt, wovon meine Frau überhaupt redete, aber mir gefiel, was ich sah. Was mir zu Ohren kam. Alles an ihr. Nicht 'gefallen'. Das war nicht das passende Wort. Ein Erdenwort. Ich verzehrte mich. Mein Schwanz wurde länger und meine Eier sehnten sich danach, sie auszufüllen. Meine Hände kribbelten, weil sie diese ausladenden Hüften packen und sie erobern wollten.

Oh ja, die gehörte mir.

Ich wollte die Fritten *und* den Milchshake.

Meine Bestie war derselben Meinung. Meine primitive Seite war am selben Tag aufgewacht, als ich sie zum ersten Mal gesehen hatte, allerdings nicht ihrer köstlichen Kurven wegen, sondern wegen ihres Duftes. Tag für Tag, wenn sie auf dem Weg zur Arbeit hier vorbeilief, stieg uns ihre unverwechselbare Süße in die Nase. Sie roch nach Gebäck und Vanille. Keines von beidem war mir vor meiner Ankunft auf der Erde ein Begriff gewesen, aber meine Bestie mochte sie. Bei unseren Besuchen in ihrem Laden waren Mann und Bestie regelrecht süchtig nach beiden Aromen geworden. Das Wasser lief mir im Mund zusammen und ich fragte mich, ob sie wohl genauso süß schmeckte wie ihr Eis ... überall.

Jeden Morgen um zehn Uhr lief sie vorbei. Ihr T-Shirt— welches die üppigen Schwellungen ihrer Brüste keinesfalls versteckte—war auf dem Rücken mit den Worten 'Süße Naschereien' beschriftet. Ich hatte seitdem erfahren, dass die Eisdiele 'Süße Naschereien' ein Laden war, der ein paar Blocks weiter gefrorene Leckereien verkaufte, aber lieber stellte ich mir vor, dass die Worte auf ihrer Kleidung sich spezifisch auf sie bezogen. Sie sollte meine süße Nascherei werden.

Ich wollte hören, wie sie meinen Namen sprach. Ich verzehrte mich nach ihr.

Seit vier Monaten war ich jetzt auf der Erde stationiert. Wir durften zwar das Gelände verlassen, allerdings nur innerhalb eines Umkreises von fünf Meilen. Dass im Bräutezentrum außerirdische Wachen präsent waren, war zwar allseits bekannt, allerdings waren nur diejenigen, die in der direkten Umgebung lebten und arbeiteten mit uns in Kontakt gekommen. Sollten wir uns zu weit weg wagen, dann würde die Anwesenheit von goldenen und bronzefarbenen Prillonen und zweieinhalb-Meter-großen Atlanen in Bestienform den Erdenregierungen nach eine Massenpanik auslösen. Die Regierungen hier hatten zähneknirschend den Einsatz außerirdischer Wachen genehmigt, um die Peripherie der sieben Abfertigungszentren auf der Erde zu bewachen. Bräute und Soldaten kamen durch diese Tore und wir brauchten alle beide. Nachdem die Menschen sich als unfähig erwiesen hatten, Spione und Verräter von den Zentren fernzuhalten, hatte Prime Nial auf besseren Sicherheitsmaßnahmen bestanden.

Die Regierungen der Erde hatten zwar widerwillig zugestimmt, dabei aber verlangt, dass wir mit den Menschen zusammenarbeiteten. Folglich gab es auch den männlichen Wächter, der es gewagt hatte meiner Frau hinterher zu pfeifen und die Menschenfrau hinter ihm. Die beiden Erdensoldaten waren meine ständigen Begleiter, sobald ich auf Wachdienst war; meine menschlichen Kontakte.

Oder eher Aufpasser, um den großen bösen Atlanen davon abzuhalten, zum Monster zu werden und kleine Kinder aufzufressen.

Noch zwei Stunden musste ich im Abfertigungszentrum bleiben und jede einzelne Minute davon würde ich an sie denken. Und nicht an die paranoiden Menschen, die auf dem Bürgersteig gegenüber auf und ab marschierten und seltsam verfasste Schilder in die Höhe hielten. Schon vor langer Zeit hatte ich es aufgegeben, ihre Phrasen verstehen zu wollen. Slogans wie: '*E.T. nach Hause!*', '*Aliens RAUBEN unsere Frauen!*' — die Wörter in Großschrift waren jeden Tag Anlass für zahlreiche

Witzeleien im Wachquartier—und *'Deine Tochter - Sexsklavin für Aliens.'*

Sexsklavin?

Ich dachte an die Frau, die ich zu meiner Partnerin machen wollte und zuckte zusammen. Die Menschheit hatte noch einiges zu lernen. Bei uns wurden die Frauen verehrt. Respektiert. Sie wurden äußerst sorgfältig behandelt und für das geschätzt, was sie wahrhaftig waren ... Kostbarkeiten.

Wir folterten oder töteten sie nicht aus Wut oder Eifersucht. Wir nahmen ihre Körper nicht gegen ihren Willen und wir schlugen oder erniedrigten sie auch nicht. Jedes Kind wurde geschätzt, ganz egal, wer der Vater war. Und diese plakateschwenkenden Erdlinge bezeichneten uns—die Koalitionswelten—als Barbaren.

Basierend auf dem, was ich in den Nachrichten und Unterhaltungssendungen dieses Planeten gesehen hatte, würde es jeder einzelnen Frau auf der Erde woanders besser ergehen.

Vielleicht sollten wir alle Frauen mitnehmen und den Rest von ihnen einfach den Hive überlassen.

Meine Bestie knurrte zustimmend; sie war bereit jeden einzelnen dieser idiotischen Menschen besinnungslos zu prügeln. Dieser Tage hatte meine Bestie oft nur ein einziges Wort im Sinn. *Mir. Mir. Mir.*

"Hey Jorik, hörst du mich?" Der Wachmann, der mich zwei Stunden zuvor blöd angegrinst hatte, klopfte mir auf den Arm. "Jorik? Da kommt einer."

Ich stand schweigend da und wartete darauf, dass der nach Tabak und Alkohol stinkende Mann vor der Pforte näher trat.

"Er ist high. Er kann kaum laufen." Derik machte einen Schritt vorwärts, sein kleiner Körper war eher ein Ärgernis als eine wirksame Abschreckung, sollte ich beschließen den Typen draußen zu Boden zu schleudern. Dennoch zog ich es vor, dass Derik sich mit dem problematischen Mitglied seiner eigenen Spezies befasste. "Ich kümmere mich um ihn. Dieser Typ ist hackevoll. Geh bloß nicht auf ihn los, Jor—"

Wie ich diesen Spitznamen verdammt nochmal hasste.

Hinter dem potenziellen Eindringling näherte sich Aufseherin Morda dem Sicherheitstor, um ihre Schicht anzutreten. Badge in der Hand—ihre Finger zitterten so erbärmlich, dass sie dreimal ohne Erfolg versuchte ihre Karte einzuscannen.

Hatte die zurückhaltende Frau etwa solche Angst vor dem übelriechenden Menschen, dass sie kaum noch etwas auf die Reihe bekam? Wenn sie hier, wo die Wachen sie beschützten, derartig nervös war, wie viel Angst musste sie dann erst anderswo haben?

Genug davon.

Ich lief zum Eingangstor, nahm Aufseherin Morda behutsam den Badge aus der Hand und scannte ihn eigenhändig ein. Dann hielt ich ihr das Tor auf und nutzte meinen mächtigen Rahmen, um sie vor dem besoffenen Vollidioten abzuschirmen, der sich jetzt mit Derik ein Schreiduell lieferte.

Die Aufseherin blickte kurz zu mir auf, dann wandte sie schnell den Blick ab; wie immer. Sie war das genaue Gegenteil von Aufseherin Egara. Egara war selbstbewusst und unerschrocken, während diese zierliche Frau sich sogar vor ihrem eigenen Schatten zu fürchten schien. Sie redete kaum und nur selten blickte sie jenen Kriegern in die Augen, die ohne zu zögern ihr Leben geben würden, um sie zu beschützen. Sie war eine Aufseherin im Programm für interstellare Bräute. Sie gab den Kriegern, die in der gesamten Galaxie verstreut kämpften, Hoffnung auf ein passendes Match.

"Guten Abend, Aufseherin Morda. Lassen Sie sich von diesem dummen Säufer nicht erschrecken. Ich werde nicht zulassen, dass er Ihnen gefährlich wird."

Sie schreckte auf, als ob meine höfliche Geste sie überraschte. "Danke, Kriegsfürst Jorik." Sie lächelte verhalten und huschte ins Gebäude.

Was für eine seltsame Frau. Und ihr Geruch war mit einer süßlichen Note durchtränkt, die ich alles andere als angenehm fand. Aber sie erledigte eine wichtige Aufgabe für die Krieger der Koalitionsflotte, für die Sicherheit der Erde und damit unzählige Leben. Sie war klein, zierlich und eine Frau. Das war alles, was ich wissen wusste, um ihr meinen Schutz anzubieten.

Als Derik den Idioten verscheucht hatte, war unsere Schicht zu Ende und ohne einen Moment zu vergeuden, brach ich zu jener Frau auf, die mir einfach nicht mehr aus dem Kopf gehen wollte.

Außerhalb des Geländes durften wir keine Waffen mit uns tragen, also schloss ich meine im Wachquartier weg, aber mein Körper war wirklich die einzige Waffe, die ich benötigte.

Selbst innerhalb unseres Bewegungsperimeters war ich eine Kuriosität. Die Leute gafften. Autos bremsten. Während meines ersten Spaziergangs war binnen weniger Minuten klar geworden, dass es hier keine zwei-Meter-fünfzehn-großen Erdlinge gab. Wenn es sie doch gab, dann hatte ich jedenfalls keine gesehen. Es war schwer für mich nicht herauszustechen, anders als der Everianer, der ebenfalls abends Dienst hatte oder der Vike, der letzte Woche wieder in seine Heimat versetzt worden war. Wenigstens konnte ich ihre Sprache sprechen; fließendes Englisch war eine Voraussetzung, um in diesem Zentrum auf der Erde stationiert zu werden, schließlich wurden die Erdenbabys, im Gegensatz zu den Neugeborenen auf anderen Koalitionsplaneten nicht mit NPUs versehen.

Als ich das erste Mal in die Eisdiele gegangen war, hatte ich einfach nur dagestanden und den Duft eingeatmet. Zucker und Backwaren, Vanille und … verfickt, sie. Sie hatte hinter der Theke gestanden und große Augen gemacht und ich war hinüber gewesen.

Heute lächelte sie. "Hi, Jorik. Was darf's heute sein? Ich habe eine neue Geschmacksrichtung, die dich interessieren könnte."

Es gab zwar nur einen Geschmack, der mich interessierte, dennoch trat ich nach vorne und war erleichtert, dass der Laden bis auf uns beide leer war. "Und welcher Geschmack wäre das?"

Deine feuchte Muschi? Deine zarte Haut? Ich hätte gern von allem was …

"Monster-Mash." Sie lachte schelmisch. *Mir* knurrte meine Bestie und ich war derselben Meinung. Ihre dunklen Augen waren voller Wärme, sie versprühten keinerlei Scheu, obwohl ich fast doppelt so groß war wie sie. Da sie auf dem Weg zur Arbeit am Bräutezentrum vorbeikam, hatte sie diverse außerirdische Wachen gesehen. Sie wusste von ihnen. Wechselte nicht verängstigt die Straßenseite. Aber das war, wenn wir sicher auf unserem Posten waren. Bei der Arbeit. Hier, in ihrem Laden, war ich erleichtert, dass ich ihr nicht länger Angst machte.

Ich konnte aber nicht darüber lachen und sie lächelte erneut. "Ein Neapolitaner-Eis mit Monstern aus Gummibärchen. Die Kinder lieben es."

Als sie sich umdrehte, seufzte ich fast schon erleichtert, als ich das seltsame Plastikschild an ihrem T-Shirt erblickte. Dort stand in schwarzen Druckbuchstaben ein einziges Wort. Endlich. Ein Name. *Gabriela.*

"Danke sehr, Gabriela."

"Woher weißt du meinen Namen?" Ihr Grinsen war pures Glück und meine Bestie plusterte sich regelrecht heraus.

Ich zeigte auf das Schild. "Du trägst ihn auf dem kleinen weißen Rechteck."

Sie blickte auf ihre großen Brüste herunter und als sie wieder zu mir aufsah, stieg ein zartes Rosa in ihre Wangen—ich war dabei sie anzustarren.

"Oh, ja, richtig. Die sind neu. Der Inhaber hat sie eben erst erhalten."

Ich wollte meine Hand über ihr glattes schwarzes Haar streichen und die Strähnen zwischen meinen Fingern spüren. Ich wollte meine Nase an ihren Hals schmiegen, ihren Duft einatmen und ihre Halsschlagader ablecken. Dann weiter unten … verdammt, ich wollte mich an ihrem Körper entlang nach unten lecken, mich in ihrer Geschmeidigkeit verlieren, ihre

Essenz kosten. Bestimmt würde sie unten glatt und feucht sein, heiß und cremig, sodass ich sie direkt auflecken konnte. Sie reichte mir eine gefüllte Waffel und als meine Zunge über das Eis fuhr, dachte ich nicht ans Essen. Ich würde meine Zunge auf sie legen und sie herumwirbeln. Sie lecken. Schmecken. Verschlingen.

2

orik

Sie wurde knallrot und ihr Lächeln verblasste leicht, als sie sich von mir abwandte, um sich hinter der Theke geschäftig zu machen.

Für heute hatte ich sie wohl genug gepusht. Meine Bestie knurrte widerwillig, als ich mich auf einen Stuhl in der Ecke begab, weit weg von ihr und der Eingangstür. Ich drehte meinen Stuhl und tat so, als ob ich nichts davon mitbekam, als sie wiederholt zu mir rüberblickte. Meine Bestie kämpfte gegen mich an, aber ich war noch nicht zum Tier geworden. Ich wollte auf keinen Fall, dass sie Angst bekam.

Ich wollte sie hungrig haben. Heiß. Bereit für meine Berührung und bereit für meinen Schwanz.

Am ersten Tag hatte sie mir eine Waffel mit Vanilleeis in die Hand gegeben. Am Tag danach Schokoladeneis. Jeden Tag überraschte sie mich mit einer anderen Geschmacksrichtung. Und auch nach Wochen hatte ich noch nicht alle Sorten durchprobiert. Sie waren mir scheißegal. Das einzige, wofür ich mich interessierte, war ihr Lächeln zur Begrüßung und die Berührung unserer Finger, wenn sie mir das Dessert überreichte, das in der heißen Luft Floridas etwas kühlende Erleichterung verschaffen sollte.

Ich würde nicht runterkühlen. Nicht, solange sie nicht mir gehörte. Bis ich in ihr versinken und sie mit meinem Samen füllen würde. Bis ich sie erobern würde.

Ich war zufrieden. Für den Moment. Wir waren ins Gespräch gekommen; jeden Tag erfuhr ich etwas mehr über sie. Sie war ein Einzelkind und hatte ihr gesamtes Leben in Florida verbracht. Ihre Eltern waren gestorben, allerdings hatte sie mir keine Details erzählt. Die Eisdiele gehörte ihr nicht, sie war aber die Managerin. Sie träumte davon, ihr eigenes Geschäft aufzumachen, anstatt für andere zu arbeiten, allerdings hatte ich erfahren, dass sie nicht das nötige Geld dafür hatte.

Das machte sie verletzlich. Für jemand anderes zu arbeiten. Abhängig von den Wünschen und Launen dieses Menschen. Die Einsicht, dass das Leben meiner Frau von einer anderen Person abhängig war, gefiel mir nicht.

Nein. Ich würde sie für mich gewinnen. Sie erobern. Ich würde mich ihrer annehmen.

Solange sie mich haben wollte.

Aber nicht hier. Wir konnten nicht auf der Erde zusammen sein. Die Regierung würde eine solche Beziehung nicht dulden. Sie würde sich bereit erklären müssen, die Erde für immer zu verlassen. Ihr Leben. Die rote Katze ihres Nachbarn, deren Foto an der Wand hinter der Kasse angebracht war. Wie ich herausgefunden hatte, trug die Kreatur den Namen 'Kürbis'— nach dem Erdengemüse mit derselben Farbe.

Die Tatsache, dass eine kratzende, fauchende Kreatur, die kleine Säuger und Vögel tötete, ihr Lieblingstier war, ließ mich hoffen, dass sie meine Bestie ebenfalls lieben lernen könnte.

Abgesehen von Gabriela—ich liebte ihren Namen und rollte ihn in Gedanken auf meiner Zunge herum—hatte ich keinen Grund, um nach Atlan zurückzukehren. Einige Cousins waren meine einzige Familie. Einem Kriegsfürsten, der den Krieg gegen die Hive und das Paarungsfieber überlebt hatte, wurden Reichtümer und Anwesen in Aussicht gestellt. Sollte ich nach Hause zurückkehren, wäre ich ein reicher Mann. Auf Atlan könnte ich sie versorgen, sie glücklich machen. Ihr einen Palast und edle Kleider schenken, mit Bediensteten, die das Geschirr spülten, damit sie sich mit solch harter Arbeit nicht die Hände ramponieren musste. Ich wollte ihr genügend Geld geben, damit sie jetzt gleich ihre Träume verwirklichen konnte. Hier. Aber ich hatte keines. Ich wurde nicht mit Erdengeld bezahlt und die Atlanische Währung war hier wertlos. Wir hatten eine seltsam gestreifte Plastikkarte bekommen, die von den Einzelhändlern als Zahlung akzeptiert wurde.

Geld hin oder her, ihre Träume waren jetzt auch meine Träume. Ich wollte ihre Wünsche erfüllen. Ich wusste es. Meine Bestie wusste es.

Sie war für mich bestimmt und ich würde sie auch bekommen.

Nichts würde mich davon abhalten.

Zufrieden darüber, einfach im selben Raum mit ihr zu sein, genoss ich das Gefühl, wie sich die kalten kleinen Bonbonbären in meinem Mund erwärmten und an meinen Zähnen klebten. Auf Atlan gab es keine vergleichbare Näscherei und ich fand zunehmendes Gefallen an der schockierenden Kombination aus Frost und Süße, die auf meiner Zunge explodierte. Ich entspannte mich; ich war genau da, wo ich sein wollte.

Der menschliche Verbrecher prüfte nicht die Ecke, als er den Laden mit einer kleinen Waffe in der Hand betrat.

Es würde sein letzter Fehltritt werden.

Die Menschen nannten die primitive Projektilfeuerwaffe einen Revolver. Das Ding war einfach. Anfällig für Fehlzündungen. Laut und mit begrenzter Feuerkapazität.

Alles in allem war die kleine silberne Waffe in jeder Hinsicht minderwertig. Aber sie konnte meine Frau töten.

Gabriela sah ihn sofort und der Ausdruck auf ihrem süßen

Gesicht, als sie hinter der Maschine mit dem Erdengeld stand, ließ noch ehe ich ihr Einhalt gebieten konnte meine Bestie hervorschnellen. Ihre sonst so rosigen Wangen wurden ganz blass. Sie riss verängstigt die Augen auf. Ihr Körper zitterte, allerdings nicht vor Freude.

Ich bemerkte es sofort. Die Tür war nicht weit von ihrem Posten entfernt. In weniger als einer Sekunde hatte der Typ sie an der Schulter gepackt. Mit der anderen hielt er ihr die Waffe an den Kopf. Beide standen hinter der niedrigen Theke, wo sie normalerweise das Geld der Kunden entgegennahm.

Er war recht groß für einen Erdenmann und unter seinem Baseballcap standen dunkle Haare hervor. Sein übergroßes T-Shirt betonte nur seine hagere Figur. Ich könnte ihn zerbrechen wie einen Zweig. Dieselben blauen Hosen, wie sie die meisten Menschen trugen, schlenkerten um seine Hüften herum. Beide Arme waren mit Zeichnungen bedeckt. Tattoos, wie ich gelernt hatte, mit verstörenden Abbildungen. Er war sehr viel größer als Gabriela, sein Griff war unnachgiebig, seine Absicht offensichtlich.

"Jorik!" schrie sie mit aufgerissenen Augen, als ich mich näherte. Sie zitterte und wollte ihren Kopf von der Waffe wegziehen. "Lauf."

Lauf? Wie ... verschwinden? Jetzt? Während sie in dieser Lage war? Bedroht wurde? Bei dem Gedanken ballte ich nur die Fäuste zusammen. Sie wollte mich beschützen. Mich! Ich trug zwar meine Koalitionsuniform, war aber unbewaffnet. Aber ich brauchte keine Waffe, um ihr zu helfen.

Seine Waffe war zwar nichts im Vergleich zu einer Ionenpistole, allerdings wusste ich, dass sie töten konnte, besonders wenn sie direkt an ihren Kopf gepresst wurde. Die Erde war ein primitiver Planet. Ohne ReGen-Technologie starben die Leute die ganze Zeit über an Schussverletzungen. Meine Gabriela würde eine solche Verletzung nicht überleben.

Meine Bestie brach hervor und ich fühlte mich größer und

größer. Breiter. Dieses … Arschloch war dabei meine Frau zu bedrohen?

Als er mich erblickte, machte er große Augen.

Ich grinste. Er mochte zwar denken, dass er eine kleine Frau einschüchtern konnte, aber mir war er keinesfalls gewachsen. Er könnte gerne das gesamte Magazin seiner primitiven Waffe auf mich feuern und solange er mir nicht ein Loch in den Schädel ballerte, würde ich ihn trotzdem in Stücke reißen.

"Du wagst es meine Frau zu bedrohen?" brachte ich halb knurrend hervor. Die Bestie war aufgewacht.

"Es geht hier nicht um dich." Sein Mundwinkel bog sich nach oben. "Ich will Geld und sie wird es mir geben."

"Du willst gar nichts. Du bist so gut wie tot."

"Nein." Er schüttelte den Kopf, als ob es eine andere Option gäbe. "Ich will nur das Geld, Mann. Keine Verletzten." Als ich näher kam, zitterte er noch heftiger als Gabriela. Dennoch war er kein totaler Vollidiot. Er hielt die Waffe gegen ihren Schädel gepresst, statt sie auf mich zu richten. Sobald sie außer Gefahr war, würde er sterben.

"Du hast sie angerührt und hältst ihr eine Knarre an den Kopf," sprach ich. Dafür würde er sterben.

"Du bist einer von diesen scheiß-Aliens," erwiderte er und zückte endlich seine Waffe in meine Richtung. Doch nicht so clever.

Meine Bestie wurde immer aufgebrachter, sie wollte das hier schleunigst beenden. Meine Haut dehnte sich, mein Fokus wurde messerscharf.

Töten. Verstümmeln. Vernichten.

"Das bin ich." Meine Bestie übernahm und meine Stimme wurde immer tiefer.

"Du … wächst?" Seine Augen wanderten auf und ab, seine Hand zitterte.

Ich ging einen Schritt auf ihn zu. "Ich bin Atlane. Weißt du, was das bedeutet?"

Er schüttelte ruckartig den Kopf, dann zog er Gabriela vor

seinen Körper. Ein menschlicher Schutzschild. Sie schrie und kniff die Augen zusammen, als ein leises, schmerzverzerrtes Wimmern ihren Lippen entwich. Ich wusste, dass er ihr wehgetan hatte und knurrte.

"Das bedeutet, dass in mir eine Bestie lebt. Eine Bestie, der es überhaupt nicht gefällt, wenn meine Frau bedroht wird."

"Bestie?" sprach er. Sein Hirn verarbeitete meine Worte und ein paar Sekunden lang blickte er auf Gabriela, ehe er sie beiseitestieß. Feste.

Sie fiel zu Boden und landete mit einem lauten Schlag hinter der Theke, wo ich sie nicht länger sehen konnte. Sie stöhnte und ihre Atmung war flach und aufgeregt.

Das ging gar nicht.

"Bestie," wiederholte ich zähnefletschend. Ich hatte mich nicht länger unter Kontrolle. Meine innere Kreatur hatte die Kontrolle übernommen. Ich war vollständig transformiert. Ich konnte nur noch ein einziges Wort hervorbringen.

Der dumme Mensch feuerte seine Waffe, die Kugel war schnell, allerdings nicht schnell genug. Meine Bestie wich aus und streckte den Arm aus, sie riss ihm die Waffe aus der Hand und riss seinen schreienden Kopf von den Schultern.

Gabriela Olivas Silva, Miami, Florida

Meine Ohren rauschten und vor der Theke konnte ich Joriks Stimme hören. Dann die des Gangsters.

Es fiel ein Schuss.

Dann hörte ich einen Schrei—einen grässlichen Schrei—, unterbrochen von einem … ich wollte mir gar nicht vorstellen, was für ein Geräusch das war. Mein Kopf schmerzte an der Stelle, wo ich auf dem Weg nach unten gegen die Theke geschlagen war. Ich würde eine Beule davontragen, aber das schien zum Glück meine einzige Verletzung zu sein. Solange mein Herz nicht in meiner Brust explodierte, würde ich es überstehen.

Eine Knarre. Dieser Mistkerl hatte mir eine Knarre an den Kopf gehalten. Er hätte mich ...

"Gabriela?"

Joriks Stimme stoppte meine Panikattacke und ich versuchte mich aufzusetzen, ohne dabei wie eine Idiotin auszusehen, denn genauso fühlte ich mich. Dieser Gangster hatte sich die letzten beiden Tage hier herumgedrückt und die Lage ausgecheckt. Gestern früh war er hereingekommen und hatte gefragt, ob er die Toilette benutzen konnte. Ich hätte nein sagen sollen. Aber er sah aus, als ob er eine kleine Pause gebrauchen konnte. Verschlissenes T-Shirt. Rissige Jeans. Schuhe mit Loch an den Zehen und zwei Sorten Schnürsenkeln. Sein Haar war schmutzig und ungekämmt gewesen. Er sah aus wie ein Obdachloser, was er wahrscheinlich auch war, und ich hatte schon immer eine Schwäche für Notleidende gehabt.

Hauptsächlich Tiere. Aber gestern hatte ich eine Ausnahme gemacht—und es hinterher bereut. Tiere logen und betrogen nicht, sagten auch keine fiesen Sachen. Sie gaben einfach ihr Bestes. Menschen auf der anderen Seite? Menschen waren gefährlich.

Und Aliens scheinbar auch.

"Gabriela?" Noch ehe ich mich aufrappeln konnte, waren seine Hände auf mir und hoben mich wie ein Federgewicht von den dreckigen Fußmatten.

Noch ein lächerlicher Gedanke. Ich kicherte, als er mich auf die Füße stellte und dann gegen seine Brust drückte ... die scheinbar ... höher war, als sie eigentlich sein sollte. Wieder musste ich kichern und mir war klar, dass mein fast schon hysterisches Getue auf einer Art Schock beruhte, aber das war egal. Bis ich das Blut sah. An Jorik. Nicht viel, aber dieser Scheißkerl hatte seine Waffe auf den großen Alien gefeuert. Hatte Jorik etwa eine Kugel abbekommen? Meinetwegen?

"Jorik? Geht es dir gut?" Ich schob mich gegen ihn, hätte aber ebenso gut gegen eine zwei Tonnen schwere Ziegelwand stemmen können. Sicher, ich war eine füllige Frau. Ich liebte Eis und das konnte man auch sehen ... überall. Aber er rührte sich nicht. "Lass mich los. Du bist verletzt."

Sein Lachen war nicht wirklich ein Lachen, sondern ein Grollen gegen mein Ohr. "Nein. Du verletzt."

Ich blinzelte etwas irritiert und fragte mich, ob ich mich verhört hatte, oder ob Jorik—der lächelnde, witzige, charmante Jorik—plötzlich nicht mehr in ganzen Sätzen reden konnte. Vielleicht hatte er innere Blutungen. "Jorik, im Ernst, ich muss wissen, ob es dir gut geht."

"Nein. Wo Wohnung? Ich dich kümmern."

"Wo ich wohne?" korrigierte ich ihn.

"Ja." Er hatte mich jetzt auf den Arm gehoben und seine riesige Hand presste meine Wange an seine Brust, als wir an der Leiche des Gangsters vorbeigingen. Das war in Ordnung so. Ich wollte gar nicht erst wissen, was dieses fetzende Geräusch angerichtet hatte.

"Meine Wohnung ist nur wenige Blocks entfernt. Mir geht's gut. Lass mich runter. Ich kann laufen."

"Nein."

Na schön. Ehrlich gesagt war mir nicht wirklich nach Laufen zumute. Ich war immer noch am Ausflippen, weil mir eine Knarre an den Kopf gehalten wurde. Von einem Arschloch, dass mich die letzten zwei Tage gestalkt hatte und dass, wenn Jorik nicht dagewesen wäre, ich womöglich getötet worden wäre. Dieser Gedanke brachte erneut mein Herz zum Rasen und ich bekam keine Luft mehr, meine Brust war wie zugeschnürt.

Er musste gespürt haben, was in mir vorging, denn Jorik strich mir im Gehen mit der freien Hand über Kopf und Gesicht. Ich kam mir vor wie ein verhätscheltes Kätzchen und ließ ihn einfach machen. Jorik war groß, stark und verdammt sexy. Ich wusste, dass er das Abfertigungszentrum für Bräute bewachte. An den meisten Tagen hatte ich ihn auf dem Weg zur

Arbeit am Eingangstor gesehen. Ich hatte mich schlau gemacht und erfahren, dass er von einem Planeten namens Atlan kam. Er war eine Bestie—was auch immer das bedeutete. Aber er schien mir kein Monster zu sein. Er hatte schwarzes Haar und einen dunklen Teint, wie ein jüngerer, stämmigerer Dwayne Johnson. 'The Rock' wäre auch für Jorik ein passender Spitzname gewesen. Und seine Augen? Gott hilf mir, seine Augen waren die Schlafzimmeraugen schlechthin. Voller Sex, Verheißung und Geheimnissen.

Die vergangenen Wochen war er jeden Tag in den Laden gekommen und ich hatte zumindest gehofft, dass er nicht nur der Desserts wegen kam.

Aber was dachte ich mir nur dabei? Er war ein Alien-Krieger, der beauftragt war eine der wichtigsten außerirdischer Einrichtungen auf der Erde zu bewachen. Das Abfertigungszentrum hier in Miami war Drehscheibe für interstellare Bräute und neue Rekruten für die Koalitionsflotte. Auf der Erde gab es nur sieben solcher Anlagen und die Aliens, die sie betrieben, hüteten sie wie wahre Goldschätze.

Ich hatte Aliens von Prillon Prime, Atlan und Everis gesehen —diese Spezies sah genauso aus wie wir. Ich wusste, dass es da draußen noch mehr Planeten gab, aber wie es aussah, überließen sie am liebsten den riesengroßen oder unglaublich schnellen Kriegern den Wachdienst. Ich hatte sie beobachtet, diese Krieger, allem voran Jorik, wenn sie innerhalb der Anlage miteinander rangen oder ihre seltsamen Sportspiele spielten. Die Everianer waren dermaßen schnell, dass ich ihnen nicht folgen konnte und sie erinnerten mich an Vampire aus Filmen. Die Prillonischen Krieger waren einfach nur ... anders. Sie hatten scharfe Gesichtszüge und eine ungewöhnliche Hautfarbe. Kupfer. Bronze. Gold. Die meisten von ihnen hatten auch gold- oder orangefarbene Augen. Sie waren über zwei Meter groß und wären nie und nimmer als Menschen durchgegangen.

Die Atlanen aber? Sie sahen aus wie Footballstars oder Basketball-Spieler. Reichlich über zwei Meter groß. Jorik war lächerlich groß, gebräunt und eine Versuchung auf zwei Beinen. Sie alle sahen wie Sexgötter aus, mit ihren prominenten Muskeln und hungrigen Augen. Besonders Jorik beherrschte diesen Blick zur Vollendung. Der Blick, unter dem ich mir hübsch vorkam und nicht 'zu fett'. Der Blick, der mich dazu brachte, dass ich mich ausziehen und ihm meinen Körper vorführen wollte, als wäre er ein Festmahl für seine Sinne statt ein Grund mich zu schämen.

Dieser. Blick.

Genauso sah er mich an, als er mich zu meiner Wohnung trug. Er stellte mich gerade so lange auf die Füße, damit ich den Schlüssel aus der Vordertasche meiner Jeans holen und die Tür aufschließen konnte. Sobald sie aufschwang, hob er mich wieder hoch. Diesmal war seine Schulter in Reichweite, als ob er im Laufen geschrumpft war und ich fragte mich, ob ich nicht verrückt geworden war, schließlich war er mir noch im Laden um einen Fuß größer vorgekommen.

Er trat die Tür zu, stellte mich runter und drehte sich um. "Schließ ab."

Ich zog eine Augenbraue hoch, tat aber, was er wollte. Danach fühlte ich mich sicherer, was einfach nur albern war. Nichts würde an ihm vorbeikommen. Und alles, was doch an ihm vorbeikommen würde, würde auch kein Problem mit der leichten Holztür haben.

Sein Schnaufen wurde von einem flüchtigen Grinsen begleitet und ich erkannte den charmanten Mann—Alien—wieder, mit dem ich mich Tag für Tag im Laden unterhalten hatte. Der Laden ... "Mist. Wir müssen die Polizei anrufen. Meine Chefin. Oh Gott, ich hätte nicht einfach so verschwinden dürfen. Sie wird ausflippen. Und was ist, wenn Kunden reinkommen?"

Wie wäre es mit einer Pekannuss-Praline zur Leiche dazu?

Ich legte die Hände aufs Gesicht. "Ach du lieber Gott, was soll ich tun?"

Jorik streckte den Arm aus, um mir Einhalt zu gebieten. Ich

drehte mich zu ihm um und er hob seine Hände bis fast an mein Gesicht. Sein Blick aber wanderte von meinen Augen zu seinen Handflächen und dann fing er zu fluchen an. "Ich werde dich nicht noch einmal mit blutigen Händen berühren."

Erleichtert über die Ablenkung führte ich ihn die Küche. Mein versauter Teil—jener Teil voller Ideen und Wunschvorstellungen—dachte daran, ihn ins Bad zu führen, ihn auszuziehen und mich mit ihm zusammen in die winzige Dusche zu zwängen. Aber das würde eine Menge nackte Haut und noch mehr Mutmaßungen meinerseits umfassen.

Vielleicht war dieser Blick eine normale, tagtägliche Begebenheit bei einem Alien.

Und vielleicht dachte ich auch nur so, weil ich wenige Minuten zuvor fast gestorben wäre. Vielleicht stand ich unter Schock.

Ich sah zu, wie der prächtigste Hüne maskuliner Vollendung, den ich je gesehen hatte—in echt oder digital—mitten in meiner kleinen Küche sein Hemd auszog.

Ich stand definitiv nicht unter Schock. Ich wollte ihn. Eine ganze Weile schon. Ich musste die ganze Zeit an ihn denken, hatte mich jeden Tag gefragt, ob er im Laden auftauchen würde und war irrsinnig glücklich, wenn er kam.

Er wusch sich die Hände im Waschbecken und sah wie ein Fremdkörper aus. Ich hatte noch nie einen Mann in diese Wohnung gelassen und schon gar nicht einen von Joriks Größe. Sein Kopf reichte fast bis an die Decke und unter der hässlichen Neonröhre, deren Abdeckung mit einem halben Dutzend toter Fliegen gesäumt war, musste er den Kopf einziehen.

Peinlich. Aber ich hasste Fliegen und putzen hasste ich sogar noch mehr. Sobald ich die Eisdiele nach Ende jeder Schicht picobello hinterlassen hatte, fehlte mir einfach die Kraft, um eine Leiter hervorzuholen und diese Art von Lästigkeit anzugehen.

Abgesehen davon—da war diese Brust. Und Schultern. Und, oh Gott, sein Rücken erst. Nichts als Muskeln. Ein Knackarsch, der so straff war, dass es aussah als ob sich unter seiner Hose zwei Bowlingkugeln versteckten. Kein normaler Arsch konnte so fest sein, oder? Bei mir war jeder Zentimeter einfach nur weich, alles außer den Knochen. Die Vorstellung, dass jemand so hart sein konnte, schien surreal und ich streckte die Hand aus, um ihn zu befühlen …

Ich zog meine Hand zurück. Nee.

"Himmel, was ist los mit mir?" flüsterte ich, als ich mich abwandte und meine Hand sicher hinter meiner Flanke versteckte. Ich ging zurück Richtung Tür. Plötzlich erschien es mir eine wunderbare Idee, noch einmal den Türriegel zu überprüfen. Ich musste mich von der Versuchung in meiner Küche ablenken.

Er drehte den Hahn wieder zu und die Luft roch nach Spülmittel und unmissverständlich nach ihm. Düster. Moschusartig. Wild.

Ich kämpfte gegen den Drang, mich zum Narren zu machen und presste meine Stirn gegen den kühlen Türrahmen. Ich musste wieder klar denken. Ich sollte meine Chefin anrufen, die Ladeneigentümerin. Sie war eine nette Frau in ihren Sechzigern, die mir auch gerne Urlaub gegeben hatte, wenn ich ihn benötigte. Sie zahlte gut und sie war fair, also war ich geblieben. Drei Jahre lang. Ich musste sie anrufen. Sie würde sich Sorgen machen und die Polizei rufen. Bestimmt würden sie schon bald an meine Tür klopfen. Im Geschäft gab es Überwachungskameras, also würden sie das Video sichten und herausfinden, was genau passiert war. Sie würde meine Aussage verlangen. Und Joriks. Wir sollten uns darum kümmern. Und zwar sofort.

Aber ich wollte nicht. Ich wollte nicht darüber reden. Ich wollte nicht einmal darüber nachdenken. Und zwar nie wieder. Ich wollte meine nackten Brüste an Joriks Rücken pressen, meine Nase in seine Haut graben und ihn einatmen. Ich wollte ihn von allen Seiten ablecken, ihn küssen, ihn schmecken und seinen Schwanz reiten, bis ich nicht mehr klar denken konnte.

Ich wollte atemberaubenden, unvorstellbaren Sex haben, und zwar mit jemandem, zu dem ich mich zum ersten Mal in meinem Leben tatsächlich hingezogen fühlte. Keine Fummelhände. Keine Lügen. Keine Manipulation. Keine Spielchen. Nur rohe, animalische Lust.

Und das war abgedreht, denn bisher hatten wir nur geredet. Ich hatte ihm eine neue Sorte Eiscreme gereicht, wir hatten geplaudert, während er seine Waffel verspeiste und dann würde er gehen. Ich wusste kaum etwas über ihn und er stammte auch nicht gerade aus Kansas oder Kalifornien. Er kam von einem anderen Planeten. Was könnten wir schon für Gemeinsamkeiten haben? Warum interessierte ich mich für ihn? Oh, sicher, er war heiß und wie es aussah hatte ich einen inneren Sexteufel, der jetzt rauskommen wollte.

Ich wollte zum Tier werden, wenigstens einmal in meinem Leben. Ich wollte diese Art versauten, ultra-heißen Sex erleben, von der ich in meinen Lieblingsbüchern gelesen hatte.

Ich wollte Jorik. Über mir. In mir. Er sollte mich anfassen. Er sollte mich kommen lassen, bis mir der Verstand wegblieb.

3

abriela

"Alles in Ordnung?"

Jorik war hinter mir. Er berührte mich zwar nicht, aber er war so nahe an mir dran, dass ich seine Wärme spüren konnte.

Ich nickte, starrte aber weiterhin auf die Tür. Ich wagte es nicht, mich zu bewegen. Ich fürchtete, dass ich ihn bespringen würde, sollte ich mich umdrehen. Oder schlimmer noch …, dass er gehen würde. Am Ende gingen sie schließlich alle.

"Gabriela," sprach er. "Ich möchte dich anfassen."

Oh Gott, diese Stimme. Diese Worte. Hörte ich Stimmen? Im Laden hatte er mich als seine Frau bezeichnet. Das hatte ich gehört. Das war keine Einbildung gewesen. Oder?

Ich schloss meine Augen und klopfte mit der Stirn gegen die kalte Tür. Es musste vom Stress herrühren. Ich war bei weitem nicht attraktiv genug, damit dieses Prachtstück von einem Mann—Alien—scharf auf mich sein konnte. Mein Haar war lang und schwarz. Gerade. Nicht lockig. Langweilig. Meine Haut war nicht schlecht, das Latino-Erbe meiner Eltern machte meinen hellbraunen Teint zu meinem größten Vorzug. Aber abgesehen davon? Nein. Ich war ganze zehn Größen über dem Idealmaß und war seit der Schule nicht mehr von einem Jungen angerührt worden.

Nicht, dass ich keine Bedürfnisse hatte. Mein Sextrieb war intakt und wohlauf—aber einsam. Aber es war nun mal sehr viel einfacher, ein paar Mal die Woche mit meinem *batteriebetrieben Freund* eine Runde zu drehen, als mir wieder und wieder ... und wieder das Herz brechen zu lassen. "Vielleicht solltest du gehen, Jorik. Ich glaube nicht—ich ..."

"Bitte, Gabriela. Ich muss dich anfassen."

"Wie meinst du das?" Es war keine Halluzination. Er wollte tatsächlich ...

Er beugte sich runter und sein warmer Atem fächelte über meinen Hals. "Du bist so hübsch, Gabriela. So weich. Ich kann mich nicht länger zurückhalten. Ich möchte dich unter meinen Fingern spüren. Meinen Lippen. Jeden Zentimeter von dir erforschen. Was dir gefällt, was dich winseln lässt."

Er küsste meine Wange und beugte sich dabei weit nach unten. Heiliger Strohsack, er war gewaltig. Ich fragte mich, ob sein Schwanz genauso groß war wie der Rest.

"Wann du dich vor Lust nur so krümmst."

Ich bekam Gänsehaut. Seine Stimme. Gott. Sie war dermaßen tief, dass es in meiner Brust nur so dröhnte. Meine Nippel waren fest wie Stein und scheuerten gegen meinen BH.

"Was dich betteln lässt."

"Jorik," sprach ich.

"Meine Bestie hält es nicht länger aus. Wir müssen dich nehmen."

Mit diesen Worten war mein Höschen endgültig hinüber. Seine innere Bestie sollte gleich meiner vorgestellt werden— außer, dass sie halb verhungert und verdammt unanständig war.

"Ja," flüsterte ich, wagte es aber immer noch nicht mich umzudrehen.

Das schreckte ihn nicht ab, denn seine Hände wanderten an

meine Taille, sein Mund berührte meinen Hals und fing an mein zartes Fleisch zu küssen, zu lecken und zu saugen.

Ich keuchte, als ich seine ... Begierde zu spüren bekam. Seine Hände wanderten und erkundeten mich. Von den Hüften zum Bauch, von der Taille zu den Brüsten, dann wieder über meine Hüften und an meinen Schenkeln runter und schließlich wieder hoch über meine Muschi. Sie hörten gar nicht mehr auf mich zu erforschen.

Mir wurde ganz heiß beim Kontakt und ich schmolz regelrecht dahin. Ich wurde nachgiebig. Meine Handflächen pressten gegen die Tür, meine Stirn presste gegen die kühle Oberfläche.

"Jorik," sprach ich erneut, diesmal ganz außer Atem.

Er machte mich an wie keiner zuvor und ich war immer noch angezogen. Gott, konnte ich etwa allein schon davon kommen?

Ich hörte ein Grollen, fast schon ein Knurren. Mit meinem Gesicht nach unten geneigt beobachtete ich, wie er hinter mir auf die Knie ging. Seine Hände fielen an meine Knöchel, dann glitten sie an den Seiten meiner Jeans entlang bis zu meinem Bauch. Von da aus wanderte er weiter nach oben und packte meine großen Brüste durch BH und T-Shirt hindurch. "Ich möchte dich nackt haben, Gabriela. Ich möchte dich überall anfassen. Dich kosten. Dich mit meinem Schwanz ausfüllen. Dich ununterbrochen kommen lassen."

Er rollte meine harten Nippel zwischen seinen Fingern hin und her und ich presste mich stöhnend seiner Berührung entgegen. Solange ich noch angezogen war, durfte das eigentlich gar nicht möglich sein. Ich konnte nicht mehr denken. Ich wollte nur noch mehr. "Ja. Ja. Alles."

Sein Kopf war gegen meinen Rücken gepresst und ich konnte spüren, wie er erschauderte. Seine Brust drückte gegen meine Rückseite und seine Hände zitterten.

Hatte ich das etwa bewirkt? War er etwa genauso außer sich

und verzweifelt wie ich? Brauchte er meine Berührung? Sollte ich ihn küssen? Ihn probieren?

Ich drehte mich um, sodass mein Rücken gegen die Tür presste. Selbst auf den Knien war sein Kopf fast auf Augenhöhe. Gott, er war riesig. Seine dunklen Augen waren ganz glasig vor Lust und da war noch etwas anderes, etwas, das ich nie auf einem Männergesicht gesehen hatte und das ich kaum benennen konnte. Ich wagte es nicht, nicht, wenn es so sehr nach ... Ehrfurcht aussah. Anbetung.

Wie Liebe.

Aber das war unmöglich. Oder nicht? Ich kannte ihn kaum.

Er erstarrte, als ich meine Hände an sein Gesicht hob, seine Wangen umfasste und dann mit dem Daumen über seine Unterlippe strich. Er war hübsch. Wirklich hübsch. "Ich werde dich jetzt küssen." Keine Ahnung, warum ich es vorher ankündigte, aber irgendwie hatte ich das Bedürfnis ihm eine faire Warnung zu geben, als ob er sich bereit machen sollte. Um die Kontrolle zu behalten. Um sich mental auf einen sinnlichen Angriff vorzubereiten, der ihn an seine Grenzen bringen würde.

Ich zuckte zusammen. Oder womöglich war die Warnung für mich? Das hier sah mir so gar nicht ähnlich. Ich hatte keinen Sex mit Fremden. Ich hatte keinen Sex mit Aliens. Zum Teufel, ich hatte sonst überhaupt nie Sex. Nie hatte ich mich in meinem Körper wohlgefühlt, hatte es gehasst in den Spiegel zu schauen. Dass ich mich ausziehen und irgendjemandem alles von mir geben wollte, war mir so fremd, dass ich es kaum verstehen konnte.

Aber ich würde diese Gelegenheit auch nicht einfach vorbeiziehen lassen. Jorik war umwerfend. Auf Rockstar-Filmstar-Sexgott-Level. Und aus irgendeinem Grund wollte er mich scheinbar genauso sehr, wie ich ihn wollte.

Langsam, ganz langsam senkte ich den Kopf und blickte ihm in die Augen. Ich kam immer näher. Dann, eine Millisekunde ehe meine Lippen seine berührten, schloss ich die Augen.

Er ließ mich gewähren, seine enormen Hände ruhten

regungslos auf meinen Hüften, während ich ihn erkundete und kostete. Gott, er schmeckte so gut. Unbeschreiblich. Perfekt.

Als ich meine Zunge in seinen Mund gleiten ließ, regte er sich schließlich und zerrte an meiner Hose, bis ich mich von ihr befreit hatte. Ich sehnte mich nach Hautkontakt, also zog ich mir mein T-Shirt über den Kopf, sodass ich nur mit BH und Höschen bekleidet vor ihm stand.

Er sah sich regelrecht satt und betrachtete jeden Zentimeter von mir. Ich wartete auf ein Anzeichen der Enttäuschung, aber es gab keines. Wenn überhaupt, dann verdunkelte sich sein Blick sogar noch mehr, wurde er noch hitziger.

War er real?

Ich streckte die Hand aus.

"Nein. Nicht bewegen." Mit der Handfläche auf meinen Brustkorb gepresst hielt er mich gegen die Tür genagelt. So dominant. So verfickt geil. Ich wimmerte.

Bewegen? Ich konnte kaum Luft holen.

Seine freie Hand wanderte meinen nackten Schenkel hinauf. Gott sei Dank hatte ich heute früh ein hübsches Seidenhöschen angezogen und nicht die *heut-ist-Wäschetag-Omaschlüpfer*.

Aber meine Hüften. Mein Bauch. Meine riesigen Brüste. Alles ragte heraus, hing direkt vor seinem Gesicht. Er war still. Regungslos. Gefiel ihm nicht, was er da sah? Ich hatte Cellulite, hier und da schwabbelte es. Würde er—

"Sie dich an. Wie prächtig." Er lehnte sich vor und verpasste meiner Bauchmitte einen dicken Kuss, dann hielt er still, als ob er mich einatmen wollte.

Ich atmete aus. Ich hatte gar nicht gemerkt, dass ich den Atem angehalten hatte. In weniger als einer Sekunde wurde mein Höschen über meine Hüften gezogen und bis zu meinen Knöcheln gestreift. Ich schnappte nach Luft, als er mich gerade so weit zur Seite drehte, damit seine Zähne in meiner Arschbacke versinken konnten.

"Jorik!" brüllte ich. Es war kein fester Biss, mehr wie ein Knabbern. Ein ordentliches Knabbern.

Ich wackelte mit den Hüften und war unglaublich angetörnt. Er stöhnte.

"Hier." Ich spürte, wie ein Finger an meiner Spalte entlang glitt, konnte mich aber immer noch nicht regen, weil ich weiter gegen die Tür genagelt wurde. "Du bist feucht. Bereit."

Mit den Fingern spreizte er meine Schamlippen auseinander und ich spürte die kühle Luft. Da unten. Ich leckte mir die Lippen und versuchte durchzuatmen, aber ich war viel zu angetörnt. Was machte er da? Ich hätte erwartet auf den Boden geschleudert und feste duchgefickt zu werden. Einen Quickie. Aber das hier?

Das hier würde ich nicht überleben.

Ich hörte, wie er tief durchatmete. "Dein Geruch. Meiner Bestie gefällt dein Geruch. Wird sie deinen Geschmack mögen? Ich habe mich gefragt, ob du überall süß bist, wie deine Muschi wohl schmeckt."

Ich hatte gar nicht geahnt, dass Aliens so versaut daherredeten. Und mir war auch nicht bewusst gewesen, dass ich auf verbalen Porno abgehen würde. Er hatte nur seine Nase an mich geschmiegt und seine Hände wandern lassen. Meinen Arsch gebissen. Das war alles und ich stand kurz vorm Orgasmus.

Seine Hand umpackte meine Hüfte und zog sie vorwärts, während sein Mund meine Mitte fand.

Ich schrie auf, als er mich von vorne bis hinten abschleckte. Dann noch einmal. Wie ein Eis.

"Oh Gott," stöhnte ich, als seine Zunge auf meinem Kitzler wahre Wunder bewirkte.

Ein Finger flutschte in meine Muschi hinein und krümmte sich. Er fickte mich langsam. Er hatte es nicht eilig und sein Rhythmus war methodisch, als ob er alle Zeit der Welt hätte. Das Wort 'Quickie' schienen sie auf Atlan noch nicht gehört zu haben.

"Jorik, bitte," flehte ich. Oh ja, ich bettelte. Es war zu heftig, zu gut und ich konnte ihn nicht einmal sehen.

Jorik nahm meinen Nippel zwischen die Finger und rollte ihn. Dann kniff er meine Brust und zog an dem ganzen Ding, bis meine Knie nachgaben und ich kurz vorm Zusammenbrechen war. "Meine Bestie ist schon dabei, Gabriela. Du brauchst nicht zu betteln. Wir werden uns um dich kümmern."

Zwei Finger waren jetzt in mir drin und er bearbeitete meinen Kitzler.

Er war gut. Verdammt gut. Ich war zwar schonmal zuvor ausgeleckt worden, allerdings ohne große Wirkung. Jetzt wusste ich, warum. Der Typ damals hatte keinen Schimmer gehabt. Ich war nicht einmal sicher gewesen, ob er überhaupt meinen Kitzler gefunden hatte.

Jorik aber? Himmel, Jorik war ein oraler Gott.

Wieder brüllte ich seinen Namen und wackelte mit den Hüften, sodass ich ihn fast mit meiner Muschi erdrückte, aber das war egal. Er machte sich tapfer an mir zu schaffen. Wenn er luftholen wollte, dann sollte er mich einfach kommen lassen.

Er hatte nicht nur meinen Kitzler gefunden, sondern ihn für sich reklamiert. Ihn in Besitz genommen. Er hatte den kleinen, empfindlichen Zipfel Fleisch in den Mund gesaugt und bearbeitete ihn mit der Zunge, während er mich gleichzeitig mit den Fingern fickte. Die schnelle, entschlossene Saugbewegung bewirkte, dass ich mich hin und her wand und mit den Händen seine Schultern packte. Ich presste nach vorne und brauchte mehr. Und er gab mir, was ich wollte. Die Bewegung seiner Zunge und die Krümmung seiner Finger erschufen eine magische Druck- und Schnippkombination und ich ging ab wie ein Feuerwerk am vierten Juli.

Meine Fingernägel gruben sich in seine Schultern, meine Knie gaben nach, aber er ließ nicht mehr locker. Er bearbeitete mich. Fickte mich mit den Fingern. Dann wurden seine Finger von seiner Zunge ersetzt und er schlüpfte einen wackelnden Finger in mein Poloch hinein. Das fremde Gefühl verstärkte nur die überwältigende Flut der Empfindungen, die meinen Körper durchrüttelte wie ein Hurrikan. Er nötigte, füllte, leckte und befühlte mich, bis ich ein zweites Mal kommen musste und nicht länger stehen konnte. Ich konnte nicht mehr reden. Konnte kaum atmen. Zum ersten Mal in meinem Leben war ich so richtig durchgenommen worden.

"Mehr," sprach ich, dann beugte ich mich vor und küsste ihn. Meine Arme umschlangen seinen Hals und unsere Zungen verknoteten sich. Ich konnte mein eigenes Aroma an ihm schmecken.

Er zog zurück und starrte auf meine Brüste, als sie schwer nach unten hingen. Tatsächlich knurrte er und ich musste lachen. Ich musste echt lachen.

Ich nutzte die Gelegenheit und betrachtete ihn, schließlich hatte er kein Hemd an. Er war nichts als dunkle Haut und feste Muskeln. Seine Brust war mit feinen Härchen besprenkelt und ich wollte jeden Millimeter von ihm befühlen und meine Hände über ihn reiben. Ihn streicheln. Ihn zum Schnurren bringen. Er war groß. Gott, ich hätte ihn stundenlang einfach nur streicheln können. Dann erblickte ich die Beule in seiner Hose und stellte fest, dass sein Schwanz eine stattliche Größe hatte. Es war, als ob er ein Rohr in der Hose hatte. Er war seitlich nach oben geneigt, als ob er sich aus seinem Gefängnis heraus wuseln wollte.

Meine Muschiwände zogen sich zusammen, als mich fragte, wie er wohl in mich reinpassen würde.

Sein Blick fiel ebenfalls nach unten. Er machte seine Hose auf und sein Schwanz fiel in seine wartende Handfläche.

"Oh Gott, du bist eine Bestie."

Er lachte, dann fing er an sich zu streicheln. Sein Kolben war lang und dick und dunkler als seine restliche Haut, seine Eichel war dick und ausgestellt.

Ich wollte ihn. Ich wollte verzweifelt auf das Ding drauf. Ihn reiten.

Ich befeuchtete meine Lippen und war voller Tatendrang.

Als ich wieder zu ihm aufblickte, beobachtete er mich. Er

wartete. Das war mein Signal. Er war riesig, aber ich gab den Ton an.

Und diese Gewissheit gab mir Sicherheit. Ich war wie entfesselt.

Scheiße. Fast musste ich schon wieder kommen.

Ich drückte sanft gegen seine Brust und vertraute darauf, dass er meiner Aufforderung folgen würde; und das tat er auch. Mit ausgestreckten Beinen setzte er sich auf den weichen Wohnzimmerteppich, damit ich seine Schenkel reiten konnte. Das tat ich auch, ich setzte mich auf seinen Schoß, damit wir Brust an Brust waren und meine Schenkel auf seinen lagen. Er hatte immer noch seine Hose an, aber anscheinend war ich nicht ganz so geduldig wie er. Sein Schwanz war draußen und genau auf den hatte ich es abgesehen.

"Ich brauche dich," gestand ich und stützte mich nach oben, sodass ich genau über seiner harten Länge schwebte.

Wir blickten uns in die Augen. Ich wackelte mit den Hüften, bis seine Schwanzspitze gegen meinen Eingang presste.

"Jorik," hauchte ich. "Bitte. Ich möchte dich in mir spüren."

"Mir," entgegnete er, dann packte er meine Hüften und spießte mich auf sich auf.

"Oh!"

Er war groß. Enorm groß. Ich wurde auseinander gedehnt, aufgeöffnet, ausgefüllt. Rappelvoll. Meine Muschi war nach seinen Zuwendungen immer noch geschwollen und das empfindliche Fleisch umschloss ihn wie eine Faust, sie quetschte ihn zusammen und wir beide stöhnten. Meine inneren Muskeln kräuselten und zitterten um ihn herum wie nach einem Orgasmus und trieben mich einem weiteren Höhenpunkt entgegen.

Jorik stöhnte, dann zog er mich an sich heran, bis mein Kitzler gegen sein Abdomen scheuerte und meine Muschi weit geöffnet war. Mein Körper war weit auseinandergespreizt. Er gehörte ihm. Schließlich stieß er in mir auf Grund und in meinen Lungen spürte ich das Grollen in seiner Brust.

Meine Füße waren auf dem Boden und ich saß in der Grätsche auf ihm drauf. Dann fing ich an ihn zu reiten. Tiefer, härter, schneller. Er half mir dabei mich nach oben zu heben und wieder runterzulassen und stieß die Hüften nach oben, sodass wir ineinander klatschten.

Ich war dabei ihn zu reiten, benutzte ihn zu meinem Vergnügen. Aber ich war nicht allein in dieser Sache. Der Schweiß stand ihm auf der Stirn und sein Mund verzog sich zu einer Linie. Seine Hände begannen wild über mich zu fahren, sie befühlten meine Brüste, spielten mit meinen Nippeln, zwickten und kniffen meinen Arsch und zogen mich von hinten weiter auseinander, sodass er noch ein bisschen tiefer in mich hinein gleiten konnte.

Sein Finger fand meinen Arsch und er streichelte meine zarte Rosette, er neckte mich mit seiner Berührung. Worauf meine Muschi sich wild zusammenzog. Alles wurde plötzlich ganz straff.

"Jorik, ich ... oh Gott, ich komme!"

Selbst wenn ich wollte, hätte ich mich nicht zurückhalten können und der Orgasmus fühlte sich so vollkommen anders an, als die, die er mir mit seinem Mund beschert hatte. Unbekannte Orte in mir, die mit einem enormen Schwanz gerieben und angestochert wurden, erfüllten mich mit einem bisher ungekannten Vergnügen.

Ich musste kommen und hörte nur noch *mir, mir, mir*. Seine Hände verkrampften sich, sein Schwanz schwoll an und er brüllte ein fremdes Wort, als er mich mit seinem Samen ausfüllte. So tief.

Ich bekam kaum noch Luft. Ich war gekommen, und zwar heftig, aber er hatte mich die ganze Zeit über festgehalten. Mir Sicherheit gegeben.

Als die klammernde Verzweiflung des Orgasmus schließlich abebbte, machte ich die Augen auf und blickte zu ihm auf. Ich rührte mich, aber er steckte weiterhin dick und fest in mir drin und ich spürte, wie sein Samen aus mir heraus schlüpfte und über unsere vereinten Schenkel sickerte.

"Du ... du bist immer noch steif."

Sein Grinsen darauf war tödlich, dann drehte er uns beide um, sodass ich auf dem Rücken lag und er sich über mir auftürmte. Unsere Verbindung wurde dadurch nicht unterbrochen, sein Schwanz steckte weiter tief in mir drin.

"Ich bin noch nicht fertig," entgegnete er und fing an sich zu bewegen.

"Oh!"

Oh ja, die Atlanische Bestie war ein geduldiger Liebhaber. Ich war hier diejenige, die es vor Not nicht mehr ausgehalten hatte. Beim ersten Mal hatte er mich das Tempo bestimmen lassen, aber jetzt, als er mich auf den Unterarmen abgestützt beobachtete und mit seinem monströsen Schwanz durchfickte, war ich ihm ausgeliefert.

"Meine Bestie ist überglücklich, weil du jetzt mit meinem Samen markiert bist."

Markiert? Meine Güte, war das primitiv. Ich wurde von einem Neandertaler durchgefickt.

"Das war erst der Anfang, Gabriela."

Das waren seine letzten Worte, ehe er sich ans Werk machte. Mich fickte. Mich *markierte*.

Wir kannten uns kaum und dennoch war die Verbindung einfach unbeschreiblich. Ich kam mir nicht nur einfach gefickt vor, sondern fühlte mich ... vereinnahmt. Erobert.

Und als ich nochmal kommen musste, begleitete er mich, er grub sich so tief in mich hinein, bis ich nicht mehr wusste, wo er aufhörte und ich anfing.

Nachdem er erneut gekommen war, blieb er weiter hart. Wir waren hitzig und verschwitzt, überall klebte Sperma, aber das störte mich nicht. Er wollte mehr und meine Muschi ... wimmerte, aber nicht vor Schmerz, sondern vor Verlangen.

Das einzige, was uns vorm Weitermachen abhielt, war ein seltsames Piepen. Als es nach einer Minute immer noch nicht aufgehört hatte, zog er schließlich aus mir heraus. Das Gefühl der Leere ließ mich winseln, während er in seine Hose griff und ein Gerät hervorzog, das wie eine Art Handy aussah.

"Jorik," sprach er ins Gerät.

Die Antwort kam klar und deutlich durch eine Art Lautsprecher. "Kriegsfürst Jorik, melden Sie sich umgehend bei Captain Gades. Die menschliche Polizei hat einen Haftbefehl gegen Sie erlassen. Ergeben Sie sich nicht. Kehren Sie ohne Zwischenfälle zum Zentrum zurück. Das ist ein Befehl."

"Ich brauche mehr Zeit, Sir." Er blickte zu mir und musste wohl eine gut gefickte, nackte Frau voller Knutschflecke und Bartstoppelabdrücke sehen, mit einer ordentlich beanspruchten Muschi. Sein Samen klebte an meinen Schenkeln. Ich starrte auf seinen Schwanz. Er war immer noch steif und glitzerte mit unseren vereinten Säften.

"Kommen Sie zurück, Kriegsfürst. Sie haben einem Menschen den Kopf abgerissen. Die primitiven Videokameras haben es aufgezeichnet. Das ist eine diplomatische Sauerei. Schleifen Sie sofort Ihren Arsch hierher oder wir werden ihnen einen Wachtrupp senden, um Sie von ihrem Standort zu extrahieren."

"Jawohl, Sir." Jorik warf das Kommunikationsdingsbums auf den Teppich und ich sah zu, wie er sich wieder anzog. Er sprach kein Wort. Was hätte er auch sagen sollen? Danke für den Fick?

Aber die Durchsage hatte nur bestätigt, was ich ohnehin schon wusste. Jorik hatte den Typen getötet, um mich zu beschützen. Und obwohl mir mein ganzes Leben lang eingebläut worden war, dass töten falsch war, so war ich ihm trotzdem dankbar dafür. "Jorik?"

Vollständig bekleidet und wieder voll und ganz Alien-Krieger drehte er sich zu mir um. "Du gehörst mir, Gabriela. Bleib hier. Ich werde mich um die Behörden kümmern."

Er beugte sich vor und küsste mich, nur ein einziges Mal, seine Berührung aber war so zärtlich und seine Lippen verweilten auf meinen. Beim Kuss legte er seine warme Hand auf mein Abdomen, als ob er nicht genug von mir bekommen konnte.

"Bei den Göttern, du bist unwiderstehlich, Frau. So weich." Seine Hand fuhr über meinen Körper, von der Hüfte hinauf bis an meinen Hals und ich lag einfach nur da wie ein Katzenbaby und genoss seine Berührungen.

"Kommst du wieder zurück?" Die Frage war schwach. Dumm. Schon im selben Moment, als sie meinen Mund verlassen hatten, bereute ich die Worte. Aber Jorik küsste mich noch einmal, dann stand er auf.

"Zwischen uns ist es noch nicht vorbei, Gabriela. Du gehörst jetzt mir."

Mir. Das hatte er beim Ficken immer wieder gesagt, es aber von einem komplett bekleideten, rationalen Mann zu hören, war etwas anderes.

Es fühlte sich richtig an. Wenn das noch mehr solcher Eskapaden bedeutete, dann gerne. Meine pralle, wohl befriedigte Muschi und meine gespannten Brüste waren derselben Meinung. Mehr hörte sich gut an. Sehr viel mehr.

Ich lächelte, als er durch die Tür verschwand. Er würde zu mir zurückkommen. Mich wieder und wieder kosten wollen. Und wieder.

Das Schloss rastete ein und mit einem albernen Grinsen auf dem Gesicht drehte ich mich auf die Seite. Ich war dabei mich zu verlieben—nein—ich war bereits verliebt. In einen verdammten Alien.

Und ich hatte kein Problem damit, mich seines begrenzten Wortschatzes zu ermächtigen, um meinen eigenen Anspruch geltend zu machen.

"Mir."

4

Jorik, Abfertigungszentrum der Koalitionsflotte, eine Stunde später

"Das ist inakzeptabel, Kriegsfürst," sprach die Kommandantin des Zentrums und knallte ihre Hand auf den Tisch. Die Prillonin war fast so groß wie ich und lehnte sich nach vorne. "Was haben Sie sich dabei gedacht?"

Ich setzte mich auf, verschränkte die Arme vor der Brust und starrte geradeaus. Scheißegal. Meine Bestie lauerte aufmerksam, war aber nicht beeindruckt. "Meine Partnerin war in Gefahr," erklärte ich ihr zum dritten Mal.

Ihr goldener Blick traf meinen. Ich mochte zwar größer sein als sie, aber sie ließ sich nicht von mir einschüchtern. Ich war nicht der erste Atlane, mit dem sie sich anlegte und ich würde nicht der letzte sein. Und ich hatte den Verdacht, dass sie die Atlanen eher verstehen konnte als die Menschen, mit denen sie Tag für Tag zusammenarbeiten musste. "Ihre Partnerin? Ich sehe da keine Paarungshandschellen an ihren Armen. Und den Akten nach haben Sie weder ein Match erhalten, noch sind Sie überhaupt vom Programm für interstellare Bräute getestet worden. Was haben Sie sich verdammt nochmal dabei gedacht, sich einfach eine Erdenfrau von der Straße zu schnappen? Sind Sie etwa im Paarungsfieber?"

Sie warf mir einen prüfenden Blick zu.

"Nein."

"Und dennoch möchten Sie ein nicht autorisiertes Match mit dieser Frau antreten? Haben Sie überhaupt eine Ahnung, wie viel Ärger Sie mir damit gemacht haben? Sie haben einem Mann den Kopf abgerissen, vor laufender Kamera."

Ich zuckte die Achseln. "Ich würde es wieder tun. Er hatte es verdient. Er hat meine Partnerin bedroht." Meine Partnerin. Gabriela. Ich dachte an unsere gemeinsame Zeit zurück ... jeden einzelnen Moment. Den Anblick ihres Körpers, wie ihre Haut sich angefühlt hatte, ihr Aroma. Ihren Duft. All das hatte sich mir ins Gedächtnis gebrannt. Meine Bestie war jetzt, nach dem ich ihr so viel Vergnügen bereitet und sie mit meinem Samen markiert hatte, zum Glück wieder ruhig. Selbst jetzt füllte er noch ihre Muschi aus.

Sie schüttelte den Kopf und seufzte. "Nein, Kriegsfürst. Sie haben ein menschliches Verbrechen geahndet. Damit haben sie nicht nur die Gesetze dieses Planeten missachtet, sondern Sie haben außerdem ein Verbrechen begangen, das hier mit lebenslanger Haft bestraft werden kann."

Ich rappelte mich auf. "Was?" Das ließ meine Alarmglocken schrillen. Wovon verdammt nochmal redete sie da? "Ich habe meine Partnerin beschützt. Das ist alles."

"Nein, sie haben einen Menschen ermordet, weil er Geld rauben wollte—nicht einmal das Geld dieser Frau, sondern das des Arbeitgebers—er wollte Geld im Laden rauben und dann verschwinden. Und sie haben ihn getötet." Sie lehnte sich jetzt gegen die Schreibtischkannte und ihr zweites resigniertes Seufzen erschreckte mich mehr als jeder Verweis. "Sie werden wegen eines ihrer schwersten Verbrechen angeklagt, Jorik. Mord zweiten Grades."

"Ich verstehe nicht, was das heißen soll."

"Verstehen sie den Begriff *Mord*?" konterte sie sarkastisch.

Sie erwartete nicht wirklich eine Antwort darauf und ich kniff die Lippen zusammen.

"Da dieses Zentrum als internationale Botschaft angesehen wird, sind Sie hier in Sicherheit. Die Bullen können nicht hier auftauchen und Sie in eines ihrer Gefängnisse schleifen oder ihnen den Prozess machen. Ihr ... rückständiges Rechtssystem. Im Moment sind Sie sicher. Aber am Empfang warten bereits die Auslieferungspapiere auf mich. Sobald ich die gesichtet habe, werde ich Sie nicht länger beschützen können, ohne dabei einen interplanetaren Zwischenfall auszulösen. Prime Nial würde eingeschaltet werden müssen, genau wie die Atlanen."

Scheiße. "Das Gesetz besagt eindeutig, dass jeder Mann zur Verteidigung seiner Partnerin töten darf."

"Das ist Koalitionsrecht, Jorik," konterte sie. "Nicht das menschliche Recht."

"Aber sie gehören jetzt auch zur Koalition oder etwa nicht?" Ich wedelte abfällig mit der Hand durch die Luft. Dieser verdammte, rückständige Planet.

"Ja, aber Sie haben sich nicht auf Koalitionsgebiet befunden, als Sie ihre Partnerin beschützt haben. Und den menschlichen Gesetzen nach ist sie auch nicht ihre Partnerin. Sie sind offiziell nicht verheiratet. Sie haben ein menschliches Verbrechen an einem Menschen begangen. Sie waren in der Stadt der Menschen. In ihrem Gebiet. Unter ihren Gesetzen." Sie runzelte jetzt voller Mitleid die Stirn und ihre Stimme hatte auch den bissigen Beigeschmack verloren. Sie war einfach nur dabei, mich auf meinen Fehler hinzuweisen. Sie hatte sogar Mitleid, das konnte ich heraushören, aber sie hatte einen beschissenen Job und musste sich dabei wie gesagt an die Regeln der Menschen halten.

Ich hatte mich nicht einmal richtig von Gabriela verabschiedet, ehe ich auf Befehl der Kommandantin ihre kleine Wohnung verlassen hatte. Ich war ihrem Befehl gefolgt, wenn auch widerwillig, denn ich wollte meine Partnerin nur ungern verlassen. Auf keinen Fall schämte ich mich für das, was wir getan hatten. Im Gegenteil. Ich war stolz. Ich fühlte mich geehrt, dass sie mir gehören würde. Was wir miteinander geteilt hatten, war einfach ... perfekt gewesen. Sie wusste jetzt, dass ich alles für sie tun würde. Ich würde sie vor allen Gefahren beschützen und jeden Zentimeter ihres Körpers anbeten. Ich würde zu ihr zurückkehren. Oder sie würde zu mir stoßen. Die Gesetze der Menschen würden uns nicht voneinander trennen können.

"Ich werde nicht meine Partnerin zurücklassen."

"Sie tragen aber keine Paarungshandschellen," erklärte die Kommandantin seelenruhig. Zuvor hatte ich bereits ihre Härte zu hören bekommen. Ich war am Arsch. "Sie haben kein Paarungsfieber. Haben Sie diese Frau überhaupt gefragt, ob sie ihre Partnerin werden möchte?"

Scheiße. "Nein, aber ich—wir—" Wie konnte ich es ausdrücken, ohne dabei meine Frau zu entehren? "Sie hat mir ihren Körper geschenkt. Wir sind zusammen gewesen."

Sie zuckte nicht einmal mit der Wimper. "Und trotzdem haben Sie sie offiziell nicht beansprucht."

"Nein, aber sie gehört mir," brachte ich mit zusammengebissen Zähnen hervor.

Darauf lachte sie trocken. "Willkommen auf der Erde, Kriegsfürst. Sie haben sich gut eingelebt, aber die Menschen bewerten Intimität nicht mit derselben Ehrfurcht wie wir. Sie gehört nicht ihnen. Was sie getan haben wird auf der Erde allgemein als One-Night-Stand bezeichnet."

"Es war nicht nachts," konterte ich, lehnte mich zurück und verschränkte wieder die Arme vor der Brust. Langsam war ich eingeschnappt, denn egal was ich auch sagte, sie wollte es nicht verstehen. "Es war diesen Morgen ... und wir haben's auch nicht im Stand gemacht." Zumindest nicht, als ich sie gefickt hatte. Sie hatte nur gestanden, als ich sie an die Tür genagelt und mit der Zunge bearbeitet hatte. Ich roch nach Gabriela, nach Sex. Ihr Geruch haftete mir immer noch an. Vielleicht war das der Grund, warum meine Bestie nicht über den Tisch preschte und meiner Vorgesetzten an die Gurgel ging, damit ich diese Standpauke beenden und zu meiner Partnerin zurückkehren konnte.

Die Haltung der Kommandantin war gestochen scharf, genau wie ihre Koalitionsuniform. Dann verschränkte sie ebenfalls die Arme vor der Brust. "Es gibt keine Vorschrift, die es verbietet mit einem Menschen anzubandeln, also haben Sie nicht gegen die Koalitionsgesetze verstoßen. Die *menschlichen* Gesetze sind das Problem. Sie sehen ausdrücklich vor, dass man einem Menschen nicht den Kopf abreißen darf."

Ich dachte zurück an den Mann, der Gabriela bedroht hatte. An seinen irren Blick würde ich mich den Rest meines Lebens erinnern. Genau wie die Todesangst meiner Partnerin. Der Ausdruck in ihren Augen hatte mein Blut zum Brodeln gebracht und meine Bestie aufgeweckt und jetzt, als ich daran dachte, rumorte sie ebenfalls. "Er hatte es verdient," raunte ich. "Er hat mit einer primitiven Erdenwaffe auf meine Partnerin gezielt."

Diesmal korrigierte mich die Kommandantin nicht, als ich das Wort 'Partnerin' verwendete. "Ich kann Sie verstehen, aber Sie haben die gesamte Koalition in eine äußerst heikle Position gebracht. Die Regierungen der Erde haben kein volles Vertrauen in uns. Noch nicht. Draußen marschieren sie auf dem Bürgersteig und schwenken dabei ihre lächerlichen Plakate, weil wir Aliens sind. Sie haben Angst vor uns, Kriegsfürst. Sie sind klein. Verwundbar."

Ihre Worte beunruhigten mich, bis sie weiter ausführte.

"Die Überwachungsaufnahmen von der Geschäftsinhaberin zeigen, was passiert ist. Wie sie die Erdenfrau verteidigt haben."

Ich setzte mich auf und nickte. Lächelte sogar. "Gut, dann werden sie verstehen, dass ich kein Verbrechen begangen habe. Ich werde zurück zu meiner Partnerin gehen." Und noch einmal in ihr versinken. Sie so lange befriedigen, bis erschöpft in meinen Armen einschlief.

Sie hob ihre Hand hoch und stoppte mich. "Nein. In den Nachrichtenmedien der Menschen wird dieser Teil des Videos nicht gezeigt. Dort ist nur zu sehen, wie ein Atlane im Bestienmodus einem Mann mit bloßen Händen den Kopf abreißt. Die Anzahl der Demonstranten draußen, die uns hier raushaben wollen, hat sich in der letzten Stunde verdreifacht."

"Kommandantin, ich habe nur meine Frau beschützt," erklärte ich. Schon wieder.

"Ich verstehe. Aus diesem Grund werden sie in Sektor 437 versetzt. Mit sofortiger Wirkung. Sie werden sich nach Ende dieser Anhörung umgehend in den Transportraum begeben."

Ich sprang auf, mein Stuhl schlitterte zurück und kippte um. "Was? Versetzt?"

"Die Polizei von Miami hat eine kopflose Leiche gefunden. Ihrer Ansicht nach handelte es sich nicht um Notwehr, schließlich waren Sie zu diesem Zeitpunkt eine zwei-Meter-fünfzig-große Bestie. Wenn es nach ihnen ginge, dann würde man Sie den Rest Ihres Lebens in einem ihrer Gefängnisse wegsperren. Die Aufnahmen beweisen Ihre Schuld und der politische Eklat, den sie damit ausgelöst haben, wird es Ihnen unmöglich machen, einen fairen Prozess zu bekommen."

"Holen Sie meine Frau. Ich werde sie nach Atlan bringen." Meine Hände waren zu Fäusten geballt und meine Bestie fletschte die Zähne.

Sie schürzte die Lippen. "Ich fürchte, das ist unmöglich. Dem Koalitionsgesetz zufolge ist Ihre militärische Verpflichtung noch nicht vorüber. Solange Sie nicht am Paarungsfieber leiden, müssen Sie Ihre Dienstzeit beenden, ehe Sie sich das Privileg verdient haben eine Partnerin für sich zu reklamieren."

Ich blickte auf ihren Nacken, sah dort kein Halsband. "Sie wurden noch nicht verpartnert."

"Stimmt."

"Wenn es soweit ist, dann werden Sie verstehen," erklärte ich. "Ich werde sie nicht zurücklassen."

"Doch, das werden Sie," ihre Stimme war eiskalt. Ein Befehl, keine Bitte. "Die Bewohner dieser Stadt werden in Panik geraten, wenn sie glauben, dass eine wilde Bestie ihnen die

Köpfe von den Schultern reißen wird, ganz besonders an einem Ort wie einer Eisdiele. Dorthin gehen auch *Kinder*."

"Als ob ich eine Gefahr für die Kinder wäre," sprach ich. Ich fuhr mir mit der Hand über den Nacken. "Diese Vorstellung ist lächerlich, aber die Menschen sehen das offensichtlich anders. Ich bin ihr wertvollster Verbündeter. Ich würde jedem, der einem Kind etwas zuleide tut, den Kopf abreißen."

"Genau." Sie seufzte. "Unsere Präsenz hier beruht auf einem heiklen politischen Gleichgewicht, Kriegsfürst, und Sie haben dieses Gleichgewicht gekippt."

Ich zuckte die Achseln. Das war mir immer noch egal. Ihrem Ausdruck nach schien sie das ebenfalls lächerlich zu finden; sie war eher frustriert über den politischen Umgang mit den Menschen und ihren archaischen Regeln als mit meiner Tat. Und jetzt war ich eine politische Marionette geworden.

"Ich bin auf Ihrer Seite, Kriegsfürst. Ich möchte Ihnen helfen. Sollten Sie bleiben, dann werden Sie verhaftet und wegen Mordes im menschlichen Justizsystem angeklagt. Die Koalition wird sich Monate, wenn nicht jahrelang mit Medienaufruhr und Misstrauen herumschlagen müssen. Wenn Sie verschwinden, dann wird dieser menschliche Zirkus noch heute beendet sein. Der menschliche Senator hat mich persönlich mit seinem primitiven Telefon angerufen. Er muss sichergehen, dass Sie von hier verschwinden, damit die Menschen wieder ruhig schlafen können."

Ich räusperte mich. "Sind sie denn nicht froh, dass der Mistkerl, den ich umgebracht habe, ihnen nicht länger gefährlich werden kann?"

Sie sagte nicht darauf. Stattdessen brachte sie es auf den Punkt: "Das hier ist die Erde, Kriegsfürst. Sie bestimmen die Regeln."

"Dann wird meine Partnerin mit mir kommen," wiederholte ich.

"Sie ist nicht ihre Partnerin."

"Sie ist meine Braut," konterte ich.

Sie schüttelte den Kopf. "Ist sie nicht. Diese Ehre haben Sie sich noch nicht verdient."

Den Regeln nach durfte sich ein Koalitionssoldat erst für eine Braut testen lassen, wenn er seinen Militärdienst beendet hatte. Als mir das schließlich einleuchtete, riss ich die Augen auf, auch wenn sie es schon vor einer Weile erwähnt hatte. Ihrem Wunsche nach sollte ich sofort von der Erde transportieren, ohne Gabriela, ohne mich von ihr zu verabschieden.

"Ich soll also in den Weltraum und den Rest meiner Dienstzeit absitzen. Kann ich danach zu ihr zurück?"

Sie seufzte. "Sie gehen in den Weltraum. Dauerhaft. Sie sind von diesem Planeten verbannt worden."

Verbannt—

"Aber meine Partnerin!" sprach ich und meine Bestie wurde zusehends unruhiger.

"Es wäre am besten für Sie, wenn Sie Gabriela Olivas Silva einfach vergessen würden."

Gabriela vergessen?

"Nein." Die Wut überkam mich und meine Bestie wurde größer. Ich sah Rot, meine Haut kribbelte und ich konnte spüren, wie ich anwuchs. "Mir."

Ich hörte, wie die Kommandantin ins Sprechgerät brüllte und dann sah ich, wie zwei Wachen mit gezückten Ionenwaffen in den Raum traten. Ich spürte die Stühle in meinen Händen, als ich sie durch den Raum schleuderte. Gabriela gehörte mir. Ich würde sie nicht zurücklassen. Ich durfte nicht von ihr getrennt werden. Ich würde sie nicht *vergessen*. Einmal kosten, eine Berührung, ein keuchender Schrei, als sie auf meinem Schwanz ihre Wonne fand und ich hatte es gewusst.

"Ich. Werde. Sie. Haben," knurrte ich und warf den Tisch um.

Ich konnte nur noch an Gabriela denken. An ihr glattes Haar, ihre üppigen Kurven. Dann spürte ich das Zischen eines Betäubungsschusses aus der Ionenpistole. Ich erstarrte, meine innere Bestie aber tobte weiter.

"Besorgen sie ein Transportpflaster, Zielkoordinaten Sektor

437. Kriegsfürst Wulf wird sich seiner annehmen." Die Kommandantin trat an mich heran, stellte sich mir direkt gegenüber. Wir waren nicht länger auf Augenhöhe, denn jetzt, als meine Bestie die Kontrolle hatte, war ich größer geworden. "Ich bedaure, dass es soweit kommen musste, aber sobald Sie mit den anderen Atlanen gegen die Hive kämpfen, werden Sie diese Frau und die Erde wieder vergessen."

Ich sah zu, wie ein Wachmann in den Raum geeilt kam und seinem Vorgesetzten das kleine mobile Transportgerät überreichte.

Nein! Das kleine Pflaster würde mich von Gabriela wegreißen. Ich konnte mich nicht bewegen. Konnte mich nicht zur Wehr setzen.

Scheiße!

Sie drückten mir das Pflaster auf die Brust und ein Piepen signalisierte den Countdown. Die Kommandantin wollte offenbar nicht mit mir transportiert werden. Sie und die anderen traten zurück und ich spürte das Knistern des Transports.

Nein. *Nein!*

Ich blinzelte einmal, dann nochmal. Ich befand mich auf der Transportfläche eines Schlachtschiffes. Keine Ahnung, welches Schiff es war. Es war egal. Ich war nicht länger auf der Erde.

Im Handumdrehen war Gabriela sprichwörtlich Lichtjahre entfernt.

Ich war zwar nicht länger gelähmt, aber wo sollte ich hin? Zur Erde gab es schließlich kein Zurück.

"Kriegsfürst Jorik."

Ich wandte mich um und erblickte einen enorm großen Atlanen. Ich wusste, wen ich vor mir hatte, und zwar noch ehe er mir seinen Namen gesagt hatte. Und dann wusste ich auch, wo ich war.

"Willkommen auf dem Schlachtschiff Karter, Jorik. Ich bin Kommandant Wulf."

Ich lief auf der Transportfläche umher, als ob es irgendeinen

Weg gab, um zurückzukehren. "Ich muss zurück. Meine Partnerin ist auf der Erde."

Der Gigant runzelte die Stirn und prüfte das Display auf seinem Unterarm. Ich war für einen Atlanen von normaler Größe. Wulf aber? Neben ihm kam ich mir klein vor. Kein Wunder, dass er in fast jedem Weltraumsektor so gefürchtet wurde und auf unserem Heimatplaneten fast schon eine Legende war. Sollte er je in den Ruhestand gehen, dann würde man ihn wie einen Gott behandeln.

"Sie ist meine Partnerin, Wulf." Ich flehte, damit der Atlane mich verstehen würde, damit er mir helfen würde. "Ich muss zu ihr zurück. Ich brauche sie."

Wulf blickte von seinem Display zu mir. "Hier steht nichts von einer Partnerin."

Ich spürte, wie die Bestie einmal mehr hervorkam, meine Knochen knacksten und mein Gesicht wurde größer. Die Laute, die aus meiner Kehle kamen, waren mehr Heulen als Worte. "Sie gehört mir."

Der Kommandant starrte mich unbeeindruckt an. Er musterte mich. Ich hätte überrascht sein sollen, als er keine Furcht vor meiner Bestie zeigte, aber ich hatte genug über Wulf gehört, um davon auszugehen, dass er mich bezwingen könnte, und das sogar ohne Einsatz seiner Bestie. Groß genug war der Mistkerl jedenfalls.

Seine mangelnde Reaktion ließ meine Bestie immer unruhiger werden. Irgendjemand musste mir zuhören und mich zurückschicken, und wenn ich dafür dieses Schiff kurz und klein schlagen musste.

"Ich. Muss. Zurück."

Wulf musste meine Verzweiflung gesehen haben. "Na schön. Beruhigen Sie sich." Meine Bestie beruhigte sich tatsächlich.

"Mir. Gabriela. Mir."

Wulf nickte. "Na schön. Ich werde nach unserer Mission mit Kommandant Karter darüber reden. Er kann Aufseherin Egara auf der Erde kontaktieren. Wenn Ihre Frau einverstanden ist, dann kann er sich etwas für sie einfallen lassen."

Auf einmal konnte ich wieder sprechen. Wieder denken. Endlich hatte man mir zugehört. Und ich war sicher, dass Gabriela einwilligen und zu mir kommen würde. Ich hatte sie satt und wohl bedient zurückgelassen. Sie beschützt. Sie hatte meinen Namen gebrüllt, war auf meinem Schwanz gekommen. Sie gehörte mir. "Sie gehört mir," sprach ich laut, damit Wulf es auch ja verstand.

"Genug davon. Kommen Sie. Sie müssen sich ausrüsten. In zwei Stunden erfolgt der Angriff auf Latiri 4 und Sie müssen eindeutig etwas Frust abbauen."

Ein paar Stunden den Hive den Garaus zu machen hörte sich tatsächlich verlockend an. Vielleicht würde ich dann beim nächsten Gespräch mit der Kommandantin auf der Erde nicht die Beherrschung verlieren. Und es gab keine bessere Vorstellung, als ein paar Dutzend Hive-Soldaten zu zerfetzen und erschöpft zurückzukehren, nur um danach Gabriela zu empfangen und in ihrer weichen, heißen Grotte zu versinken. In meiner Auserwählten. "Gehen wir."

Gabriela, vier Wochen später

"Tut mir leid, Fräulein, aber ich darf Sie nicht aufs Gelände lassen." Der strenge Wachmann blockierte mir den Eingang zum Bräutezentrum. Er war zwar nicht annähernd so groß wie Jorik und definitiv ein Mensch, aber er war immer noch beachtlich.

Jeden Tag kam ich auf dem Weg zur Arbeit hier vorbei … zweimal und nie zuvor hatte ich angehalten. Hatte es nie für nötig gehalten. Aber so langsam war ich wirklich verzweifelt.

Viereinhalb Wochen waren vergangen, seitdem Jorik und ich

zusammen in meiner Wohnung gewesen waren. Viereinhalb Wochen, seitdem er zum Bräutezentrum beordert und dann verschwunden war. Am nächsten Tag war ich vorbeigelaufen und hatte gehofft ihn hier zu sehen. Um mit ihm zu reden, um ein weiteres Date zu vereinbaren, aber er war nicht auf seinem Posten gewesen. Am Tag darauf war er auch nicht da. Ich hatte ihn nicht wiedergesehen.

Ich musste mich fragen, ob ich nur eine Trophäe war, eine menschliche Eroberung, um vor seinen Kumpels zu prahlen. Aber Jorik war anders. Er war oft in den Laden gekommen und ich wusste, dass er nicht nur zum Eisessen gekommen war. Er war meinetwegen gekommen. Und dann hatte er mich vor diesem Gangster gerettet. Selbst jetzt musste ich zittern, wenn ich daran dachte, was alles hätte passieren können.

"Ich muss mit einem Mitarbeiter hier reden," erklärte ich ihm.

"Wollen Sie sich freiwillig als Braut melden?" fragte er und warf mir einen prüfenden Blick zu.

Die Sonne stach heute und der Schweiß bewirkte, dass mir mein T-Shirt von der Arbeit am Rücken klebte. Mein Haar war nass an den Schläfen und ich fühlte mich unwohl. Ich musste aus dieser Hitze raus, aber zuerst musste ich herausfinden, was mit Jorik los war.

Zum Glück war ich nach dem Überfall nicht gefeuert worden. Der Zwischenfall wurde sogar in den Nachrichten gezeigt, aber dabei ging es hauptsächlich um den kopfabreißenden Alien. Ich war den Aufnahmen aus dem Weg gegangen, aber das Internet war ein grausamer Ort und meine eigene Neugier war noch grausamer. Die Nachrichtensender hatten zwar die blutigsten Stellen unkenntlich gemacht, aber dann waren die Originalaufnahmen irgendwie aufgetaucht. Ich hatte sie gesehen. Zur Hölle, jeder auf dem Planeten musste jetzt Joriks furchteinflößenden Gesichtsausdruck gesehen haben, als er den Räuber getötet hatte.

Aber ich kannte die ganze Wahrheit. Er hatte es meinetwegen getan. Um mich zu beschützen.

Seine Tat machte mir keine Angst. Selbst, als ich mir das Video angeschaut hatte, hatte er mir keine Angst gemacht. Im Gegenteil ... ich fühlte mich beschützt. Was total eigenartig war. Jorik fehlte mir. Ohne ihn fühlte ich mich so allein. Davon und von der Hitze wurde mir wieder übel und mir kamen schon wieder die Tränen. "Bitte, sie müssen mich reinlassen."

Ich musste zu Jorik. Ich musste wissen, was aus ihm geworden war. Und selbst wenn er nichts mehr mit mir zu tun haben wollte—die bloße Vorstellung ließ mich bitterlich Schluchzen—, so hatte er doch die Wahrheit verdient. Als wir zusammen gewesen waren, hatte er immer wieder 'mir' runter gespult. Er war überaus besitzergreifend. Wahnwitzig beschützerisch. Er hatte einem Mann den Kopf abgerissen, und zwar mit denselben Händen, die meine Brüste liebkost und mich mehr als einmal zum Höhepunkt gebracht hatten.

Er war gnadenlos, aber auch so zärtlich gewesen. Und er gehörte mir.

Gott, ich wollte ihn. Er fehlte mir. Und jetzt, also nach dem, was ich vor ein paar Tagen herausgefunden hatte, brauchte ich ihn mehr denn je.

Die Sache war mehr als nur ein schneller Fick für mich gewesen, denn in unserer Leidenschaft hatten wir nicht verhütet—allerdings gab es auf der Erde sowieso keine Kondome, die über Joriks riesengroßen Schwanz gepasst hätten. Es war also vollbracht. Ich war schwanger. Vier Schwangerschaftstests konnten nicht irren.

"Bräute werden an der anderen Seite des Gebäudes registriert, Fräulein. Sie müssen zum Haupteingang gehen. Dieser Eingang hier ist nur für Mitarbeiter."

Ich schüttelte den Kopf. "Nein, ich möchte mich nicht freiwillig melden," erklärte ich dem Mann. Ich musste nicht erst eine Braut werden. Ich hatte bereits meinen Alien. Beziehungsweise ich wollte den Alien, der bereits mir gehörte.

"Wie gesagt, Fräulein, dann haben Sie keinen Zutritt." Er hob mahnend die Hand, als ob ich versuchen würde an ihm vorbeizustürmen.

Ich schloss die Augen und atmete tief durch.

"Ich bin … eine Bekannte von Kriegsfürst Jorik," sprach ich, um es mit einer anderen Masche zu versuchen. "Er war hier Wachmann, genau wie Sie."

Der Mann entspannte sich etwas und sein Mundwinkel bog sich leicht nach oben. "Ich bin erst seit zwei Wochen hier. Ich kenne keinen Kriegsfürsten Jorik."

"Er ist Atlane, über zwei-Meter-zehn groß." Ich streckte die Hand hoch so weit es ging, um irgendwie seine Größe anzudeuten, was mich aber nur aussehen ließ als wollte ich eine Giraffe vermessen. "Dunkelhaarig, dunkler Teint."

Er schüttelte den Kopf. "Bedaure."

"Könnten Sie jemanden fragen? Ich muss nicht reingehen. Ich benötige nur ein paar Antworten."

Eine Frau kam dazu, sie war unterwegs zur Arbeit und hielt dem Wachmann ihren Badge hin. Ihr dunkles Haar war zu einem strengen Knoten hochgesteckt. Ihre Uniform, also ein Rock, eine weiße Bluse und eine Jacke waren frisch gebügelt und unberührt von der feuchten Hitze Floridas.

"Vielleicht kann ich helfen," sprach sie und schenkte mir ein Lächeln. "Ich bin Aufseherin Egara."

Ich lächelte ebenfalls und verschränkte die Hände. "Gabriela Silva."

"Haben Sie Fragen über das Bräuteprogramm?" fragte sie mit hochgezogener Augenbraue.

Ich schüttelte den Kopf. "Nein, über einen Atlanen, der hier arbeitet."

Sie musterte mich kurz. "Warum kommen Sie nicht mit herein, wo es kühler ist? Wir werden sehen, ob ich Ihnen helfen kann." Sie blickte kurz zum Wachmann rüber und der nickte nur.

Wir betraten das kühle Gebäude und sie führte mich in ein kleines Büro. "Nehmen Sie Platz."

Die Klimaanlage war eine echte Erleichterung und ich war froh, dass ich mich setzen konnte. Schwanger zu sein war so eigenartig. Die feuchte Dunstglocke über Florida hatte mir mein Leben lang nichts ausgemacht, aber jetzt war es kaum noch zum Aushalten. Hätte ich mich nicht testen lassen, dann würde ich mich mit diesen Hitzewallungen wohl fragen, ob ich nicht in die Wechseljahre gekommen war. Und dieses Geschwitze erst. Diese Benommenheit.

Sie setzte sich mir gegenüber an den Schreibtisch. Auf dem Tisch lagen keine Papiere, nur ein Tablet. Kein Durcheinander. Der Raum war spärlich eingerichtet, die Wände waren weiß. Die einzige Verzierung war das riesige Logo vom Bräuteprogramm hinter ihr an der Wand. "Ist alles in Ordnung mit Ihnen?" wollte sie wissen.

Ich nickte, denn ich hatte nicht die Absicht, ihr von dem Baby zu erzählen. Wenn sie es wüsste, würden sie mir dann das Baby wegnehmen wollen? Mich zwingen irgendwelche abgedrehten Tests zu absolvieren? Ohne Jorik an meiner Seite wollte ich kein Risiko eingehen. Ich war immer noch am Schwitzen und mein Gesicht wechselte wahrscheinlich von rot zu grün und wieder zurück, als mir brechend heiß, übel und dann wieder heiß wurde. "Ja, ich hätte heute lieber einen Rock anziehen sollen und keine Jeans."

Eine schwache Ausrede, aber sie kaufte sie ab.

"Also, wie kann ich Ihnen helfen?" wollte sie wissen. "Sie haben Fragen über einen Atlanen?"

Gott, würde sie mir wirklich helfen? "Ja, ich habe versucht Kriegsfürst Jorik zu finden. Er ist einer der Wachen hier."

"Über die Wachen weiß ich nichts. Sie gehören zur Koalitionsflotte und unterstehen der Kommandantin." Sie hob ihre Hand. "Dieser Teil des Gebäudes ist allein dem Bräuteprogramm vorbehalten."

"Oh," flüsterte ich und senkte den Blick. Noch eine Sackgasse.

"Aber ich kann mich gerne erkundigen."

Ich riss den Kopf hoch und blickte ihr in die Augen. "Danke sehr. Ich habe seit einem Monat versucht herauszufinden, was aus ihm geworden ist. Wir sind … Freunde geworden und nachdem er mir das Leben gerettet hat, ist er zurück ins Zentrum hier beordert worden. Ich habe ihn nie wieder gesehen. Unterwegs zur Arbeit habe ich am Eingang angehalten, aber die Wachen geben keine Informationen heraus."

Sie nickte. "Dazu sind sie auch nicht ermächtigt."

"Ja, so hat man es mir gesagt. Ich habe auch mehrere Male angerufen. Ich wurde weitergeleitet, aber niemand konnte mir Informationen geben."

Sie runzelte die Stirn. "Warum wollen sie über ihn Bescheid wissen?"

"Ich …" Ich würde ihr nicht erklären, dass wir Sex gehabt hatten, dass wir eine Verbindung hatten, eine Geschichte. Sie würde es wohl nicht verstehen. Sie war schließlich ein Mensch. Wahrscheinlich war ich nicht die erste liebeskranke Frau, die einem Alien hinterherrannte. "Ich bin die Frau aus der Eisdiele. Er hat mich vor dem Überfall gerettet."

Ihr Blick fiel auf mein T-Shirt und dann schien es klick gemacht zu haben. "Ach ja, ich habe davon gehört. Es freut mich, dass es Ihnen gut geht."

Ich setzte ein Lächeln auf. "Ja, also, das habe ich Jorik zu verdanken und … und ich wollte mich bei ihm bedanken."

Außerdem wollte ich in seine Arme krabbeln und von ihm hören, dass ein Alien-Baby keine große Sache war, dass alles gut werden würde. Dass er an meiner Seite bleiben würde und ich das Baby nicht allein großziehen müsste. Und wenn er mich halten würde und meine Welt wieder in Ordnung sein würde, dann würde ich über ihn herfallen und seinen Schwanz reiten; aber das behielt ich natürlich für mich.

Sie nahm ihr Tablet zur Hand, wischte über den Bildschirm. Ich wartete schweigend.

"Kriegsfürst Jorik." Sie buchstabierte laut seinen Namen und machte sich weiter an ihrem Tablet zu schaffen. "Wacheinheit." Ihre Hand blieb stehen, sie blickte aber weiter auf den Bildschirm.

Schließlich blickte sie auf. "Gabriela, Kriegsfürst Jorik wurde vom Bezirksanwalt hier in Miami wegen Mord zweiten Grades angeklagt."

Ich erschrak.

"Um die Strafverfolgung und den interplanetaren Medienzirkus zu vermeiden, wurde er versetzt. Er ist nicht länger auf der Erde."

"Mord?" Das Blut gefror mir in den Adern. "Das kann nicht wahr sein. Warum?"

Sie blickte mich fest an. "Wegen dem Zwischenfall an Ihrem Arbeitsplatz."

Ich runzelte die Stirn. "Aber er hat es getan, um mich zu beschützen."

"Er hätte den Mann einfach überwältigen können. Er hat sich dagegen entschieden."

Gott, sie hatte recht. Als mir der Typ aber mit seiner Knarre an der Schläfe herumgestochert hatte, war Joriks Tat kein Problem für mich gewesen. Jetzt war ich froh, dass der Gangster tot war. Ich konnte nachts schlafen und weiter alleine im Laden arbeiten.

"Aber das ist nicht fair."

Sie zuckte leicht die Achseln, entgegnete aber nichts darauf.

Armer Jorik. Er war nicht hier. Er war nicht mehr auf der Erde. Kein Wunder, dass ich mich so allein gefühlt hatte. Er war weg. Wirklich weg.

Ich befeuchtete meine Lippen. "Kann … kann ich ihm eine Nachricht senden?"

Sie lächelte zaghaft, ihr Blick aber bewirkte, dass ich mir die Lippe biss und mir ganz flau im Magen wurde. "Ich bedaure, aber das ist nicht möglich. Kriegsfürst Jorik wurde vor sechsundzwanzig Tagen nach einem Kampf gegen die Hive als vermisst gemeldet."

Vermisst? Was? Aber ich konnte doch nicht einfach die Hoffnung aufgeben. Er konnte nicht einfach verschwunden sein. "Was bedeutet das? Wo ist er?" flüsterte ich fast unhörbar.

"Er ist von den Hive gefangen worden, Liebes."

Ich hielt mir die Hand vor den Mund. Mir wurde übel. Gefangen? Von den Hive? Tränen stiegen mir in die Augen.

"Aber ... aber er war doch hier. Wie kann er ... dort draußen sein?"

"Jorik ist in den Sektor 437 transportiert worden und wurde direkt einem Kampfschwadron zugeteilt."

Ich schluckte, befeuchtete mir erneut die Lippen und wischte mir die Tränen von den Wangen. Die Aufseherin reichte mir ein Taschentuch.

"Wird er denn nicht gerettet?" wollte ich wissen. Es war schwer vorstellbar, dass jemand, der so groß und stark war wie Jorik gegen seinen Willen festgehalten werden konnte. Egal, von wem. Von den Hive hatte ich gehört, wie jeder hier auf der Erde, aber ich hatte genau wie alle anderen darüber gedacht. Sie waren wie ein Monster unterm Bett, wie das Gespenst im Kleiderschrank. Sie waren nicht *real*. Bis jetzt. Bis der Mann, den ich liebte, von ihnen gefangengenommen worden war. Vor sechsundzwanzig Tagen.

Sie neigte den Kopf zur Seite und reichte mir ihre Hand über den Tisch. Ich rutschte vorwärts und war dankbar für den Trost. Irgendwie vertraute ich ihr. "Das ist schwer zu sagen, Gabriela. Die Hive assimilieren die gefangengenommenen Koalitionskämpfer. Die Integrationseinheiten der Hive rauben ihnen nach und nach den Verstand, ihren Willen, bis nur noch ihr Körper übrig bleibt und sie selber zu Hive-Soldaten werden. Die Atlanen allerdings sind anders. In ihnen wohnt eine Bestie, wie Sie bei dem Überfall selbst gesehen haben. Das macht sie unglaublich stark. Sie können dem Integrationsprozess der Hive widerstehen—"

Ich lehnte mich vor. "Dann gibt es Hoffnung für ihn!"

"Im Gegenteil. Die Atlanen wehren sich gegen die Integrationen. Ihre Bestien bekämpfen sie." Sie drückte meine Hand und bei ihren nächsten Worten blieb mir die Luft weg. "Ich fürchte, sie kämpfen bis zum Tod. Sollten die Hive geduldig oder besonders entschlossen sein, dann werden sie den Atlanen länger am Leben halten und versuchen seine Bestie zu bezwingen. Aber die meisten Atlanen werden von ihnen eliminiert. Ein Atlane im Bestienmodus ist ein äußerst gefährlicher Häftling."

Ich sackte fassungslos in den Stuhl zurück, aber die Tränen wollten einfach nicht stoppen. "Wollen sie damit sagen, dass Jorik tot ist?"

Sie warf mir einen mitleidsvollen Blick zu. "Sein Status besagt 'gefangen'. Aber das ist mehr als drei Wochen her. Die meisten Rettungen geschehen in den ersten paar Tagen. Danach … die Wahrscheinlichkeit—" Ihre Stimme verstummte am Ende und sie zuckte mit den Achseln. "Es tut mir so leid."

Die Tränen kullerten jetzt ungebremst, alle Hoffnung war verloren. Jorik war sehr wahrscheinlich tot. Er war weg.

Ich trocknete mir mit dem Taschentuch das Gesicht ab und stand auf. Ich konnte nicht einfach hier rumsitzen und heulen. Dazu hatte ich später noch genug Zeit. Er hatte mich geliebt. Sich um mich gesorgt. Unsere Zeit zusammen war keine Einbildung gewesen. Er war mein gewesen. Und jetzt war er tot. Ich hatte alle Zeit der Welt, um Jorik nachzutrauern, oder um das was hätte sein können.

Aber nicht jetzt. Ich musste zur Arbeit. Geld verdienen, denn ein Baby war unterwegs. Joriks Baby. Das Einzige, was mir von ihm blieb.

"Bestimmt hätte es ihn gefreut zu hören, dass Sie extra gekommen sind, um sich bei ihm zu bedanken. Werden Sie zurechtkommen?" fragte sie, als sie um den Schreibtisch gelaufen kam.

Ich sagte nichts darauf, schließlich wusste sie nicht, wie viel er mir bedeutet hatte.

Oder vielleicht wusste sie es doch.

"Gabriela, es gibt da draußen eine ganze Menge Atlanische Krieger. Gute Männer. Ehrenwerte Männer. Genau wie Jorik. Sollten Sie sich jemals als Braut melden wollen, dann kommen Sie zu mir."

Ich blickte sie an, nickte. Die Vorstellung, mit irgendeinem Atlanen verpartnert zu werden, war einfach nur abwegig. Das wusste die Aufseherin natürlich nicht, sie wusste nicht, dass mein Herz an Jorik vergeben war und das war der Grund, warum sie mir diesen Vorschlag machte.

"Vielen Dank, Aufseherin. Sie haben mir sehr geholfen."

Sie führte mich aus dem Gebäude hinaus, ich lief weiter zur Arbeit und stumme Tränen rannen mir die Wangen hinunter. Ich ließ sie laufen, bis sie den Kragen meines T-Shirts tränkten. Ich hatte Jorik nur kurze Zeit gekannt und wir hatten nur ein paar gemeinsame Stunden verbracht. Eigentlich hätte sein Verlust nicht so hart für mich sein sollen, aber das war er. Es hatte mir das Herz gebrochen. Ich legte eine Hand auf meinen noch flachen Bauch. Jorik war bei mir. Er war jetzt ein Teil von mir. Ich dachte an mein Baby—*unser Baby*—und leistete mir einen Schwur.

Ich würde ihn niemals vergessen.

Wir würden ihn niemals vergessen.

5

Kriegsfürst Jorik, 8 Monate später - Planet Latiri 4, Das Labyrinth

ICH KLAMMERTE MICH MIT DEN FINGERSPITZEN AN EINE Felsklippe und blickte zu den anderen drei Kriegsfürsten rüber. Ich machte ihnen ein Zeichen, damit wir hier verschwanden und tat etwas, von dem ich nie gedacht hätte, dass ich es je tun würde. Als die neuen Spürhunde der Hive unten durch die Felsschlucht rasten, versteckte ich mich. Ich kroch in die dunkelste Nische der höchsten Höhle und kletterte tief ins lichtlose Innere hinein, sodass nicht einmal die Sensoren der Hive mich aufspüren würden. Die anderen Kriegsfürsten hatten dasselbe getan.

Sie waren Fremde, Brüder, die in anderen Zellen gefangen gehalten worden waren. Ich kannte sie nur von ihren Schreien her. Aber sie kämpften. Mit jedem Atemzug widersetzten sie sich den Hive. Sie waren Krieger und als ich ausgebrochen war und das gesamte Integrationslabor der Hive zerstört hatte, hatten sie mir zur Seite gestanden und mit vereinter Wut zertrümmert, zerschlagen und gebrüllt.

Jetzt waren wir frei und auf der Flucht. Wir versteckten uns. Wir alle wollten überleben. Aber ich hatte ein Ziel. Einen Grund, um für mein Leben zu kämpfen—um zu meiner Partnerin zurückzukehren. Zu Gabriela.

Ich konnte nicht sagen, wie viele Tage vergangen waren, seit ich ihre zarte Haut berührt, meinen Schwanz in ihrer feuchten Hitze vergraben hatte. Ihren Namen auf meinen Lippen gehört hatte. Sie geküsst hatte … ich konnte nicht sagen, ob die Hive mich zwei Monate festgehalten hatten oder zwanzig. Ich wusste nur, dass ich weiterkämpfen musste. Für sie.

Das Schluchtsystem, das wir für unser letztes Gefecht gewählt hatten, war bekannt für seine magnetisierten Felsen. Felsen, die die Kommunikationssysteme auf beiden Seiten des Krieges störten. Unsere Krieger nannten dieses Gebiet des Planeten 'das Labyrinth' und die meisten Kämpfe der Koalitionsflotte gegen die Hive wurden hier ausgetragen. Jeder, der in diesen Schluchten verloren ging, war auf sich allein gestellt und hatte keine andere Möglichkeit, als sich zu einem der Koalitionssender durchzuschlagen, um auf irgendeine Art der Rettung zu hoffen. Wenn es dem Krieger nicht gelang, so wie wir es gerade getan hatten einen dieser speziell aufgestellten Sender zu aktivieren, dann würden die ReCon-Einheiten ihn niemals aufspüren. Es gäbe kein Signal. Keine Extraktion. Keine Hilfe. Im Moment waren wir auf uns allein gestellt. Wir mussten abwarten, bis jemand kommen würde, um uns zu retten.

Das war mir klar. Wir alle wussten es. Mein Körper war halb am Verhungern, nachdem er wochenlang dazu gezwungen worden war die mikroskopisch kleinen Integrationszellen der Hive als einzige Nahrung zu konsumieren; auch das war mir klar.

Äußerlich sah ich genauso aus wie zuvor. Aber die Hive hatten meinen Körper nicht nur mit ihrer Nanotechnik gefüttert, sie hatten mich auch stärker gemacht. Abnormal stark. Sogar für einen Atlanen. Ich konnte mit bloßen Händen Felsklötze zertrümmern.

Ich konnte wochenlang ohne Nahrung auskommen.

Ich konnte die toxische Luft auf diesem Planeten einatmen, nicht nur für ein paar Stunden, wie die meisten meiner Artgenossen, sondern für unbegrenzte Zeit.

Sie hatten eine Bestie gefangen und mich zu einem Monster umfunktioniert. Was sie mit mir gemacht hatten, würde ich nie mehr rückgängig machen können. Aber das war egal. Ich war immer noch Kriegsfürst Jorik von Atlan. Mein Verstand war intakt geblieben, denn Göttern sei Dank. Und dieser neue Körper, den sie mir fabriziert hatten? Auch der gehörte mir.

Nein, nicht mir. Gabriela. Alles, was ich hatte und was ich war gehörte ihr. Ich war kräftiger, was bedeutete, dass ich sie besser beschützen konnte. Ich würde mich meiner Stärke bedienen, um zu überleben und zu ihr zurückzukehren.

Meine Bestie knurrte bestätigend. Sie hatte die Hauptlast der Folter durch die Hive auf sich genommen. Sie hatte gekämpft und getobt und mich mit meinen Gedanken allein gelassen, damit ich den Schmerz ignorieren konnte. Sie verdiente die liebevolle Berührung unserer Partnerin sogar noch mehr als ich und wir würden zu ihr zurückkehren oder beim Versuch draufgehen. Ohne sie war mein Leben wertlos.

Die Hive? Mit Körper und Geist hatte ich sie bekämpft. Wir alle hatten das. Und als sie eine einzige Dosis ihres Chemiecocktails, der mich benommen und fügsam machte, vergessen hatten ... hatte ich zwei Dutzend von ihnen ausgeschaltet. Ich hatte ihren führenden Wissenschaftler, eine hochrangige Integrationseinheit aufgespürt. Den sadistischen Bastard hatte ich mir bis zum Schluss aufgehoben, ihn dann in Stücke gerissen und seine blutigen Überbleibsel in denselben Käfigen verteilt, in denen ich und die anderen Atlanen vorher festgehalten worden waren.

Es war eine Warnung. Ich war zwar nicht sicher, ob die Hive meine schaurige Botschaft verstehen würden, hatte sie aber dennoch gesendet.

Legt euch verdammt nochmal nicht mit den Atlanen an.

Genau wie auf der Erde mit dem Mistkerl, der Gabriela eine Pistole an den Kopf gehalten hatte. Den Menschen hatte ich dieselbe Botschaft geschickt. Legt euch nicht mit den Atlanen an.

Und jetzt warteten vier von uns, allesamt stärker als zuvor—dank der Hive-Integrationen—auf ein ReCon-Team vom Schlachtschiff Karter, das verrückt genug war mitten im Labyrinth zu landen und uns zu retten. Vor zwölf Stunden hatten wir das Notsignal aktiviert. Vor zwölf verdammten Stunden.

Ein Schatten am Eingang meiner Höhle machte mich auf die Anwesenheit eines Bruders aufmerksam. Ich wartete lautlos, während er auf mich zukam. Wir beide wandten uns dem Eingang zu, um auf einen möglichen Angriff zu achten. Wulf sprach zum ersten Mal seit Stunden.

"Die Spürhunde sind weitergezogen," flüsterte er.

"Sie werden zurückkommen."

Er seufzte und ich erwartete eine schlechte Nachricht.

"Ich habe jahrelang auf der Karter gekämpft. Es dauert etwa acht Stunden, um ein ReCon-Team zu versammeln und es hier runter zu schicken."

Ich wusste, worauf er damit hinauswollte, aber ich weigerte mich aufzugeben. Noch nicht. "Worauf wollen Sie hinaus, Kommandant?"

"Sie kommen nicht, Jorik," entgegnete er kühl. Nicht, dass er sonst irgendwie emotionsgeladen wäre. "Sie sind bereits vier Stunden zu spät. Wir müssen zum Integrationszentrum zurückgehen und ein Hive-Shuttle stehlen."

Ich schüttelte den Kopf, noch ehe ich einen Gedanken gefasst hatte. "Nein. Als wir entkommen sind, wimmelte es dort bereits mit hunderten von ihnen. Und seit unserer Flucht werden alle paar Minuten mehr hineintransportiert. Wahrscheinlich sind dort jetzt tausend Hive-Soldaten, die diese Shuttles bewachen."

"Ich weiß. Aber wir werden so viele von ihnen ausschalten

wie möglich." In Wulfs Worten schwang eine Endgültigkeit mit, die ich nicht akzeptieren konnte.

"Selbst wenn wir an eines herankommen, die Karter würde uns in tausend Stücke ballern, und zwar noch ehe wir in die Nähe des Schlachtschiffs kommen würden."

Das sah er wohl auch ein und seufzte. "Darüber werden wir uns den Kopf zerbrechen, sobald wir das Shuttle haben."

"Nein. Wir warten."

"Ich bin der Kommandant, Jorik. Wenn ich den anderen den Befehl zum Ausrücken gebe, dann werden Sie mir folgen."

"Und wenn ich nicht wäre, dann würdest du weiter in einer dieser Zellen verrotten," konterte ich. "Ich habe eine Partnerin, Kommandant. Ich muss zu ihr zurückkehren. Gib mir wenigstens ein paar Stunden mehr." Ich wandte den Kopf zur Seite und blickte Wulf in die Augen, damit er verstand, wie ernst ich es meinte. Ich konnte nicht so einfach aufgeben. "Zwei Stunden. Sollten sie nicht auftauchen, dann werde ich diesen gesamten verdammten Planeten zerstören, um zu ihr zurückzukehren."

Wulf grinste, es war das erste Hoffnungszeichen in Monaten und er schlug mir ordentlich auf den Rücken. Das würde einen blauen Fleck hinterlassen. Egal. Der Schmerz bedeutete, dass ich noch am Leben war. "Einverstanden. Zwei Stunden. Dann greifen wir an."

Den Göttern sei Dank. "Was ist mit den anderen?"

Wulf antwortete wie erwartet, aber ich musste es trotzdem hören. "Sie werden auf meinen Befehl warten."

Wir warteten schweigend und ich musste zugeben, dass seine Gesellschaft mir ein Trost war. Dreißig Minuten vergingen. Eine Stunde. Zwei.

Ich wusste genau, wie spät es war. Jede Zelle meines Körpers wusste es, dank den Hive. Ich spürte jeden einzelnen Moment verstreichen, als ob mit jeder Sekunde, die verging auch die Hoffnung versiegte. Ich lauschte angestrengt nach den

Geräuschen von sich nähernden Truppen, nach Motorengeräuschen, nach jedem anderen Zeichen.

Stille.

"Zwei Stunden, Jorik. Tut mir leid," erklärte Wulf nüchtern.

"Ich weiß." Ich war zwar nicht wirklich einverstanden, aber er war einen Kompromiss eingegangen und genau das würde ich jetzt auch.

Wir krochen vorwärts und überblickten die Schlucht. Von den Hive-Aufklärern und ihren Hunden fehlte jede Spur, aber ich ließ mich nicht täuschen. Sie konnten nicht weit sein und diese Köter waren schneller als die meisten Elektromobile.

Wulf beugte sich über die Kante und hielt Ausschau. Er pfiff leise und zwei weitere Atlanen kamen zum Vorschein, als ob sie mit dem Gestein verschmolzen waren und jetzt wieder ihre feste Form einnahmen.

Wulf deutete mit dem Finger und die anderen kletterten zur Spitze der Felswand hinauf. Das Integrationszentrum lag tief in einer Höhle versteckt, etwa zwei Meilen entfernt von unserer jetzigen Position. Die Koalitonsscanner konnten die Anlage nicht aufspüren und wir hatten keine Ahnung, wie lange die Hive bereits diesen Stützpunkt betrieben. Die Nähe machte es ihnen nur allzu leicht, die Verwundeten vom Schlachtfeld aufzulesen und sie direkt in eine Integrationseinheit zu verfrachten. Genau unter Kommandant Karters Nase.

Es war genial. Und so verdammt praktisch. So typisch Hive.

Kein Wunder, dass sie nie diesen Planeten aufgeben hatten. Für sie war er wie eine verdammte Hive-Fabrik. So viele Krieger. So viele Auseinandersetzungen. Unzählige verlorene Leben. Alles, damit die Hive ihren unersättlichen Hunger nach anderen Koalitionsrassen stillen konnten.

"Lass uns gehen," befahl Wulf. "Wir bleiben unauffällig und bewegen uns schnell. Und deine Bestie bleibt unter Kontrolle, bis sie gebraucht wird."

"Ich weiß." Meine Bestie war es, die ihm geantwortet hatte. *Ich weiß.* Zwei Worte, die mir zu viel Schmerz bereiteten. Also hatte sie für uns gesprochen. Jetzt musste ich meine Bestie unter Kontrolle bekommen und den Schmerz verdrängen, damit wir uns leise auf den Weg machen konnten. Schnell. Damit wir uns wie Schatten hineinschleichen und unsere Monster loslassen konnten. Wir würden nicht überleben. Wir würden es unmöglich bis zu diesen Shuttles schaffen. Und wir alle wussten es. Aber wir würden so viele von diesen Mistkerlen wie möglich mit uns in den Tod reißen.

Besser als in einer Höhle auszuharren und nach und nach die Hoffnung zu verlieren.

Wir waren auf halbem Wege, als Wulf plötzlich Halt machte und seinen Arm hob, damit wir ebenfalls stehenblieben.

Als mein Herzschlag sich beruhigt hatte und nicht länger in meinen Ohren dröhnte, konnte ich hören, was er gehört hatte.

Ein Shuttlemotor. Das Geräusch kam aus entgegengesetzter Richtung zum Hive-Stützpunkt.

Meine Bestie heulte, als wollte sie das Shuttle zu uns rufen.

Zwei Minuten später landete es auf dem zerklüfteten Boden und ich starrte einem kleinen menschlichen ReCon-Captain ins Gesicht.

Wulf brüllte und zog den kleinen Mann in eine heftige, knochenbrecherische Umarmung.

"Verdammt, Wulf, gut dich zu sehen. Sachte mit den Rippen. Wir müssen sofort weg hier." Der Captain und sein Team hatten uns umkreist, alle waren bis an die Zähne bewaffnet. Allerdings machte ich mir nicht mal die Mühe mir eines ihrer Ionengewehre zu nehmen. Ich brauchte keines, um zu kämpfen. Nicht mehr.

"Seth. Verdammt, ich dachte, du würdest nicht kommen." Wulf ließ ihn wieder los, dann trat er zurück und klopfte ihm auf die Schulter. "Hier runter zu kommen war verdammt dumm von dir, ist dir das klar?"

Der Captain lachte. "Ich weiß. Scheißjob. Und sollte ich meinen Arsch nicht wieder lebend von diesem Felsen bekommen, dann wird Chloe mich erwürgen."

Wulf lachte und als ob zwischen beiden Männern ein magisches Stichwort hin und her gegangen war, drehten sie sich beide um und rannten zurück zum Shuttle. Der Rest von uns folgte ihnen und mein Herz schlug heftiger als bei meiner Flucht. Nicht aus Angst, sondern vor Freude. Vor Verlangen.

Gabriela.

Die Shuttletür hinter uns ging zu und ich wollte den Captain packen, Wulf aber hielt mich zurück, als wir abhoben und der Metallboden unter unseren Füßen schwankte.

"Festhalten!" Das ReCon-Team, abgesehen von Seth, hatte sich wieder in seine Sitze geschnallt. Aber die ReCon-Shuttles waren nicht dafür ausgelegt eine Bestie zu transportieren und wir quetschten uns so gut es ging im Frachtraum zusammen. Kai und Egon hielten sich neben mir fest, keiner von ihnen sagte ein Wort. Das Reden überließen sie ihrem Kommandanten.

"Seth, ich muss mit Karter reden," sprach Wulf.

Seth nickte. "Kein Problem. Sobald wir die Atmosphäre verlassen haben, werde ich eine Verbindung herstellen."

Wulf machte finstere Miene, genau wie die beiden Atlanen zu meiner Seite. "Und Kommandantin Phan."

Darauf verblasste Seths Lächeln. "Kommandantin Phan?" Ich verstand erst, als er die nächste Frage anschloss. "Nicht Chloe?"

"Ja. Und alle anderen Geheimdienstoffiziere auf der Karter."

"So schlimm?" fragte Seth, seine Stimme klang bedrückt. "Ich will nicht, dass meine Partnerin in noch so eine Sache mit reingezogen wird. Sie nimmt schon so mehr Risiken auf sich, als mir lieb ist. Das ist verdammt gefährlich, Wulf."

"Es ist schlimmer, als alle von uns gedacht hätten," Kai, der blonde Atlane zu meiner Rechten bestätigte das, was uns allen durch den Kopf schwirrte. "Die Hive haben da praktisch eine Leichenfarm, eine Fabrikanlage für die Sterbenden und Verwundeten, um sie dorthin zu verschleppen und zu assimilieren, direkt hier auf Latiri 4. Genau unter der verdammten Nase der Kampfgruppe."

Seth blieb still, während wir ohne große Turbulenzen die

Atmosphäre verließen und ich sackte erleichtert zusammen, als die nominelle Schwerkraft des Raumschiffs einsetzte. Wir waren sicher. Wir waren gerettet. Auf einmal war ich erschöpft. Meine Bestie war müde. Selbst diese kurze Verschnaufpause fühlte sich gut an. Zwar nicht so gut, wie es sich anfühlen würde in Gabrielas warmem Körper zu versinken, aber es war trotzdem verdammt gut.

Wulf folgte Seth, als der sich zum Cockpit aufmachte. Ich ging ihnen hinterher. Seth war ein Mensch. Er würde wissen, wie man die Erde kontaktieren konnte. Wie man meine Frau ausfindig machen konnte.

Aber die Pflicht ging vor, also ließ ich erstmal Wulf mit dem imposanten Prillonischen Kommandanten namens Karter reden. Ich hatte ihn nie getroffen, aber die Art und Weise, wie die Crew auf jedes seiner Worte reagierte, verriet mir, dass er respektiert wurde. Wulf adressierte ihn mit größtem Respekt und das war Tatsache genug für mich.

Nachdem Wulf die Koordinaten und wesentlichsten Details durchgegeben hatte, setzten sie eine Uhrzeit für ein volles Meeting an. Ich sollte auch daran teilnehmen und dagegen konnte ich auch nichts einwenden. Ich kannte diese Einrichtung ein- und auswendig. Hatte das meiste davon selbst gesehen. Ich hatte die Besatzung gezählt, ihren Transportplan gelesen und alles andere, was sich sonst noch als nützlich erweisen könnte, notiert. Die anderen hatten dasselbe getan.

Dann aber war das Gespräch vorüber und meine Bestie würde sich keinen Moment länger gedulden. Sie brach aus, mein Gesicht verlängerte sich und mein Körper wuchs, bis ich mich bücken musste, um in dem kleinen Shuttle überhaupt stehen zu können.

"Seth." Das tiefe Grollen meiner Bestie ließ alle anderen Stimmen abrupt verstummen.

"Ja, Kriegsfürst?" Seth blickte mich schief an, er schien keine Angst zu haben. Entweder er war ein Vollidiot oder einer der mutigsten Männer, die ich je getroffen hatte.

"Erde anrufen. Partnerin. Gabriela."

Seth grinste tatsächlich. Dieser Hurensohn. "Die Erde ist ziemlich groß, Kumpel."

Meiner gequälten, geschundenen, halb verhungerten Bestie war die Antwort des Captains ziemlich egal. Ehe ich mich versah, war Seths Hals auch schon in meiner Hand und seine Füße baumelten über dem Boden. Die geringe Schwerkraft verhinderte zwar, dass ich ihn auf der Stelle erwürgte, sie würde mich aber nicht davon abhalten ihm das Genick zu brechen und seine Wirbelsäule wie einen Weinkorken aus einer Flasche herauszuziehen. "Miami."

Wulfs Hand landete auf meiner Schulter. Er griff aber nicht an. Er wusste es besser. Meine Bestie war in diesem Moment nicht besonders vernünftig. Und ich auch nicht. Nicht nach all dieser langen Zeit. Ich konnte keine Sekunde länger warten.

"Captain," sprach Wulf. "Du solltest besser auf der Erde anrufen. Einer Bestie und ihrer Partnerin in die Quere zu kommen ist keine gute Idee."

Der Mann zog die Augenbrauen hoch. "Lass mich runter, Kriegsfürst. Wir werden deine Partnerin anrufen," sprach er und ich war sofort wieder beruhigt.

Meine Bestie brummte widerwillig, ließ den kleinen Menschen aber runter. Eine falsche Bewegung und ich würde nicht einmal versuchen meiner Bestie Einhalt zu gebieten. Meine Partnerin war auf der Erde. Allein. Schutzlos.

Sie gehörte mir.

Seth wandte sich dem Piloten zu und nickte. Als Nächstes hörten wir eine Frauenstimme, die durchs Kommunikationssystem durchgestellt wurde. "Erde, Abfertigungszentrum der Koalitionsflotte. Wie kann ich Ihnen helfen?"

Das Abfertigungszentrum der Koalitionsflotte. Bräute und Krieger.

Ich interessierte mich nicht für die Krieger von diesem

Planeten. Oder die Bräute. Es gab nur eine Frau, die mir wichtig war.

"Hier spricht Captain Seth Mills von der Kampfgruppe Karter, Sektor 437. Ich muss sofort eine Erdenfrau ausfindig machen. Ihr Partner wurde soeben von einem Integrationszentrum der Hive gerettet. Sie muss sofort informiert werden."

"Wunderbar!" Die Frauenstimme aus der Kommunikationsanlage des Shuttles klang wirklich erfreut und meine Bestie beruhigte sich etwas mehr. Sie klang nicht gestresst. Oder besorgt. Vielleicht ging es meiner Partnerin gut, genau wie dieser Frau. Sicher und entspannt. "Wie lautet der Name der Frau?"

Seth blickte zu mir und glücklicherweise hatte ich meine normale Größe wiedererlangt und konnte wieder sprechen. "Gabriela Olivas Silva." Ich nannte der Frau auch noch Gabrielas Adresse; ich hatte sie mir gemerkt und während meiner Gefangenschaft als wertvolles Stück Information gehütet.

"Warten Sie bitte."

Die Leitung wurde still und alle an Bord des Shuttles warteten gespannt. Einige waren nur neugierig, ich aber konnte es kaum aushalten. Einige Momente später war die Frauenstimme wieder da.

"Ich bedaure, Captain, unter diesem Namen ist keine Braut registriert."

Seth blickte zu mir.

Ich drängte die Bestie so weit zurück, damit ich deutlich sprechen konnte. "Sie ist keine Braut. Ich habe sie auf der Erde getroffen. Sie lebt in der Nähe vom Abfertigungszentrum."

"Ich verstehe." Hörte ich da etwa Missbilligung in der Stimme der Frau? "Dann werde ich sie mit lokalen Mitteln kontaktieren müssen. Wie lautet der Name ihres Partners?"

Wulf antwortete. "Kriegsfürst Jorik von Atlan."

Es gab ein erschrockenes 'Huch', dann wurde es still. Dann

noch einmal die Frauenstimme. "Bitte warten Sie noch einmal. Ich werde die Frau kontaktieren."

Mehrere Minuten vergingen. Jede davon fühlte sich wie eine Stunde an. Und als die Frauenstimme schließlich zurückkehrte, wünschte ich, dass sie es nicht getan hätte.

"Ich bedaure, Captain Mills," erklärte die Frau. "Ich habe die Frau aufgespürt. Sie ist zum Zentrum gekommen und hat nach ihrem Partner gesucht, nachdem er versetzt worden war. Er wurde gefangengenommen und für tot erklärt und das hat man ihr auch mitgeteilt. Ich fürchte, sie hat alles hinter sich gelassen und jemand anderes geheiratet. Einen Menschen."

"Was?" *Was? Geheiratet?* Das war ein Menschenausdruck, aber meine NPU sagte mir genau das, was ich nicht hören wollte. "Sie hat einen neuen Partner?"

"Ich bedaure, Kriegsfürst," entgegnete die Frau. "Sie dachte, sie wären tot. Sie hat vor drei Monaten geheiratet." Ihre Stimme war voller Mitleid, genau wie die Blicke des ReCon-Teams, der Atlanen und Wulf. *Scheiße. Scheiße. Scheiße.*

Die Frau redete allerdings weiter: "Ich sehe Sie nicht in unserem System, Kriegsfürst. Ich nehme an, dass Sie nach ihrer Rettung von den Hive auf die Kolonie transferiert werden. Da Sie Ihre Gefangennahme überlebt haben, qualifizieren Sie sich für eine interstellare Braut. Sie sollten sich gleich nach Ihrer Ankunft in der Kolonie testen lassen."

Für eine Braut testen lassen? Das kam nicht infrage. Keine andere kam für mich infrage außer Gabriela. Meine Bestie würde keine andere akzeptieren und ich ebenso wenig.

Ich konnte nicht reden, also übernahm der Captain das Sprechen für mich. Er ließ die Schultern hängen und seine Augen verloren ihren Glanz, als ob er meinen Schmerz nachvollziehen konnte. "Danke sehr. Captain Mills Ende."

Die Leitung verstummte, aber ich hörte nicht mehr hin. Ich sackte auf dem Boden zusammen, legte mich auf den Rücken und starrte ins Leere. Ich war innerlich tot, meine Bestie war zum ersten Mal völlig verstummt.

6

*J*orik, Kampfarena, Die Kolonie

Die beiden Prillonen gegen die ich gekämpft hatte waren erledigt. Der Erste lag bewusstlos am Boden, nachdem ich ihn gegen die Wand geschleudert hatte. Der Zweite strauchelte im Dreck, als er wieder auf die Füße kommen wollte. Das Blut tröpfelte von seinem Kopf und tränkte den Boden rot.

"Runter!" Meine Bestie brüllte, als der Idiot wieder aufstehen wollte. Er sollte sich gefälligst ergeben, anstatt das tobende Monster herauszufordern. Nicht nur meine Bestie, sondern das, was die Hive aus mir gemacht hatten. Wir hatten unsere Partnerin verloren. Der Schmerz war allgegenwärtig und das hier war mein Auslass. Die Kampfarena. Es war der einzige Ort auf diesem Planeten, an dem es erlaubt war durchzudrehen.

Wie üblich hatte die Bestie für mich übernommen, sie trug die Hauptlast meiner Wut, war aber schwieriger zu steuern. Besonders hier in der Kampfgrube.

Selbst die sonst so laute Zuschauermenge war eigenartig still und hinter mir konnte ich Schritte hören. Ich drehte mich um und sah, wie Wulf, Kai, Egon, Braun und Tane auf mich zu kamen und mich umzingelten. Sie gaben mir zwar jede Menge Raum, aber ich war eingekreist.

Fünf gegen einen? Und allesamt Atlanen.

Meine Bestie lächelte. Sie würde nichts mehr zurückhalten.

Ich brüllte, aber die anderen reagierten nicht wie erwartet und meine Bestie warf die Arme in die Luft. "Los. Greift an."

"Nein," sprach Wulf und schüttelte den Kopf, aber Kriegsfürst Braun neben ihm war bereits ganz zur Bestie geworden. Die anderen, außer Wulf, waren ebenfalls dabei sich in Bestien zu verwandeln. Lautlos. Alle fünf von ihnen. "Wir werden dich außer Gefecht setzen, Jorik."

"Greift an." Ihre Worte gefielen mir nicht, und meiner Bestie noch weniger. Wir brauchten mehr. Mehr Schmerz. Mehr Blut. Mehr. Es war der einzige Auslass für meine Gefühle, das einzige Ventil für meinen Kummer. Meine Wut.

"Schluss mit kämpfen," sprach Wulf. "Du bist seit deiner Ankunft völlig außer Kontrolle. Der Gouverneur hat uns angewiesen, dass wir uns um dich kümmern sollen."

"Greift an."

"Jorik, entweder du kommst mit uns, oder du landest im Bundar-Knast."

Sie glaubten also, dass ich außer Kontrolle war, dass ich hingerichtet werden musste. Meine fünf Atlanischen Kumpels waren der Meinung, dass ich übergeschnappt war.

Möglicherweise hatten sie ja recht. Es gab keinen Lichtschimmer mehr für mich. Keine Hoffnung.

Keine Gabriela.

Der männliche Teil von mir trauerte, aber die Bestie weigerte sich ohne Widerstand aufzugeben. Fast ein Jahr lang hatte sie gekämpft, um den Hive zu entkommen. Sie war stark, sehr viel stärker als ich und sie hatte sich schlichtweg geweigert zu sterben. Und sie weigerte sich, die Hoffnung aufzugeben, dass Gabriela irgendwann uns gehören würde.

"NEIN!"

Ich—wir—meine Bestie stürzte sich auf Wulf, wurde aber von Braun am Nacken gepackt und mitten im Sprung auf den Rücken geschleudert. Sie anderen warfen sich sofort auf mich und hielten mich unten. Sie nagelten mich fest, aber ohne mich dabei zu verletzen. Das kontaminierte Monster, zu dem ich gemacht worden war, könnte sich mit ihnen anlegen, aber irgendwie wusste ich, dass ich ihnen nicht wehtun wollte.

Und doch, ich brauchte den Schmerz. Den Auslass.

"Kämpft!" brüllte ich und setzte mich mit jeder Unze meiner Cyborg-Kraft zu Wehr, aber die anderen waren ebenfalls kontaminiert. Stärker als normale Atlanen. Gestählt in Körper und Geist. Sie hielten mich fest, während ich tobte und um mich schlug und sich mein Gebrüll in Schreie wandelte.

"Jorik, du hast diese beiden Prillonen fast umgebracht," raunte Wulf. "Aber ich bin genauso unnachgiebig wie du. Ich weiß, dass du wütend bist wegen der Frau, aber ich werde dich nicht verrecken lassen. Nicht nach all dem, was wir durchgemacht haben." Wulf hockte neben meinem Kopf, während die anderen mich festhielten. Meine Wut hatte sich in Tränen gewandelt und ich wollte mich immer noch befreien.

Um Schmerz zuzufügen. Um zu töten.

Um zu sterben.

"Nein," schnappte ich.

"Du kommst mit," führte Wulf weiter aus. "Du wirst deinen Arsch in den Teststuhl vom Bräuteprogramm setzen und mit einer Frau verpartnert werden, die dich verdient hat. Hast du verstanden, Kriegsfürst? Das ist ein Befehl."

Ich biss die Zähne zusammen und versuchte unter den anderen vier Bestien hervorzurollen. Mit dem einzigen Ergebnis, dass ich auf dem steinigen Schotter der Kampfarena ein gutes Stück Haut von meinem Rücken abscheuerte. Nicht einmal der Geruch meines eigenen Blutes konnte mich beruhigen, aber die Bestie wollte nicht gegen ihre Kumpels kämpfen, jene Männer, die mit uns zusammen in den Händen des Feindes gelitten hatten. Meine Bestie zog sich zurück, sodass ich mich alleine mit Wulf auseinandersetzen konnte. Nur als Mann. Schwach.

"Wulf, schick mich einfach in den Knast von Bundar," sprach ich, als ich schließlich aufgegeben hatte. "Ich bin zu kaputt."

"Ich werde dich nicht verlieren, nicht an eine geschlossene Einrichtung wie diese," konterte er. "Nicht wegen einer Frau, die gar nicht deine Partnerin war."

"Sie gehört mir," zischte ich.

"Nein. Gabriela hat gedacht, du wärst tot, Jorik. Wir waren fast ein Jahr in der Hölle. Sie hat einen anderen Partner. Sie ist glücklich. Sicher. Umsorgt. Möchtest du etwa ihr Glück zunichtemachen? Ihr das Herz brechen? Ihr wehtun?"

"Niemals."

Wulf stand auf und wirkte wie eine Art Lichtwesen, als das Licht des Sterns von seinen Haaren reflektiert wurde. Er wandte sich an die anderen. "Bringt ihn zum Teststuhl und stellt dabei sicher, dass er den Testvorgang vollständig durchläuft. Lasst ihn erst wieder aus den Augen, wenn der Doktor sagt, dass es beendet ist."

Die anderen hievten mich auf die Füße und ich kam mir vor wie ein kleines Kind. Ich war umzingelt und wurde geführt. Es gab kein Entkommen. Aber das war egal. Alles war mir egal. Wulf hatte recht. Gabriela war über mich hinweg. Sie würde nicht zurückkommen. Das verdammte Schicksal hatte sie mir genommen. Jetzt war es zu spät.

Ich würde ihr niemals wehtun. Würde niemals von ihr verlangen, dass sie sich zwischen mir und einem anderen Mann entschied, einem Mann, der sie liebte. Einem Mann, der für sie dagewesen war, als ich nicht bei ihr sein konnte.

Meine Schultern sackten kapitulierend nach unten und ich spuckte das metallisch schmeckende Blut aus meinem Mund, als wir die Kampfarena verließen und uns Richtung Krankenstation bewegten.

Meinetwegen.

Eine mächtige Hand landete auf meiner Schulter.

Braun.

"Du wirst es überstehen, Kumpel," sprach er, als ob mir eine weitere qualvolle Runde Hive-Folter bevorstand.

Ich entgegnete nichts darauf. So oder so, es war egal. In der Kolonie lebten mehrere tausend Krieger. Viele davon waren getestet worden, aber nur eine Handvoll hatte auch ein passendes Match gefunden. Die Chance, dass sie mir eine Frau finden würden, war gering, besonders da meiner Bestie und mir klar war, dass Gabriela die einzige Frau für mich war. Aber meine Kooperationsbereitschaft würde Wulf besänftigen, und den Gouverneur. Denn ganz egal, was mein gebrochenes Herz verlangte, ich war zu verdammt stur, um einfach zu verrecken.

7

abriela, Erde

Ich musste mich hinlegen. Gott, meine Augenlider fühlten sich an, als ob sie innen mit Sand bedeckt waren. Jori schlummerte tief und fest neben der Tür in seinem Autositz und ich hatte etwa eine Stunde Zeit, ehe er hungrig aufwachen würde. Schon wieder. Allerdings hatte er noch nicht wirklich regelmäßige Zeiten. Ich blickte sehnsüchtig zur Couch rüber. Ich konnte mich in die weichen Kissen fallen lassen und die Augen zumachen. Oh, was für eine Wohltat das wäre. Aber zuerst musste ich die Einkäufe wegräumen oder sie würden schlecht werden, dann musste ich duschen und vielleicht eine Ladung Wäsche in die Maschine geben. Meine schäbige Jogginghose war mein letztes sauberes Unterteil und ich bezweifelte, dass sie den Tag überstehen würde.

Babys—also mein Baby zumindest—machten eine ganz schöne Sauerei.

Süße, wunderbare, schmuddelige kleine Kreaturen.

Ich nahm beide Tüten und trug sie in die Küche rüber, tat die

Eier in den Kühlschrank. Ich zuckte zusammen, als meine Kaiserschnittwunde ziepte. Ich hätte den Autositz und die Einkaufstüten nicht vom Auto bis nach oben schleppen sollen, aber mir war keine andere Wahl geblieben. Auf keinen Fall würde ich Jori alleine lassen, weder im Auto noch in der Wohnung, während ich die Einkäufe holte. Und jetzt würde ich eine weitere Schmerztablette brauchen. Eigentlich durfte ich zwar nicht Autofahren, aber ich musste schließlich auch essen.

Ich drehte mich um und erblickte mein Spiegelbild in der Mikrowelle. Ich wünschte, dass ich es nicht getan hätte.

Mein Haar war zu einem liederlichen Knoten hochgesteckt, mein Gesicht war ohne Make-up. Mein Tank-Top konnte meine neuen Kurven nicht verbergen ... und ich hatte reichlich davon. Das Mittelfaltblatt im Penthouse-Magazin hatte gegen meine neuen Mamititten keine Chance. Ich hatte kaum die Wohnung verlassen, seit ich aus dem Krankenhaus entlassen worden war und wenn ich doch rausging, dann machte ich mich nicht erst noch zurecht. Ich schaffte es kaum, uns beide anzuziehen und aus dem Eingang zu kommen, ehe Jori sich in die Windel machte und ein neues Outfit brauchte. Wie konnte etwas so Kleines überall Kacke kleben haben?

Und dann war da mein Bauchschnitt, die Bandagen, das anhaltende Bluten.

Bäh. Ich hatte ja keine Ahnung, dass ein Baby zu bekommen so ... schmuddelig war.

Vom anderen Zimmer her hörte ich ein kleines Schnupfen. Ich ging um die Theke und betrachtete meinen Sohn.

Oder wie sehr es das Ganze wert war.

Gott, wie sehr ich ihn bereits liebte. So sehr. Sein Näschen kräuselte sich nach oben und seine Hände waren beim Schlafen zu Fäustchen geballt. In seinem kleinen blauen Strampelanzug, der auf der Brust mit der Aufschrift 'Muttis Liebling' beschriftet war, war jedes perfekte Röllchen Babyspeck zu sehen. Seine dicken Beinchen, die Grübchen an seinen Ellbogen; jeder Zentimeter an ihm war perfekt. Und groß. Erstaunlicherweise war er bereits acht Tage alt. Die Zeit war wie im Fluge vergangen und doch so unglaublich langsam.

Ich hatte keine Familie, die mir helfen konnte, nur ein paar Freunde, aber die hatten entweder eine eigene Familie oder mussten arbeiten. Ich litt unter Schlafmangel; ich konnte mich nicht mehr erinnern, wann ich das letzte Mal geduscht hatte und selbst dann konnte ich nicht sagen, ob ich mir denn auch Shampoo ins Haar getan—oder mich erinnert hatte es wieder auszuspülen. Alle Bücher sagten, dass das normal war, dass ich normal war, aber in ein paar Wochen würde ich wieder arbeiten müssen. Ich würde mich duschen müssen. Saubere Klamotten anziehen. Mehr als zwei Stunden am Stück schlafen. In der Lage sein aufrecht zu stehen, ohne zusammenzuzucken, weil sie mich aufgeschnitten hatten, um ein riesengroßes Baby aus mir herauszuziehen. Ich würde wieder mehr als zwei klare Gedanken zusammenfassen müssen, weil, Himmel, wo war nur mein Verstand geblieben?

Jori streckte seine kleinen Beine aus und knatschte. Der kleine Bursche hatte echt Lungenvolumen. Ich blickte auf die Uhr am Herd und dachte mir, dass es zu früh war und er doch nicht schon wieder Hunger haben konnte, aber das war nicht wirklich meine Entscheidung. Wenn er Hunger hatte, dann würde er das auch bemerkbar machen.

Ich löste die Gurte vom Autositz, nahm ihn hoch und kuschelte ihn an mich. Ich küsste seinen weichen Kopf und lachte, als sein Fäustchen meine Wange erwischte.

"Na gut, du kannst einen Snack haben," sprach ich und setzte mich vorsichtig auf die Couch in der Ecke, wo ich ihn am besten stillen konnte. Ich zog mein Oberteil hoch, klappte meinen Still-BH auf und legte ihn an meine Brust. Er kannte den Weg und setzte mühelos an. Schlauer kleiner Bursche.

"Genau wie dein Vater," sprach ich zu ihm und wurde dabei von Emotionen überrollt. "Ein Tittenmann." Bei den Worten musste ich kichern, nicht, weil sie so besonders lustig waren, sondern weil ich Jorik so sehr vermisste, dass ich fast schon im

Delirium war und jedes Mal aufs Neue anfing zu trauern, wenn ich Joris dunkles Haar und dunkle Augen betrachtete und dabei verzweifelt zu verdrängen versuchte, dass ich jetzt alleine für ein anderes Leben verantwortlich war. Ich war eine Mutter.

Und alles was ich tun konnte, um meine einzig wahre Liebe zu ehren und in Erinnerung zu behalten, war seinen Sohn nach ihm zu benennen.

Tränen kullerten, als Jori ein niedliches Geräusch machte und sein winziges Fäustchen um meine Fingerspitze schlang, während sein kleiner Mund fleißig saugte. Mein Sohn. Joriks Sohn. Ich liebte ihn so sehr, dass es wehtat. Es schmerzte tatsächlich. Der Moment war bittersüß und einsam und ich war nicht sicher, ob ich das hier auf mich allein gestellt überleben würde.

Der Wonneproppen aber war sich meiner gemischten Gefühle nicht bewusst. Er reagierte nicht, sondern trank sich einfach nur satt, als ob er nicht erst zwei Stunden zuvor gegessen hatte, und zwei Stunden davor ebenfalls. Meine Nippel waren wund, mein Körper fühlte sich an, als ob er von einem Lastwagen überrollt worden war—und nicht ein Baby zur Welt gebracht hatte—und die Naht vom Kaiserschnitt bewirkte, dass es extrem wehtat, wenn ich ihn so auf meinem Schoß hielt.

Und es war perfekt.

Ich lehnte mich zurück und schloss meine Augen. Ich seufzte und ließ meine Gedanken dahin schweifen, wo sie gewöhnlich hinwanderten. Zu Jorik. Die Art, mit der er mich angeblickt hatte, mit einer Mischung aus Neugierde und besitzergreifender Eifersucht. Ich erinnerte mich an alles an ihm. Sein dunkles Haar, seine starken Hände. Seinen muskulösen Torso. Den großen Schwanz. Die kräftigen Beine. Ich hatte neun Monate lang Zeit gehabt, um jede einzelne meiner Erinnerungen nochmal zu durchleben. Wieder und wieder.

Die Erinnerungen waren das einzige, was mir von ihm blieb, abgesehen von Jori natürlich. Ich würde unser Baby mit allen Mitteln beschützen. Aufseherin Egara hatte ich nichts von meiner Schwangerschaft erzählt und niemand wusste etwas von meiner Verbindung zu Jorik. Zuerst war es mir vorgekommen, als würden die Lügen Joriks Vermächtnis hintergehen; den Ärzten hatte ich erzählt, dass Jori bei einem beiläufigen Abenteuer über eine dieser Online-Dating-Seiten gezeugt worden war. Aber schnell war mir klargeworden, dass ich nicht nur Joriks Baby bekommen würde, sondern ein Atlanisches Baby. Ein Alien.

Alienbabys gab es auf der Erde nicht. Es gab kaum erwachsene Aliens und die wurden eingeschlossen, überwacht. Genau wie Jorik. Bei der kleinsten Unbedachtheit zurückgeschickt in den Kampf gegen die Hive. Na gut, jemandem den Kopf abzureißen war keine Bagatelle, aber er hatte es getan, um mich zu beschützen.

Gott, ich fragte mich, wo er jetzt sein würde, wenn ich nicht gewesen wäre. Er hätte nicht diesen Typen umgebracht—also nicht, dass ich mich darüber beschwerte—und wäre auch nicht verbannt worden. Er wäre nicht in den Kampf gegen die Hive gesendet worden. Nicht gefangengenommen worden.

Was wäre wenn. Aber wenn ich ihn nicht getroffen hätte, dann würde es Jori auch nicht geben und das konnte ich mir nicht vorstellen. Ich konnte es einfach nicht bereuen. Und deswegen war ich jetzt auch besonders vorsichtig mit meinem Sohn. Er sah nicht wie ein Atlane aus, also abgesehen von seiner Größe. Er war wirklich groß für ein Baby, aber ansonsten hatte er keine außerirdischen Merkmale.

Dem Doktor hatte ich erzählt, dass sein Vater ein Footballspieler war, ein Profi. Die größten Männer, die mir zu dem Zeitpunkt eingefallen waren. Er hatte mir geglaubt und im OP sogar einen Kommentar über meinen *"neuen kleinen Linebacker"* gemacht, als er ihn aus mir herausgezogen und über das OP-Tuch gehalten hatte, das verhindern sollte, dass ich sah, wie sie mich aufschnitten. Die Lüge hatte scheinbar funktioniert, zumindest bis jetzt. Ich konnte nur hoffen, dass niemand es je herausfinden würde, denn nachdem sie Jorik weggeschafft hatten, musste ich befürchten, dass sie mir Jori ebenfalls wegnehmen würden.

Und dazu würde es nicht kommen. Sollte irgendwer versuchen meinen Sohn zu rauben, dann würden sie herausfinden, dass die Atlanen nicht die einzigen mit einer inneren Bestie waren.

Jorik hatte mich beschützt und ich würde ihn würdigen, indem ich seinen Sohn zu einem Mann wie ihm erziehen würde. Liebevoll. Beschützerisch. Ehrenhaft.

"Da sind wir, nur du und ich, Kleiner," säuselte ich und hob ihn an meine Schulter, um ihm auf den Rücken zu klopfen. Es dauerte nicht lange, bis er sein Bäuerchen machte und ich wechselte die Schulter. Zum Glück hatte es mit dem Stillen gleich von Anfang an geklappt.

Jorik fehlte mir und ich sehnte mich nach ihm, aber ich hatte akzeptiert, dass er nicht zurückkommen würde. Monatelang hatte ich auf ein Wiedersehen gehofft, aber diese Hoffnung verblasste jetzt langsam. Die Schwangerschaft war schwierig für mich gewesen, dann hatte ich ohne ihn unseren Sohn zur Welt gebracht. Ich wünschte, er hätte diese Erfahrungen miterleben können und jetzt wünschte ich, er könnte mitansehen, wie Jori mit jedem Tag größer wurde.

Ich musste eingeschlafen sein, denn plötzlich klopfte es an der Tür und ich schreckte auf. Jori lag immer noch an meiner Brust, aber er war nicht länger am Trinken. Er war auch eingeschlafen.

Ich blinzelte und es klopfte erneut. Gott, ich hatte beide Möpse draußen!

"Eine Minute," rief ich und schob Jori auf die Couch neben mir, damit ich meine Kleider zurechtrücken konnte.

Ich hob ihn hoch, tätschelte seinen kleinen Hintern und lief zur Tür.

Vor mir standen zwei Männer, die dieselbe Uniform wie Jorik damals anhatten. Das Herz sprang mir in die Kehle, als ich das vertraute Outfit erblickte.

"Ja?"

"Gabriela Silva?" fragte der Mann auf der linken Seite, dann blickte er auf das Baby.

"Ja," sprach ich erneut, diesmal klang meine Stimme leicht verunsichert.

"Frau Silva, Sie werden im Abfertigungszentrum der Koalition erwartet."

Mein Gefühl sagte mir, dass ich in Schwierigkeiten steckte. Aber nicht so wie mit dem Räuber im Eisladen, denn ich verspürte keine unmittelbare Gefahr. Ich fühlte mich wie ... Gott, ich hatte keine Ahnung.

"Ist Jorik gefunden worden?" fragte ich und versuchte um sie herumzuspähen und zu sehen, ob er womöglich hinter ihnen stand. Als ob er sie nicht aus dem Weg geräumt hätte, um zu mir zu gelangen. Oder zumindest hätte ich es mir so gewünscht.

Der Mann auf der rechten Seite runzelte die Stirn. "Wir kennen keinen Jorik. Bitte folgen sie uns."

"Dann muss ich das Baby erst bei Miss Taylor am Ende des Flurs lassen."

Sie schüttelten den Kopf. "Das ist nicht möglich. Man hat sie beide angefordert, sie und das Baby."

Oh Gott, ich hatte richtig gelegen. Sie hatten die Wahrheit über Jori herausgefunden und wollten ihn mir wegnehmen. Ihn zu irgendeiner Familie auf Atlan schicken.

Auf keinen Fall. Sie würden nicht mein Baby bekommen.

"Nein," entgegnete ich. "Rührt mein Kind an und ich werde euch die Köpfe abreißen."

"Frau Silva," sprach einer, aber ich konnte nicht ausmachen, wer von ihnen es war. Sie hielten die Hände von sich gestreckt. "Sie können gerne selber ihr Baby tragen."

Ich trat zurück und wollte die Tür schließen, aber einer von ihnen stellte den Fuß in den Rahmen.

"Frau Silva."

"Kommen sie mir nicht mit Frau Silva!" brüllte ich. Jori

erschrak und fing an zu weinen. Ich fing an zu weinen. "Sie werden mir nicht mein Baby wegnehmen!"

Ich stemmte die Schulter gegen die Tür, um sie auszusperren und von draußen konnte ich Stimmen hören, aber zwischen Joris Geschrei und meinem pochenden Herzen konnte ich kaum etwas verstehen. Der Fuß steckte weiter zwischen Holztür und Rahmen, aber niemand drückte mich zurück. Sie waren größer als ich—nicht so groß wie die Atlanen—, konnten mich aber mühelos überwältigen. "Ja. Aufgebracht. Ja. Nein, ich möchte keine Szene machen. Ja. Wir warten."

Ich drehte mich mit dem Rücken zur Tür und wollte sie schließen, gleichzeitig strich ich Jori tröstend über den Rücken. Ich atmete seinen süßen Babyduft ein und hielt ihn an mich geschmiegt. Ich würde nicht zulassen, dass sie ihn mir wegnahmen.

"Gabriela."

Ich hörte meinen Namen, diesmal von einer Frau.

"Gabriela, hier ist Aufseherin Egara vom Bräutezentrum. Wir haben uns vor einigen Monaten kennengelernt. Bitte verzeihen Sie mir, weil ich ihnen die Wachleute geschickt habe. Sie haben nur meine Anweisung befolgt, um Sie zu uns zu holen."

Ich reagierte nicht darauf und klopfte nur gleichmäßig Joris Rücken, während ich weiter gegen die Tür lehnte.

"Könnten Sie den Fuß des Captains wieder rauslassen?" fragte sie.

"Ich werde nicht zulassen, dass Sie mir mein Baby wegnehmen!" schrie ich.

"Natürlich nicht," konterte sie. "Ich möchte Familien zusammenführen, nicht trennen. Und ich würde *niemals* ein Kind seiner Mutter entreißen."

"Woher weiß ich, dass das keine Falle ist?" Sie hatte das Wort *niemals* betont und fast schon beleidigt geklungen. Trotzdem, es ging hier um meinen *Sohn*. Ich würde kein Risiko eingehen.

"Weil er sowohl Atlane als auch menschlich ist und er seine Mutter braucht."

Meine Hand erstarrte, mein Herz rutschte mir in die Hose. Sie wusste es. Heilige Scheiße. *Sie wusste es.*

Ich trat von der Tür weg und sie ging langsam auf. Aufseherin Egara kam herein und machte sie wieder zu, die Wachen blieben draußen.

"Er ist hübsch," sprach sie und lächelte Jori an. Er war bereits wieder eingeschlafen. Allerliebst. "Wie heißt er?"

"Jori, aber das wussten Sie bestimmt schon."

Sie sah genauso aus wie vor einigen Monaten, als sie mir mit den Informationen über Jorik geholfen hatte. Glatter Dutt, gebügelte Uniform.

"Es kommt nicht besonders oft vor, dass ein vierzehn Pfund schweres Baby geboren wird," sprach sie.

Jori war enorm, er war dermaßen groß gewesen, dass sie gedacht hatten mein Entbindungstermin wäre falsch berechnet worden. Da ich unmöglich eine Bowlingkugel aus mir herauspressen konnte, hatten sie mir einen geplanten Kaiserschnitt eine Woche vor dem Entbindungstermin nahegelegt, worauf ich dankbar eingewilligt hatte. Die Geburt war dann ohne nennenswerte Zwischenfälle abgelaufen—Gott sei Dank—, außer dass er echt groß war.

"Sie haben den Bericht über ihn gesehen?" Ein dämlicher Arzthelfer im Krankenhaus hatte seiner Frau von dem Baby erzählt und *sie* war Journalistin bei einem örtlichen Fernsehsender. Eines hatte zum anderen geführt und das Nächste, woran ich mich erinnerte, waren die Reporter vor dem Krankenhaus am Tag unserer Entlassung und Joris Füßchen, die bereits über den neuen Autositz hinaus baumelten. Er war nicht nur schwer, sondern er war auch groß. Keine Ahnung, wie er überhaupt in meinen Bauch gepasst hatte; armer, zusammengequetschter kleiner Bursche.

Ich schweifte ab. Gütiger Himmel. Ich riss meinen Blick von meinem Sohn und bemerkte Aufseherin Egara, die mich aufmerksam beobachtete.

Sie nickte. "Ja, aber ich habe ihn erst heute gesehen. Ich war im Urlaub und der Artikel ist erst heute im News-Feed aufgetaucht. Sie wollten Kriegsfürst Jorik finden, aber nicht nur um sich bei ihm zu bedanken."

Sie wusste es. Ich schüttelte den Kopf. "Nein. Ich habe ihn geliebt. Ich wollte ihm sagen, dass ich schwanger war. Aber das ist jetzt egal. Er ist tot."

"Es ist nicht egal." Sie deutete mit dem Kinn Richtung Jori, der weiter schlief. "Ihr Sohn ist zur Hälfte Atlane. Er kann nicht hier auf der Erde bleiben."

Ich machte einen Schritt zurück. "Sie können ihn mir nicht wegnehmen. Wie gesagt, ich werde jeden, der ihn anrührt, in Stücke reißen."

Sie lachte. "Ja, das glaube ich aufs Wort. Ich würde nie wagen, ihn wegzunehmen. Aber Sie müssen die Erde verlassen. Ihr Sohn mag zwar jetzt noch wie ein Mensch aussehen, aber er wird nicht wie ein normaler Junge aufwachsen. Er wird hier nicht glücklich sein."

"Und wo soll ich hin?" Mein Kopf drehte sich und ich drohte vor Panik zu ersticken. Wo sollte ich hingehen? Auf einen anderen Planeten? Nach Atlan? Wie sollte ich da leben? Ich kannte nichts und niemandem in einem anderen Bundesstaat und schon gar nicht auf einen anderen Planeten. Ich wollte keinen anderen Partner. Ich hatte einen Plan, einen Job, eine Wohnung. Ich konnte alleine ein Baby großziehen, hier, zu Hause. Auf der Erde.

Ihr strahlendes Lächeln verstörte mich sogar noch mehr. "Ich habe nicht oft die Gelegenheit, um das hier zu tun. Deswegen wollte ich auch persönlich vorbeikommen."

"Was zu tun?"

"Ihnen die gute Nachricht überbringen, dass Kriegsfürst Jorik den Hive entkommen konnte. Er ist am Leben und wohlauf und wurde in die Kolonie transferiert."

Bei ihren Worten blieb mir praktisch das Herz stehen. "Wa ... was?"

Ihr Lächeln war einfach hinreißend. Das war mein Gedanke,

als meine Knie nachgaben und ich mich auf einen Stuhl setzen musste. "Jorik lebt noch?"

"Ja, und da Sie ein Atlanisches Kind bekommen haben, *sein* Kind, kann ich Sie ohne den üblichen Papierkram zu ihm senden. Die Gesetze der Erde besagen, dass in der Allgemeinbevölkerung keine Aliens erlaubt sind. Die Koalitionsgesetze besagen, dass Familien zusammengehören. Daher werden Sie und Ihr Sohn zur Kolonie reisen und bei Kriegsfürst Jorik leben."

Ich befeuchtete meine Lippen. Blinzelte. War das möglich? Konnte das wahr sein? War mein Traum, wieder mit Jorik vereint zu werden, dass er nicht gefangen und getötet wurde, etwa wahr geworden?

"Das möchten Sie doch, oder?"

Was war diese Kolonie? Was bedeutete der Ausdruck überhaupt?

War das von Bedeutung?

Nein. War es nicht. Außer Jori hatte ich niemanden hier. Und er brauchte seinen Vater.

Ich brauchte seinen Vater.

Ich nickte. "Ja, mehr als alles andere. Wann?"

"Ich muss Sie vorbereiten und Ihnen eine NPU geben, aber … jetzt gleich, Gabriela. Heute noch."

8

Jorik, Transportraum 4, Die Kolonie

Ich konnte es nicht glauben. Ich *würde* es nicht glauben. Nicht, solange sie nicht hier war. Gabriela war unterwegs zur Kolonie. In diesem Moment.

Ich stand am Fuße der Transportplattform, die Beine weit auseinander, die Hände an den Seiten zu Fäusten geballt. Ich, der Transporttechniker und Gouverneur Rone warteten und starrten ins Leere. Die Plattform war leer. Wir warteten. Und warteten. Der Raum war still.

Ich hatte endlos viele Tage gewartet … Wochen, Monate, um Gabriela wiederzusehen. Ich hatte von ihr geträumt, jeden unserer gemeinsamen Momente durchlebt, jeden Blick, jede Berührung und ich konnte es kaum noch aushalten. Ich würde zwar nicht länger irgendwelche Köpfe abreißen, aber meine Bestie war vor lauter Ungeduld praktisch am Durchdrehen. Ich drehte mich um und blickte zum Transporttechniker.

"Wo zum Teufel ist sie?" Er starrte mich mit aufgerissenen Augen vom Kontrollpodium an, aber da er genau wie alle anderen auf diesem Planeten integriert worden war, hatte er bereits Schlimmeres erlebt. Ein bissiger Atlane würde ihm keine Angst machen. "Warum unternehmen Sie nichts?"

"Weil es nichts zu unternehmen gibt," entgegnete er unaufgeregt. "Der Transport wurde von der Erde arrangiert und initiiert."

Ich wandte mich wieder um und starrte auf den Metallboden der Plattform, wo Gabriela materialisieren würde.

"Immer mit der Ruhe, Kriegsfürst. Sie kommt schon."

Ich blickte den Gouverneur an und kniff die Augen zusammen. "Das ist nicht sicher."

Er rührte den Kopf, blieb aber zuversichtlich. "Doch. Ich habe persönlich mit Aufseherin Egara auf der Erde gesprochen."

Ich kannte diese Aufseherin Egara nicht besonders gut und hatte keine Ahnung, ob sie vertrauenswürdig war. Er verschränkte die Arme vor der Brust und starrte auf die Transportfläche. Offenbar vertraute er ihr.

"Ich habe schon einmal mit jemandem auf der Erde gesprochen und sie hat mir gesagt, dass Gabriela einen Mann von der Erde geheiratet hat, dass sie sich einen neuen Partner gesucht hat," sprach ich, auch wenn ihm das bereits bekannt war.

"Das muss ein Versehen gewesen sein, Jorik."

Meine Bestie war ungeduldig, sie wurde immer aufgebrachter, als ich an die letzten Tage zurückdachte, an den Schmerz und die Qualen, die ich durchgemacht hatte. "Sie haben mich dazu *gezwungen* mich für eine neue Braut testen zu lassen."

Er zuckte nur die Achseln. Sein Irrtum schien ihn nicht zu bekümmern. "Nun, das hat kein Match für Sie ergeben. Und *fast* hätten Sie in der Kampfgrube zwei Krieger umgebracht."

Ich runzelte die Stirn, die Erinnerung an meinen Kontrollverlust war mir unangenehm. Ich zügelte so gut es ging meine Bestie und zwang mich ruhig zu bleiben. Gabriela war unterwegs. Zu mir. Sie gehörte mir. Sie hatte eingewilligt. "Also hat Gabriela keinen anderen Mann gewählt?"

"Nein. Aufseherin Egara meinte, sie mussten die falsche Frau aufgerufen haben. Ein Fehler, weiter nichts."

Ein *Fehler*, der mich fast um den Verstand gebracht hätte und zwei guten Kriegern fast das Leben gekostet hätte.

Die Vibration im Boden rissen mich aus meinen Gedanken heraus. Die ersten Vorboten des Transports waren da und ich wollte nicht weiter reden. Ich blickte vom Gouverneur zurück zur Transportfläche. Mir standen die Haare zu Berge und ich spürte das vertraute Knistern des bevorstehenden Transports.

"Eintreffend," sprach der Techniker, allerdings eher, weil das Protokoll es verlangte alle Anwesenden von der Transportfläche fernzuhalten.

Von einer Bruchsekunde zur anderen erschien sie plötzlich, sie lag auf dem Rücken und schlief. Ich eilte die Treppen hoch und kniete vor ihr nieder.

Ich blickte zum Gouverneur rüber, dann wieder auf Gabrielas bewusstlose Gestalt.

Sie war hier. Aber sie war nicht allein. Eng an ihre Brust geschmiegt hielt sie ... ein Baby.

Es waren so viele Eindrücke und ich war leicht verwirrt. Das war eindeutig sie, dasselbe dunkle Haar, das hübsche Gesicht, an das ich mich so deutlich erinnerte, aber sie sah nicht gut aus. Sie war blass, der Bereich um ihre Augen war vor Erschöpfung und dunklen Ringen ganz eingesunken. Sie war in bequeme Hosen und ein weites Shirt gekleidet, aber ihre Brüste waren sehr viel größer und ihr weicher, runder Bauch sogar umso mehr.

So weich. Ich konnte es kaum erwarten, jede einzelne Veränderung an ihrem Körper zu erkunden. Sie aufs Neue kennenzulernen. Sie anzubeten.

Aber ... *da war ein Baby.*

Es schlief ebenfalls und war sehr klein. Ein Neugeborenes, hätte ich getippt. Ich konnte nicht erkennen, ob es ein Junge oder Mädchen war. Das Kleine war in eine weiße Decke gewickelt. Aber sein Haar war genauso dunkel wie Gabrielas. Schwarz.

Das Baby blinzelte leicht und plötzlich blickte mich ein

dunkles Paar Äuglein an.

Seine Haut war auch dunkler als Gabrielas.

So dunkel wie meine.

"Sie hat ein Baby," flüsterte ich. Ein Baby. Einen Säugling. Wie? Warum? Was …? Wer war der Vater? Hatte sie etwa doch geheiratet? Hatte sie einen neuen Partner gewählt? Wer hatte sie angerührt? Gehörte sie immer noch mir? Liebte sie einen anderen?

Ich konnte dem Chaos in meinem Kopf einfach nicht Herr werden oder dem emotionalen Sturm, als ich sie endlich wiedersah.

"Ja. Aufseherin Egara hat erwähnt, dass Sie ein Kind haben."

Mir stockte der Atem. Meine Bestie verstummte ebenfalls.

Meines? Das Kleine da war von mir? Während ich in Gefangenschaft saß und gefoltert wurde, hatte meine Partnerin auf diesem rückständigen Planeten allein eine Schwangerschaft durchgemacht? Mit diesen Barbaren als Ärzten?

Ich hatte ein Kind! Meine Bestie heulte auf.

"Sie haben mir nicht davon erzählt?" raunte ich, als ich mit zitternden Händen meine Partnerin und mein Baby in die Arme ob und ihm einen wütenden Blick zuwarf.

"Und diesen Ausdruck auf Ihrem Gesicht verpassen?" Er grinste und schlug mir auf den Rücken.

Der Gouverneur wollte mir das Baby abnehmen, aber meine Bestie knurrte und schnappte fast schon nach ihm. Er zog seine Hand zurück. "Sachte, Kriegsfürst. Ich würde Ihrer Familie niemals schaden. Ich werde das Baby halten, damit Sie sich um ihre Partnerin kümmern können."

Keine schlechte Idee—und er hatte eigene Kinder—, also willigte ich ein, denn meine Partnerin benötigte ohne Zweifel Hilfe. Sie sah ziemlich fertig aus. Geschwächt. Erschöpft. Sie war, direkt nachdem sie mein Kind ausgetragen hatte, durchs Universum transportiert. Ich war Atlane. Sie war klein. Menschlich.

Und so verdammt schön. So stark. Nie im Leben hatte ich

solche Perfektion gesehen.

Der Gouverneur nahm mir vorsichtig das Baby ab und hielt es eng an seine Brust. Er rührte sich nicht, entfernte sich keinen Schritt, wahrscheinlich weil er ahnte, dass meine Bestie ansonsten angreifen würde. Ich wusste nicht, wen von beiden ich ansehen sollte, wen ich beschützen sollte und meine Bestie brüllte instinktiv *mir* in beide Richtungen.

Mit dem Baby aus dem Weg betrachtete ich Gabriela. "Was zum Teufel ist mit ihr passiert?"

Ich war es, der von den Hive geschnappt worden war. Der durch die Hölle gegangen war. Ihr sonst so glattes und geschmeidiges Haar war auf dem Kopf zu einem Knoten hochgebunden. Bei der Arbeit in der Eisdiele hatte sie es auch so frisiert, aber jetzt war es verheddert und glanzlos. Ihrem Gesicht fehlte die übliche Röte und sie hatte dunkle Ringe unter den Augen. Sie trug ein ähnliches T-Shirt wie bei der Arbeit in der Eisdiele, aber dieses hier war mehrere Größen zu groß, zerknittert und voller Flecken. Ihre Hosen waren lose und verschlissen. Sie roch eigenartig, eine Mischung aus dem Geruch meines Kindes und der femininen Lieblichkeit, an die ich mich erinnerte. Aber da war noch mehr. Komisch. Plastik. Öl. Sie roch nach eigenartig süßlicher Seife und saurer Milch, das erstere kam vom Säugling und letztes von einem großen Fleck auf der Schulter von Gabrielas Shirt.

"Dem Alter des Babys nach zu urteilen gehe ich davon aus, dass sie vor kurzem entbunden wurde," sprach er.

Ich starrte sie einen Moment länger an, dann besann ich mich und wiegte sie behutsam in den Armen, setzte sie auf meinen Schoß. Sie war schwerer, als ich sie in Erinnerung hatte und ihre Kurven waren sogar noch üppiger.

Sie war hier, in meinen Armen und niemand, *niemand* würde uns je wieder voneinander trennen. Meine Bestie heulte vor Glück.

"Kriegsfürst. Sie sind ja völlig überwältigt."

Ich blickte zu ihm auf. Er stand auf einer unteren Stufe und ich saß auf dem harten Boden, aber er war immer noch größer.

"Wären Sie das denn nicht?" konterte ich.

Er grinste. "Aber ja doch. Ich gratuliere."

"Warum schläft sie?" fragte ich, als ich vorsichtig aufstand.

"Irgendetwas stimmt nicht. Gabriela. Sie müsste längst wieder bei Bewusstsein sein. Sie ist krank. Ich muss sie sofort auf die Krankenstation bringen."

Ich wollte ihm das Baby aus den Armen reißen und es an mich schmiegen, um es zu beschützen.

Der Gouverneur musste meine Zerrissenheit gespürt haben. "Ich werde bei Ihnen bleiben, das verspreche ich. Ich werde Sie nicht von Ihrem Baby trennen, aber Sie können sich nicht um Ihre Partnerin kümmern und gleichzeitig das Baby halten."

Es widerstrebte mir zwar, aber er hatte recht. Seine ruhige Effizienz und seinen kühlen Kopf wusste ich in diesem Moment echt zu schätzen, denn mir war beides abhandengekommen.

Ein paar Minuten später legte ich Gabriela vorsichtig auf einem Untersuchungstisch ab und ein Prillonischer Arzt fing an mit einem Stab über ihr zu wedeln. Er machte einen Scan. Ich beäugte den Gouverneur und stellte sicher, dass er sich nicht von mir entfernte. Er würde nicht verschwinden.

Vielleicht spürte der Arzt, dass ich nicht von ihrer Seite weichen würde und führte alle Untersuchungen mir gegenüber durch.

Gabriela regte sich, sie blinzelte und machte schließlich die Augen auf. Sofort beugte ich mich über sie, damit sie nichts außer meinem Gesicht sah. Ich lächelte ihr zu und strich mit den Fingerknöcheln über ihre zarte Wange. Gott, das war der Moment, den ich mir so lange herbeigesehnt hatte. Sie war hier, sie war wach und sie gehörte *mir*.

"Mein Liebling," hauchte ich.

"Jorik," flüsterte sie, als sie mich ungläubig anblickte. Tränen füllten ihre Augen. "Jorik!" rief sie aus, obwohl ich genau über ihr stand und dann fing sie an zu schluchzen. Sie hob ihre Hände und schlang beide Arme um meinen Nacken, als ob sie fürchtete, dass ich wieder verschwinden würde. Sie schluchzte und ihr Weinen bescherte mir unbeschreiblichen Kummer. "Bist du es wirklich? Lass mich nicht allein."

Niemals.

"Schh," säuselte ich und strich ihr übers Haar, um sie wieder zu beruhigen. "Ich bin hier und alles ist gut."

Ihr Körper zitterte, als sie sich weinend an mir fest schlang. Ich blickte zum Arzt rüber, der nicht beunruhigt war, sondern einfach nur geduldig wartete.

Schließlich versiegten ihre Tränen und sie hatte einen Schluckauf, dann ließ sie mich los. Ihre Hand kam an meine Wange und sie starrte mich mit diesen wunderschönen, funkelnden Augen an.

Ich konnte keinen Augenblick länger warten. Also senkte ich den Kopf und küsste sie. Ihre Lippen waren so weich, so vertraut, dass ich fast vor Freude heulen musste. Mein Schwanz schwoll an vor Verlangen. Mein Herz ... mein Herz war erfüllt.

Sie erschrak und wollte sich aufrichten und beinahe stießen unsere Köpfe zusammen, ehe sie sich wieder auf den Tisch fallen ließ. Sie hatte offensichtlich Schmerzen. "Oh Gott. Jori! Wo ist Jori?" rief sie aus.

Mir wurde klar, dass sie nicht meinen Namen ausrief, sondern den des Babys. "Schh," sprach ich. "Das Baby ist auch hier."

Ich trat ein Stückchen zurück, damit der Gouverneur sich an meine Seite gesellen konnte und sie das Baby sehen konnte. Jori.

"Geht es ihm gut?" wollte sie wissen. "Der Transport hat ihm nicht geschadet?"

Ihm. Ein Sohn. Ich hatte einen *Sohn*.

"Es geht ihm gut," erklärte ich ihr und musste schlucken, um meine Emotionen im Zaum zu halten. Sie brauchte jetzt keinen weinenden Atlanen. "Er schläft."

Darauf entspannte sie sich und legte eine Hand auf ihr Abdomen. Sie seufzte. Ich war froh, dass sie sich beruhigt hatte, aber die angespannten Linien um ihre Augen gefielen mir nicht, ebenso wenig wie ihr leidender Blick. Einmal mehr liefen ihr die Tränen aus den Augenwinkeln.

Noch mehr Tränen.

Meine Bestie wurde immer unruhiger und drohte aus mir herauszubrechen. Meine Partnerin hatte Schmerzen.

Ich blickte den Arzt an. "Sie weint immer noch. Was fehlt ihr?"

"Kriegsfürst, ihre Partnerin leidet an Anämie, Erschöpfung, Hormonstörungen und umfangreichen inneren Verletzungen," sprach der Prillone.

Ich riss den Kopf zu ihm hoch. "Was? Erklären sie." War sie dabei Blut zu verlieren? War das der Grund, warum sie blass aussah?

"Wie Sie wissen, hat sie kürzlich ein Kind zur Welt gebracht. Wie es aussieht, haben die menschlichen Ärzte sie chirurgisch von dem Baby entbunden. Die Auswirkungen der Schwangerschaft und die Folgen des chirurgischen Eingriffs machen ihr immer noch zu schaffen."

"Wieso?" Das war lachhaft. Keine Frau musste so sehr nach einer Geburt leiden.

"Die Erde ist kein vollwertiges Koalitionsmitglied. Sie haben keinen Zugang zur ReGen-Technologie. Ihr Körper hat versucht sich von selbst zu regenerieren."

"Mir geht's gut. Jorik, hilf mir hoch," sprach Gabriela, ihre Hand hielt weiter ihren Unterbauch.

Ich legte meine Hand um ihre Schultern und half ihr vorsichtig hoch, ließ aber nicht mehr los.

"Ich bin nicht verletzt," sprach sie. "Du hörst dich an, als ob ich im Krieg war. Ich habe ein Kind bekommen. Letzte Woche. Einen Atlanen," sprach sie etwas sarkastisch.

Darauf musste ich grinsen. Sie konnte austeilen, also war sie auf gutem Wege. Sie würde wieder gesund werden. Und glücklich. Dafür würde ich sorgen. "Mein Baby."

"Ja, er ist von dir. Natürlich ist er von dir." Sie nickte und ich betrachtete das schlummernde Baby. "Ich habe ihn nach dir benannt." Die Zärtlichkeit in ihren Worten gab mir den Rest und ich sackte neben ihr auf dem Untersuchungstisch zusammen und zog sie in meine Arme. Wir hatten ihn gezeugt. Natürlich war er perfekt. Jori würde groß und stark werden und zu einem mächtigen Kriegsfürsten heranwachsen.

Nie zuvor hatte ich mich gefühlt wie jetzt. Euphorie, Freude, Glück. Schiere Glückseligkeit. Dazu einen Anflug von männlicher Zufriedenheit und Stolz, weil mein Samen ausreichend potent war, um Gabriela beim ersten und einzigen Mal zu schwängern. Ich wollte sie ins nächste Bett schaffen und sie durchnehmen, sie mit meinem Samen füllen und allen beweisen, dass wir füreinander geschaffen waren.

Der Arzt wedelte einen Stab über Gabrielas Bauch. "Darf ich sehen?" fragte er. "Ich stelle Metall fest."

Gabriella zog den Saum ihres Oberteils nach oben und schob ihren Hosenbund nach unten.

"Was zum Teufel ist das?" knurrte ich, als ich die zornige Schnittwunde dort erblickte. Sie musste mindestens fünfzehn Zentimeter lang sein. Das entzündete Fleisch war mit Metallklammern zusammengetackert und die zarte Haut, die ich auf dem Weg zu ihrer Muschi geleckt und abgeküsst hatte, war wund und geschwollen.

"Mein Kaiserschnitt," sprach Gabriela. "Die Narbe sieht gut aus."

"Gut? *Gut?* Das ist alles andere als gut. Was für Barbaren habt ihr da auf der Erde? Du siehst aus, als jemand mit einem Messer auf dich losgegangen ist!"

"So war es auch. Nur so konnten sie deinen vierzehn Pfund schweren Sohn aus mir herausbekommen," konterte Gabriela und zupfte wieder ihre Kleidung zurecht.

"Aber das ist eine Woche her und du bist immer noch nicht geheilt!" Ich konnte nicht zulassen, dass meine Partnerin so sehr leiden musste. "Deswegen siehst du so schwach aus. Es geht dir nicht gut, Liebes."

"Jorik, du musst mir nicht sagen, wie schrecklich ich

aussehe," konterte sie und wandte den Blick ab. "Ich habe eine Wassermelone zur Welt gebracht. Ich wurde aufgeschnitten und wieder zugenäht und dann wurde ich nach Hause geschickt, um mich um ihn zu kümmern. Allein. Mein Milcheinschuss war vielleicht eine Überraschung. Ich blute immer noch von der Geburt, das heißt Sex kommt erst gar nicht infrage. Ich weiß nicht, wann ich das letzte Mal geduscht oder mir die Zähne geputzt oder meine Haare gekämmt habe. Dein Baby muss ununterbrochen gefüttert werden und ich habe über eine Woche lang kaum geschlafen."

Ich blickte zum Arzt rüber. "Ist das normal?"

"Sie kommt von einem primitiven Planeten," entgegnete er, als ob das alles erklärte.

Ich war ein paar Monate dort stationiert gewesen und musste zustimmen, allerdings hatte ich nie darüber nachgedacht, wie sie ihre Kinder bekamen.

"Auf der Erde gibt es keine ReGen-Tanks. Kein nachgeburtliches ReGen-Protokoll," sprach der Arzt. "Das sind meines Wissens nach Heftklammern."

"Ja. Und innen habe ich selbst auflösende Nähte," ergänzte Gabriela.

"Innen?" Sie konnte nicht einen Moment länger in diesem Zustand bleiben. "Sie muss sofort in einen ReGen-Tank. Ich werde keinen Moment länger zulassen, dass sie so leidet."

"Bevor ich die Erde verlassen habe, habe ich eine Schmerztablette eingenommen, aber … klar, das Rezept werde ich hier wohl nicht erneuern können."

Der Arzt nickte. "Ganz genau." Er blickte milde. "Wenn eine Frau auf einem Koalitionsplaneten ein Kind gebärt, dann wird sie in einen ReGen-Tank verlegt, um die Wunden der Entbindung zu heilen. Es ist nicht schmerzhaft. Tatsächlich ist die Prozedur erholsam, stärkend und schnell."

"Wie funktioniert das?" fragte sie.

"Der Tank lässt sie einschlafen und heilt sie," entgegnete der Arzt. "Der Prozess hat eine detaillierte wissenschaftliche

Erklärung, aber das ist im Grunde alles. Sie werden keine Schmerzen mehr haben. Keine Blutungen. Ihr Körper wird von allen Geburtstraumata geheilt. Vollständig."

"Im Ernst? Das hört sich an wie ein Wunder. Wie lange dauert es?"

"Das ist vom Grad der Verletzungen abhängig. Für eine chirurgische Entbindung wie diese könnte es eine Stunde dauern. Danach werden alle negativen Geburtsfolgen verschwunden sein. Kein Schmerzmittel mehr. Keine Heftklammern. Wie gesagt, ihr Körper wird vollständig wiederhergestellt sein."

"Kann es auch das extra Babygewicht wegschmelzen?"

Ich musste die Stirn runzeln und mich fragen, warum meine Partnerin auch nur ein bisschen ihrer Kurven loswerden wollte.

Der Arzt schmunzelte. "Der ReGen-Tank wird ihren Körper heilen, aber er wird keine gesunden Zellen eliminieren."

"Das kommt nicht infrage, Liebling." Ich legte meine Hand um ihren Hinterkopf, sodass sie mich anblickte. "Ich liebe jeden Zentimeter an dir. Sag so etwas nie wieder."

"Ich bin zu dick, Jorik." Tränen stiegen ihr in die Augen.

Meine Bestie knurrte und ich beugte mich runter, um sie zu küssen. Sanft. Äußerst sanft. In diesem Moment war sie verletzlich. Sie hatte Schmerzen. Sie war müde. Und so wunderschön, dass mir der Atem stockte. Ich konnte ihr Leid einfach nicht ertragen. "Du bist perfekt."

Sie blickte zum Baby rüber, das immer noch in den Armen des Gouverneurs schlummerte. Er war die ganze Zeit über erstaunlich ruhig geblieben. "Werde ich ihn immer noch stillen können?"

"Natürlich."

Sie wirkte unentschlossen, aber das war verständlich. Ich wäre auch nicht begeistert gewesen, wenn man mir gesagt hätte, dass ich jetzt gleich in den ReGen-Tank müsste. Ich würde krank vor Angst sein und befürchten, dass mein Partner und mein Baby womöglich verschwinden würden.

"Ich werde an deiner Seite bleiben. Ich werde dich nicht allein lassen," gelobte ich. "Ich werde das Baby halten. Ich verspreche dir, meine Bestie wird nicht zulassen, dass wir getrennt werden." Tatsächlich knurrte meine Bestie, damit ich ihr so schnell wie möglich unsere Paarungshandschellen anlegte. Dann würde sie an uns gebunden sein, wir wären offiziell verpartnert. Sie würde für immer mir gehören. Sobald ich die Paarungshandschellen trug, würde niemand unsere Beziehung infrage stellen. Jeder sollte wissen, dass ich vergeben war. Dass sie mir ein Kind geschenkt hatte. Dass wir eine Familie waren.

Aber die Verzögerung war unvermeidbar. Nachdem ich erfahren hatte, dass Gabriela einen anderen gewählt hatte, wollte ich keine Paarungshandschellen mit zur Kolonie bringen. Ich hätte nie gedacht, dass ich sie brauchen würde. Ich konnte zwar ein Paar in der S-Gen-Anlage anfordern, aber die besten Handschellen wurden auf Atlan immer noch von Hand hergestellt. Und Gabriela sollte nur das Beste bekommen. Das Allerbeste.

Aber ich konnte immer noch eine Bestellung aufgeben und mir die Handschellen binnen eines Tages liefern lassen.

Solange konnte ich warten, schließlich würden die Handschellen genauso schön sein wie die Frau, deren Handgelenke sie zieren würden. Sobald ein Atlane die Handschellen trug, legte er sie nie mehr ab. Niemals. Sie abzunehmen könnte in seiner Bestie eine tödliche Raserei auslösen, auch wenn er zuvor nicht am Paarungsfieber gelitten hatte.

Ich blickte zu *meiner* Auserwählten. Sie war mir nicht von einem Computerprogramm zugewiesen worden und trotzdem gehörte sie mir. Sie war perfekt für mich. Ich wusste es und meine Bestie wusste es ebenso.

Aber wie konnte es sein, dass sie einen anderen geheiratet hatte? Wie war sie schließlich hier gelandet, mit meinem Sohn? Ich hatte so viele Fragen, aber die konnten warten. Gabrielas Schmerz war nicht länger hinnehmbar.

Sie rührte sich in meinen Armen und zuckte zusammen. "Gott, es fühlt sich an, als ob mich jemand mit dem Messer gestochen hat. Ich könnte jetzt echt eine Schmerztablette gebrauchen."

"Das wird nicht nötig sein, das verspreche ich." Der Arzt gab ihr zusätzliche Sicherheit. "Jori wird es gut gehen. Ich werde ihn untersuchen, aber sie haben den Großteil der Arbeit geleistet." Der Arzt fasste beruhigend Gabrielas Hand. "Ich werde ihn untersuchen und sicherstellen, dass er den Transport gut überstanden hat. Danach können Sie beide sich in ihrem Privatquartier erholen."

Sie neigte den Kopf zurück und blickte mich besorgt an. "Soll ich, Jorik?"

"In den ReGen-Tank gehen?"

Sie nickte kraftlos. Sie überließ mir die Entscheidung, vertraute darin, dass ich mich um sie kümmern würde. Mein Herz ging auf, bis ich vom Schmerz fast erstickt wurde. Ich hatte diese Art von Vertrauen nicht verdient, nicht nachdem ich sie schwanger zurückgelassen hatte. Ich hatte *sie* nicht verdient, aber ich würde sie nicht aufgeben.

"Ja, Liebling," sprach ich leise. "Hab keine Angst. Danach wirst du wieder völlig gesund sein. Du wirst keine Schmerzen mehr haben."

"Das wäre toll, mich wieder normal zu fühlen."

Meine Bestie knurrte und ich wusste, dass das Dröhnen in ihrem Rücken widerhallte. "Ja und dann können wir an unserer Tochter arbeiten."

Sie lachte und tätschelte sogar etwas herablassend meine Wange. "Jorik, ich bezweifle, dass ich je wieder Sex haben möchte und ich kann mir nicht vorstellen, dass du mich in nächster Zeit scharf finden wirst."

"Wir werden sehen, Liebling," sprach ich. Ich wollte ihr das Gegenteil beweisen. Ich war bereits rattenscharf, mein Schwanz hatte sich bereits aufgestellt. Ich wollte jede ihrer Kurven und Einbuchtungen erforschen. "In einer Stunde werden wir sehen."

9

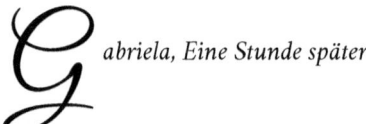

abriela, *Eine Stunde später*

Es war schon das zweite Mal an diesem Tag, dass ich die Augen aufmachte und Jorik erblickte. Ich blinzelte, nur um sicherzugehen.

Er lächelte und sein hübsches Gesicht war völlig auf mich fokussiert. Ich betrachtete diese schokoladenbraunen Augen, das dunkle Haar, selbst die Stoppeln an seinem quadratischen Kiefer. Er sah sogar noch kräftiger aus als vorher. Noch umwerfender.

"Liebling," flüsterte er. "Wie fühlst du dich?"

Ich blickte mich um und erinnerte mich, dass ich in einem dieser feschen Tanks lag. Ich fühlte mich wohl und lag auf einem weichen Kissen. Das Metall und die Oberseite erinnerten mich an die konkaven Fenster eines Fighterjets. Jorik war über mich gebeugt, seine Hand lag auf der Außenwand.

Ich rührte mich und er half mir beim Aufsetzen. Ich spürte nicht länger den beißenden Schmerz der Kaiserschnittnarbe und ich war auch nicht mehr müde.

"Sachte," mahnte der Arzt, als er ins Zimmer kam. Nachdem ich der Space-Behandlung zugestimmt hatte, hatte Jorik mich in einen anderen Raum mit mehreren Tanks getragen. Bei zweien war der Deckel verschlossen gewesen und Leute—Aliens—lagen darin. Zwei weitere Tanks waren leer. Bis ich einen davon belegt hatte. "Ihre Klammern von der Erde sollten beim Heilungsprozess herausgefallen sein und stecken jetzt wahrscheinlich in ihrer Hose."

Er nickte zustimmend, als ich meine abgewetzte Jogginghose runterzog und keine Heftklammern mehr zu sehen waren. Es gab keinen kaum verheilten Schnitt. Keine Narbe. Keinen Schmerz. Nichts.

"Oh Gott, er ist weg." Ich las eine Klammer auf und starrte sie an, dann platzierte ich sie in ein Metallschälchen, das mir der Arzt hinhielt.

Das Baby machte ein komisches Geräusch und ich blickte zu ihm rüber. Er war eng an Joriks Brust geschmiegt. Er war in dieselbe flauschige Decke gehüllt, die ich mir geschnappt hatte, als Aufseherin Egara zu meiner Wohnung gekommen war. Er war zwar riesengroß für ein Neugeborenes, in Joriks Armen aber wirkte er winzig. Er lag auf Papas Unterarm, die Ärmchen und Beinchen zu beiden Seiten gestreckt und sein Köpfchen auf der Armbeuge. Seine dunklen Augen starrten mich an. Ich bezweifelte, dass sie je ihre Farbe ändern würden.

"Hi, Süßer," flüsterte ich und lächelte ihm zu. Er war zwar noch zu klein, um mich anzulächeln, schien aber meine Stimme wiederzuerkennen.

"Wir haben hier gesessen und uns kennengelernt, während der Tank an dir gearbeitet hat," sprach Jorik. Ich erinnerte mich daran, wie er bei dem Raubüberfall ausgerastet war und das hier ... Gott, er war jetzt so anders. So sanft. Er hob den Arm und küsste Joris Köpfchen. "Ich habe seine Windel gewechselt, allerdings war ich mir nicht ganz sicher mit diesem merkwürdigen Erdending."

"In deinen Augen ist alles von der Erde schlecht," sprach ich.

"Alles außer dir," entgegnete er und diese Augen … Gott, ich hätte mich in ihnen verlieren können.

"Ich habe ihn untersucht und es geht ihm bestens," erklärte der Arzt und blickte zu Jori. "Es geschieht nicht oft, dass wir hier Neugeborene haben. Bisher gab es nur ein paar. Der gesamte Planet wird sich freuen." Er blickte zu mir. "All diese knallharten Kämpfer werden dahinschmelzen, sobald sie ihn sehen."

Jorik blickte mich an und lächelte.

"Was Sie betrifft," führte er weiter aus. "Hatten Sie abgesehen von der Schnittwunde noch irgendwelche anderen Beschwerden nach Ihrer Entbindung? Wie geht es Ihrem Rücken? Wunde Nippel?"

Ich blickte den Arzt an, als Jorik die Heftklammern auflas und in das Schälchen warf. Von einem riesigen Prillonischen Krieger nach meinen Nippeln gefragt zu werden war mir leicht peinlich, aber er war ein Arzt, genau wie meiner früher. Und sein Ton war so professionell, dass ich ihm ohne zu zögern antwortete, obwohl Jorik bei der Frage des Arztes erstarrt war.

"Mein Rücken ist besser. Eine Wassermelone auszutragen hat ihm definitiv zugesetzt. Meinen Nippeln geht's besser." Ich räusperte mich und bestimmt wurde ich gerade knallrot. Zeit das Thema zu wechseln. "Ich fühle mich … erholt. Als ob ich zwölf Stunden geschlafen hätte."

"Was stimmt nicht mit deinen Nippeln?" fragte Jorik und beäugte meine Brust.

Meine Nippel fühlten sich definitiv nicht länger wund an— vom Stillen waren sie ganz rissig und empfindlich geworden. Jetzt waren sie hart und meine Brüste spannten, aber nicht nur wegen des Babys, das da friedlich in den Armen seines Vaters schlummerte.

Mein Kopf wurde heiß. "Dein Sohn ist genau wie du." Er runzelte die Stirn. "Er ist wie besessen von meinen Brüsten."

Jorik grinste. "Um die werde ich mich persönlich kümmern. Ich werde ein sehr *fürsorglicher* Partner sein."

Der Arzt ignorierte Joriks Ankündigung und nahm meine Nippel selber in Augenschein.

"Ihr Sohn wird weiterhin rund um die Uhr gestillt werden wollen und in den nächsten Monaten werden Sie wohl nicht durchschlafen können, aber darüber hinaus müssen Sie nach der Behandlung keine weiteren Beschwerden erwarten"

Die letzte Heftklammer wurde aufgesammelt und ich ließ meinen Hosenbund wieder los. "Stillen die anderen Mütter auch? Gibt es hier Säuglingsnahrung? Hin und wieder könnte ich eine Pause gebrauchen. Oder ..." Ich blickte zu Jorik und malte mir aus, dass ich vielleicht mal etwas Zeit alleine mit meinem Mann verbringen wollte. "Einen Babysitter?"

Der Arzt lächelte. "Die Ernährungsbedürfnisse von Menschenbabys wurden in die S-Gen-Anlagen einprogrammiert. Sie müssen es nur anfordern, genau wie jedes andere Nahrungsmittel."

"Krass." Also kein Kochen mehr? Ich liebte diesen Ort jetzt schon.

"Wünschen Sie sich ein zweites Kind?" fragte der Arzt. "Falls nicht, dann kann ich Ihnen mehrere Möglichkeiten zur Empfängnisverhütung anbieten."

Darauf war ich baff. Ich hatte noch nie über Verhütung nachgedacht, schließlich war ich auf der Erde immer allein gewesen. Jetzt aber, mit Jorik? Ich war beim ersten—und einzigen—Mal schwanger geworden. Ich bezweifelte zwar, dass ich acht Tage nach der Geburt empfänglich war, aber Jorik war viril und ich war offensichtlich ziemlich fruchtbar. Es war nicht auszuschließen, dass er mich gleich schon wieder schwängern würde.

Ich schaute ihn an, aber er schwieg und überließ mir die Entscheidung.

"Ich möchte auf jeden Fall eine Weile warten."

"Ich werde Ihnen eine Spritze geben und damit werden Sie sechs Monate lang geschützt sein. Wenn es Zeit wird die

Behandlung zu erneuern, werde ich Sie informieren und dann können Sie Änderungen vornehmen."

"Komm, Liebling. Lass uns in mein Quartier gehen. Ich habe Pläne," sprach Jorik, als die Konsultation beendet war.

Das betraf meine Brustwarzen. Gerne. Außer, dass ich eine Stunde zuvor—oder wie lange ich in dem Tank gelegen hatte— nicht an Sex interessiert gewesen war. Ich spürte Attraktion. Verlangen. Lust. Abgesehen von der Tatsache, dass ich in … Lichtjahren nicht mehr geduscht hatte und mein Haar wahrscheinlich total verfilzt war.

Jorik schaufelte mich hoch und ich quietschte. "Pass auf, das Baby!"

Er ließ mich wieder runter und ich haute ihm auf die Schulter. "Dem Baby geht's bestens. Glaubst du etwa, dass ich zu schwach bin um meine Partnerin und mein Kind zu tragen?"

Ich fühlte mich besser. Erholt, die schwere Operation vor acht Tagen war wie vergessen. Aber meine Möpse waren immer noch groß, sie waren schwer und voller Milch. Der Tank hatte sie nicht in ihren alten Zustand zurückversetzt und nur meine Geburtsverletzungen geheilt.

Ich lehnte mich vorwärts und küsste Joris weiches Köpfchen, dann blickte ich zu Jorik auf. "Ich bin überglücklich. Ich fühle mich viel besser. Gott, allein schon dich zu sehen und zu wissen, dass du lebst …"

Tränen stiegen mir in die Augen. Schon wieder. Zum tausendsten Mal, seitdem wir uns kennengelernt hatten. Aber diesmal weinte ich nicht vor Erschöpfung oder der Hormone wegen oder wegen dem schrecklichen Gefühl, als ich herausgefunden hatte, dass ich schwanger und vollkommen allein war. Das war … die reinste Qual gewesen. Bittersüß. Überwältigend. Jorik anzuschauen tat weh. Ihn zu berühren tat weh. Ich hatte um ihn getrauert, hatte fast ein Jahr lang mit dem Verlust leben müssen. Und jetzt?

Jetzt war er dabei, ein totes Herz wiederzubeleben. Er zwang mich zu *fühlen*. Ihn zu *lieben*. Zu riskieren ihn eventuell nochmal zu verlieren.

Jorik beugte sich runter und flüsterte mir ins Ohr. "Du warst der Grund, warum ich die Gefangenschaft überlebt habe, Gabriela. Ich habe an dich gedacht. An dein Lächeln, deine Stimme, deinen Körper. Die Art, wie du unter meinen Händen dahingeschmolzen bist, genau wie deine Eiscreme auf der Erde. An deine Laute, als du kommen musstest. Wie du dich um meinen Schwanz herum angefühlt hast."

"Jorik," erwiderte ich, dann blickte ich über meine Schulter und prüfte, ob der Arzt noch da war, aber er war weg.

"Vorhin hast du gesagt, dass du nie mehr Sex haben möchtest. Ist das immer noch so?" Seine Stimme schickte mir einen Schauer über den Rücken. Mir war nicht kalt, mir war … überaus heiß.

"Dieser Tank hat wahre Wunder bewirkt," entgegnete ich.

Er grinste. "Das ist keine Antwort, Liebling."

"Ich möchte wieder Sex haben. Schon bald. Aber zuerst muss ich dringend unter die Dusche. Und Jori wird Hunger haben."

"Ich habe auch Hunger. Ich teile dich zwar nur ungern, aber ich werde es tun. Für ihn. Allerdings werde ich dich ein Stück weiter unten kosten."

Oh. Mein. Gott.

Meine Alienbestie war zurück. Meine Libido war zurück. Und zwar mit geballter Kraft.

Zeit für Sex.

JORIK

AM LIEBSTEN HÄTTE ICH GABRIELLA ZU UNSEREM—JA VERDAMMT, *unserem*—Quartier getragen, stattdessen aber legte ich nur den

Arm um ihre Schultern und gab ihr Halt, damit sie selber laufen konnte.

Der ReGen-Tank hatte zwar ihren Körper geheilt, als ich aber ihre Wunden gesehen und mitbekommen hatte, was sie in den Händen dieser barbarischen Erdendoktoren durchgemacht hatte, um unser Baby zu bekommen ... wollte ich dorthin zurückkehren und noch mehr Köpfe abreißen.

Sie hatte gelitten. Man hatte sie aufgeschnitten und dann allein gelassen, um mit Schmerzmitteln zu heilen. Sie war völlig auf sich allein gestellt gewesen. Die Tatsache, dass sie Jori alleine ausgetragen und zur Welt gebracht hatte, beschämte meine Bestie zutiefst, es machte sie aber auch entschlossener denn je.

Gabriela war hier. Sie gehörte mir. Sie würde nirgendwo hingehen und sie würde nie mehr leiden müssen.

Als wir den Eingang erreichten, erwarteten uns Gouverneur Rone und seine Partnerin Rachel. "Der Arzt hat mir mitgeteilt, dass ihr euch in euer Quartier zurückzieht," erklärte er.

Rachel kam aufgeregt auf uns zu.

"Noch eine Erdenfrau. Und ein *Baby!*"

Ihr Lächeln war ansteckend und ihr Partner freute sich genauso.

Und ich auch. Meine Bestie zeigte stolz das Baby her, das Gabriela und ich gemacht hatten.

"Ich bin Rachel und ich wurde mit diesem Typen hier verpartnert." Sie deutete mit dem Kopf auf den Gouverneur, der stolz sein Prillonisches Paarungshalsband herzeigte. Beide trugen dasselbe Kupferband um den Hals. "Ich bin auch mit Ryston verpartnert, aber er muss arbeiten."

"Ich bin Gouverneur Rone, aber Sie können mich Maxim nennen. Ich bin wirklich *sehr* erfreut, dass sie hier sind."

Gabriela blickte zwischen den beiden hin und her. "Freut mich Sie kennenzulernen. Und entschuldigen Sie meine Aufmachung."

"Dein Baby ist eine Woche alt. Ich bin überrascht, dass du überhaupt zusammenhängend sprechen kannst. Abgesehen davon hättest du Jorik sehen sollen, bevor du aufgetaucht bist," sprach Rachel. "Gott, er war vielleicht hinüber. Er hat in der Kampfarena alle zusammengeschlagen. Alle außer Ryston."

Meine Bestie knurrte; sie hatte recht. Ich war durchgedreht. Fast hätte ich noch jemanden getötet. "Ryston ist stark wie ein Gott, Lady Rone. Niemand auf diesem Planeten kann ihn im Nahkampf bezwingen."

"Ist mir schon klar. Und ihr raufenden Männer seid absolut heiß." Sie lehnte sich an der Schulter des Gouverneurs an und ihre Augen waren ganz vernebelt vor Lust. Ich kannte diesen Blick bei einer Erdenfrau. Die markanten Züge ihres Prillonischen Partners stachen regelrecht heraus, als das Verlangen seiner Partnerin ihn mit voller Wucht traf.

Er hatte Glück. Genau wie ich. Aber jetzt wurde es Zeit, dass wir unsere wohlmeinenden Besucher loswurden.

"Ich bin aber nicht überhitzt." Ich blickte zu Gabriela. Sie lächelte und genoss den Witz auf meine Kosten. Gerne ließ ich es über mich ergehen, solange es ihr so ein Lächeln ins Gesicht zauberte. "Und ich war nicht hinüber. Ich habe einfach nur meine Partnerin gebraucht."

"Immer mit der Ruhe, Junge," neckte Rachel. "Und Gabriela sieht das bestimmt anders, also was deine Temperatur angeht." Sie machte etwas Komisches mit den Augenbrauen, bewegte sie hoch und runter.

Gabriela lachte. "Gibt es hier noch mehr Frauen von der Erde?"

Rachel lächelte. "Ja. Mit dir sind es acht. Darunter auch ein kleines Kind."

Gabrielas Lächeln verflüchtigte sich. "Auf dem gesamten Planeten?"

"Nicht sicher. In der Basis 3 aber schon. Auf diesem Planeten mangelt es an Östrogen, aber hin und wieder veranstalten wir einen Mädelsabend in meinem Quartier. Ich werde dafür sorgen, dass du die Einladung bekommst."

"Danke sehr."

"Gern geschehen. Als du behandelt wurdest, haben wir Babysachen für dich aufgetrieben," fügte Rachel hinzu. "Eine Krippe und ein paar andere Sachen für die nächsten Tage, aber du kannst auch alles in der S-Gen-Anlage anfordern."

"Wie aufmerksam," entgegnete Gabriela.

"Würdet ihr uns bitte entschuldigen," sprach ich schließlich, denn im Moment wollte ich nicht über Krippen reden. "Wir haben uns einiges zu erzählen."

"Oh, das bedeutet, dass ihr jede Menge Sex haben werdet," sprach Rachel. "Sollen wir aufs Baby aufpassen?"

"Nein," erwiderten Gabriela und ich im Chor.

"Ich werde die beiden nicht aus den Augen lassen," erklärte ich dem Gouverneur und Lady Rone.

"Ich bin sicher, dass ihr super Babysitter seid, aber Jori wird schon bald Hunger bekommen und am besten—"

"Schatz, lass die beiden," sprach Gouverneur Rone mit einem Ton, der wohl sonst nur Rachel vorbehalten blieb. "Das Baby ist gerade erst zur Welt gekommen. Ich bezweifle, dass Gabriela sich von ihm trennen würde. Außerdem muss sie sich nicht nur an ein neues Umfeld gewöhnen, sondern auch an einen neuen Planeten. Und Jorik würde sowieso nicht zulassen, dass das Kind aus seinem Radar verschwindet. Du hast ihn gesehen."

Rachel seufzte. "Verstanden. Wir sind da, falls ihr es euch anders überlegt. Vergesst uns nicht … es wird bestimmt viele Freiwillige geben, die den niedlichen Burschen gerne für eine Runde knuddeln übernehmen würden."

"Danke sehr, Lady Rone," sprach ich so respektvoll wie möglich, denn ich wollte nur noch in meinem Quartier verschwinden, die Tür verriegeln und eine Woche lang nicht gestört werden. Götter, einen Monat lang. Oder besser noch, ein Jahr.

Ich wollte Gabriela ganz für mich alleine haben und niemand sollte Jori anrühren. Den Göttern sei Dank hatte Gabriela kein Mädchen bekommen. Dann hätte der Gouverneur mich wohl wegsperren müssen.

Als das Paar sich schließlich entfernte, sprach Gabriela: "Duschen, Jorik. Bitte."

10

orik

Ich hatte Jori auf dem Badezimmerboden auf einer gefalteten Decke abgelegt. Er schlief tief und fest. Er war in Reichweite, aber ich konnte mich voll und ganz Gabriela widmen. Ich half ihr beim Ausziehen, ließ jedes ihrer Kleidungsstücke zu Boden fallen bis sie nackt vor mir stand.

"Jorik," flüsterte sie, als sie ihre Arme nutzte, um sich zu verdecken.

Ich nahm ihre Handgelenke und zog sie zur Seite, damit ich sie betrachten konnte. In ihrer Wohnung hatte ich nicht wirklich Gelegenheit gehabt, ihren prächtigen Körper zu bewundern, denn wir beide waren damals viel zu ungeduldig gewesen.

Aber jetzt konnte ich mir Zeit lassen. Ich würde den Rest unseres Lebens haben, um jeden Zentimeter an ihr kennenzulernen.

Mir lief bereits das Wasser im Mund zusammen.

Das sagte ich ihr auch und ihr Blick wandelte sich von besorgt zu hitzig.

"Erst wird geduscht, dann wird gekostet."

Ich entsann mich, dass sie eben erst auf der Kolonie eingetroffen war und keinen anderen Planeten außer der Erde kannte. Ich stellte die Badewanne an und half ihr hinein. Wir würden nicht zusammen reinpassen, also sah ich zu, wie das Wasser ihre warme Haut glitzern ließ und die schaumigen Seifenblasen an ihrem Körper entlang glitten. Ich wollte ihre Hände spüren. Und dann legte sie den Kopf in den Nacken, um ihr langes Haar zu waschen …

"Schneller, Liebling," drängte ich. Gabriela war hier bei uns und meine Bestie wurde so langsam wieder ungeduldig. Sie wollte sie erobern.

Das Wasser glitt durch ihr schwarzes Haar wie ein Wasserfall der Versuchung. Ihr Haar hatte ich schon immer geliebt, aber es schien jetzt dicker zu sein. Ihre Brüste waren größer und üppiger, prall gefüllt für meinen Sohn. Ihr rundlicher Bauch und Hintern waren auch voller, weicher und ich konnte meine Bestie nicht davon abhalten, ins schäumende Wasser zu reichen und eine schwere Hand auf ihr Abdomen zu legen; dorthin, wo sie mein Kind getragen hatte.

Ich hatte ihre Schwangerschaft und die Geburt verpasst, war nicht dagewesen, als unser Kind in ihr herangewachsen war und seinen ersten Atemzug gemacht hatte. Ihr Körper war eine Maschine, eine Wundermaschine. Ich war von den Hive zumindest teilweise integriert worden, aber die würden niemals leisten können, was Gabriela da vollbracht hatte.

Sie hatte mir ein unschätzbares Geschenk bereitet und ich zitterte vor Verlangen danach, in ihrer Sanftheit zu versinken und zu spüren, wie ihr warmer und geschmeidiger Körper mich auf jede erdenkliche Weise in sich aufnahm. Ich war steif. Sogar noch steifer, weil die Hive mich mit ihrer kontaminierten Technologie gefüttert hatten. Meine Muskeln bestanden nicht mehr nur aus Blut und Zellen, sondern aus mikroskopisch kleiner Technologie, die man nie mehr entfernen konnte.

"Jorik." Gabriela schmiegte sich meiner Berührung entgegen und schlang ihre Hände über meine. "Es tut mir leid. Ich bin nicht wie früher—"

Ich schnitt ihr das Wort, denn ich wollte auf keinen Fall hören, wie sie sich dafür entschuldigte meinen Sohn ausgetragen zu haben. Sie war wunderschön. "Du bist ein Geschenk, Liebling. Und du bist wunderschön. Sogar noch schöner als zuvor. Jede Kurve, jedes Mal auf deinem Körper ist kostbar für mich. Ich bin auch nicht mehr wie früher. Wir haben so viel durchgemacht, als wir voneinander getrennt waren. Wir haben uns verändert, aber wir kennen uns auch."

Ich zog sie aus der Wanne und stellte das Wasser ab, ob sie sich nun als sauber erachtete oder nicht. Ich hatte gewartet. Zugesehen, wie sie jeden Zentimeter ihrer Haut gereinigt hatte. Jetzt würde ich jeden Zentimeter an ihr mit Hitze berühren. Mit Lust. Anbetung.

Vorher, auf der Erde, hatte ich sie gebraucht. Meine Bestie hatte sie für sich haben wollen. Jetzt, als mein Sohn hinter mir auf dem Boden lag und seine Mutter in meinen Armen war, fühlte ich mich auf ungeahnte Weise komplett. Sie hatte mir mehr gegeben als nur Liebe oder Frieden. Sie hatte mir etwas geschenkt, für das es sich zu kämpfen lohnte. Einen Sinn.

Sie hatte einem verzweifelten Mann die Hoffnung wiedergegeben. Sie war mein Überlebensgrund, mein Antrieb, mein *Traum* gewesen, als die Hive mich gefoltert hatten. Jeder Moment war es wert gewesen, denn sonst wäre ich jetzt nicht bei ihr.

Liebe war nicht der richtige Begriff für das, was sich aus meiner Brust heraus über meinen Körper ergoss und ich fiel auf die Knie, denn der Schmerz war zu überwältigend, um stehenzubleiben, als ich das Handtuch um sie wickelte. All die Tage und Monate der Folter, der ganze Zorn und Schrecken, den ich in den Händen der Hive durchlebt hatte, all das erlebte ich noch einmal, als ich vor ihr niederkniete. Eine Läuterung. Geistige und körperliche Qualen strömten durch meine Adern, eine Flutwelle der Zerstörung, die ich nur mit reinster Willenskraft zurückgehalten hatte. Diese Zerstörungskraft hatte sich in den Kampfgruben bemerkbar gemacht, in der hauchdünnen Kontrolle, die ich über meine Bestie ausgeübt hatte, aber jetzt ließ ich die Angst zu und erlaubte ihr, über mich hinweg zu waschen.

Gabriela stand da wie eine Göttin und schlang ihre Arme um mich. Sie hielt mich fest, als ich in tausend Stücke zerbrach. Ich wusste, dass sie für mich da sein würde.

Ich weinte und ich weinte sonst nie. Nicht, seitdem ich mich als kleiner Junger an den Rockzipfel meiner Mutter geheftet hatte. Aber so sehr ich meine Partnerin auch brauchte, meine Bestie brauchte sie noch mehr.

Die Verwandlung erfolgte hart und schnell und ich versuchte nicht sie zurückzuhalten. Meine Bestie war beschädigt, zerbrochen, sie hatte den Großteil der Qualen auf sich genommen, als wir den Integrationseinheiten der Hive und ihren Experimenten ausgeliefert waren. Sie hatte durchgehalten. Sie hatte getobt. Sie hatte mich am Leben gehalten—und vor dem Wahnsinn bewahrt.

Und sie hatte gelitten.

Gabrielas Trost war nicht für mich, sondern für meine Bestie gedacht und ich ließ sie gewähren, damit unsere Partnerin uns beide wieder heil machen konnte und wir uns der einzigen Person im gesamten Universum, der wir uns ohne Furcht vor Verurteilung zeigen konnten, übergaben.

"Liebling." Meine Bestie kannte ein einziges Wort, als sie größer wuchs. Meine Arme umschlangen noch fester ihre Taille und mein Bestiengesicht schmiegte sich an die Kurve ihres Halses. Und meine Bestie erschauderte, als lautlose Tränen über ihre zarte Haut strömten und ihr Handtuch tränkten.

Gabrielas Hand kam an meinen—unseren—Kopf und sie streichelte die Bestie, sie liebkoste sie wie eine liebliche

Kostbarkeit, nicht wie ein furchterregendes Monster. Ihre Berührung spendete Trost und ihre Stimme, was immer sie da säuselte, beruhigte uns. Wir knieten endlos lange vor ihr nieder und gaben ihr unseren Schmerz, labten uns an ihrer Zärtlichkeit und ihrem Duft, ihrer vollständigen Akzeptanz unserer Schwäche. Sie heilte uns auf eine Weise, die ich nie für möglich gehalten hätte.

Und dann verlangte mein Sohn nach seiner Mutter, er jammerte erst und stieß schließlich einen Schrei aus, der meine Bestie mit Stolz erfüllte. Die Bestie wollte Gabriela allerdings noch nicht gehenlassen. Und sie hatte ihren Sohn noch nicht kennengelernt.

Ich drehte mich um und nahm den Winzling in meine Arme, dann stand ich auf und trug ihn und seine Mutter ins Zimmer hinaus. Ich setzte beide auf meinen Schoß, damit ich meinen Sohn beim Essen zusehen konnte. Meine Bestie schmiegte sich an Gabrielas Wange. "Fütter ihn."

"Was?" Sie blickte erschrocken zu mir auf und zum ersten Mal erblickte ich die Tränen in ihren Augen. Sie hatte mit mir zusammen geweint. Mit mir getrauert. Meinen Schmerz geteilt.

"Nicht mehr traurig. Fütter Jori. Ich zusehen." Meine Bestie bemühte sich um jedes Wort, aber sie wollte zusehen, wie ihr Sohn an der Brust seiner Mutter trank, sie wollte beide in ihren Armen halten und sie beschützen. Das perfekte Baby bewundern, das sie mit erschaffen hatte, das jetzt ein Teil von ihr war. Ich war derselben Meinung. Ich wollte ebenfalls zusehen. Es war ein so intimer Augenblick, so anders als jeder Moment zuvor. Nie hatte ich auch nur annähernd etwas gefühlt, das an den Stolz und die Erfüllung herankam, die ich zusammen mit meiner Partnerin und meinem Sohn in den Armen—den Armen meiner Bestie—verspürte. "Füttern. Ich zusehen."

Gabriela wischte sich die Tränen weg und lächelte verlegen. "Okay. Aber so spannend ist es gar nicht."

Das sah ich anders. "Wunderbar."

Sie tat, wonach ich sie gebeten hatte und Jori setzte sofort an und fing an zu saugen, als ginge es um Leben oder Tod. Das musste wohl der Fall sein. Ich reckte aufmerksam den Hals. Ich wollte keine Einzelheit verpassen. Keines von Joris niedlichen Geräuschen oder den Ausdruck auf Gabrielas Gesicht, als sie auf unseren Sohn runterblickte.

Pure, bedingungslose Liebe.

Und als sie zu meiner Bestie aufblickte, änderte sich nichts an diesem Blick und innerhalb einer Sekunde wurde der Beschützerinstinkt meiner Bestie in Verlangen umgewandelt. Mein Schwanz wurde steinhart und stocherte gegen ihren weichen Arsch auf meinem Schoß. "Liebling."

"Jorik." Sie lehnte sich zurück, das Baby trank an ihrer Brust und ich sah mich an ihnen satt. Klein-Jori machte große Augen, als sie ihn an ihre Schulter hob und seinen Rücken klopfte, dann legte sie ihn an der anderen Seite an, um ihn zu Ende zu stillen. Ich hatte es zwar nicht eilig damit diese Glückseligkeit zu beenden, aber ich freute mich schon auf den Moment, wenn Jori in seiner Krippe schlafen und seine Mutter mir gehören würde.

Nur mir.

Ein paar Minuten später war mein Schwanz bereits am Pochen und meine Bestie hatte nicht die geringste Absicht sich zurückzuziehen. Diesmal war sie an der Reihe. Sie wollte unsere Frau ficken, sie mit ihrem Schwanz füllen, sie betteln und schreien lassen. Um ihre Gesundheit musste ich mir keine Sorgen mehr machen. Der ReGen-Tank hatte dafür gesorgt. Sie war nicht länger blass, die dunklen Ringe unter ihren Augen waren verschwunden. Die gemeine Schnittwunde war verschwunden. Der Schmerz, das Unbehagen war weg. Alles, was übrig war, war eine gesunde, willige Partnerin.

Meine Bestie wollte ihr Paarungshandschellen anlegen und sie für sich beanspruchen, aber die Handschellen würden nicht vor morgen eintreffen. Ich hatte sie auf Atlan bestellt, während sie im Tank behandelt wurde. Ich wollte zwar keine Verzögerung, meine Bestie aber würde geduldig warten, denn sie gehörte jetzt uns. Unsere Partnerin. Unsere Frau. Unser Sohn.

Sie stand auf und ging zu dem kleinen Kinderbett im Nebenzimmer. Durch die offene Tür konnte ich sehen, wie sie sich nach unten beugte und Jori schlafen legte. Das Handtuch, das ich ihr umgewickelt hatte, hing notdürftig auf ihrer Hüfte. Sie kam in unser Schlafzimmer zurück und ließ die Tür offen, damit wir Jori hören konnten, sollte er anfangen zu weinen.

Obenrum war sie frei, ihre Brüste waren voll und ihre Nippel waren vom Stillen gerötet und aufgestellt. Genau das wollte ich. Alles davon. Meine Bestie genauso.

"Mir." Ich zog meine Kleider aus.

Sie blieb beim Türrahmen stehen und sah sich satt.

"Du ... du hast keine Integrationen," sprach sie.

Mein Schwanz stellte sich allein schon unter ihrem Blick auf.

"Innen." Ein Wort. Später würde ich ihr mehr erzählen. Im Moment hatte meine Bestie etwas anderes im Sinn.

Sie schien sich mit der Antwort zufriedenzugeben und ich wollte keinen Moment länger warten.

Die Bestie war dermaßen schnell, dass sie erschrocken nach Luft schnappte, als ich sie nach oben hob und mit dem Rücken gegen die Wand presste. Dabei fiel ihr Handtuch runter, sodass sie vollkommen nackt war. Ich hatte zwar keine Paarungshandschellen, aber ich hatte die üblichen Atlanischen Fesseln parat, die jede Bestie bevorzugt verwendete. Bestien fickten nicht im Liegen, denn diese Position machte sie Angreifern gegenüber zu verletzlich. Es war ein Überlebensinstinkt. Und unsere Frauen hatten sich dementsprechend angepasst. Wenn die Bestie die Kontrolle übernommen hatte, ging sie nicht gerade behutsam vor.

Sie verschlang. Eroberte. Unterwarf.

"Oh Gott, was zum Himmel?" Gabrielas nervöses Gelächter ließ meine Bestie einen Zacken runterfahren, aber nicht viel, denn sie klemmte ihre Handgelenke und ihre gebeugten Oberschenkel an der Wand fest, sie öffnete sie für uns, sodass ihre perfekte Muschi zu sehen war und wir uns an ihr ergötzen konnten. Die Fesseln um ihre Schenkel waren gut gepolstert und ausreichend groß, um eine Atlanische Frau zu fixieren. Ihren kleinen Menschenkörper würden sie problemlos an Ort und Stelle halten und meiner Bestie erlauben zu spielen. Zu erkunden. Zu kosten.

"Stop?" Meine Bestie würde aufhören, sollte sie es von ihr verlangen, aber ich betete nur, dass sie das nicht tun würde. Sie war kurz vorm Überschnappen und der Schmerz, den ich vorher mit ihr geteilt hatte, war von verzweifelter Lust ersetzt worden.

"Nicht aufhören," keuchte sie. "Du darfst niemals aufhören."

Ich fiel auf die Knie, saugte ihren Kitzler in den Mund und genoss mein Leckerchen. Sie buckelte und ihre Hüften wollten sich mir entgegenpressen.

"Oh Gott. Mehr."

Ich knurrte und gab nach, ich öffnete mit einer Hand ihren Körper und fickte sie mit den Fingern der anderen, während ich sie gleichzeitig mit dem Mund bearbeitete. Ich verschlang ihre feuchte Hitze, die nur mir und mir allein gehörte. Ihr Aroma ließ meine Bestie vor Glück aufheulen und ich wusste, dass wir niemals ihren Duft, ihren Geschmack vergessen würden.

"Mir."

"Ja." Sie schien gespürt zu haben, dass meine Bestie es von ihr hören musste, dass sie sich ergeben musste.

Ich erinnerte mich daran, wie sie sich vor Vergnügen zusammengezogen und geschrien hatte, als ich sie auf der Erde genommen hatte und schlüpfte eine Fingerspitze in ihren Arsch hinein, um zu spielen.

"Jorik!" rief sie bei der intimen Geste, aber zwischen uns gab es keine Scham. Was immer sie wollte, ich würde es ihr geben. Diese Frau war mein Fetisch und selbst die Götter würden sich vor den meisterhaften Liebeskünsten meiner Bestie verneigen.

Gabriela

Gott verdammt. Er würde mich noch umbringen.

Ich war weit geöffnet und entblößt. Er kniete vor meiner Muschi nieder, sein Mund labte sich an mir, als wäre ich seine Lieblingsspeise. Ich war noch nie gefesselt worden, noch nie offen gehalten wie jetzt, war noch nie einem Mann—Alien—total ausgeliefert gewesen.

Und die unersättliche Schlampe in mir wollte mehr. Ich konnte mich nicht bewegen—und das machte mich an. Ich vertraute Jorik mit meinem Leben und er würde sofort aufhören, sollte ich darum bitten. Ich fühlte mich sicher. Geschätzt. Und das brachte mich um den Verstand.

Vor Joris Geburt war ich schüchtern gewesen, aber nachdem ich das überlebt hatte, war ein Teil meines sonst so befangenen Temperaments irgendwie abgestorben. Mit Jorik aber, meinem Partner? Seine Augen logen nicht. Er wollte mich. Ihm gefiel nicht nur, was er sah, sondern er *wollte* mich anfassen. Mich küssen. Mich kommen lassen. Seine Berührungen waren zielgerichtet und dominant, als ob er genau wusste, was er wollte.

Mich.

Es war so verdammt geil. Nie zuvor war ich dermaßen außer mir gewesen und diese Gewissheit ließ meinen Körper abgehen wie eine Rakete.

Der ReGen-Tank hatte meinen Schnitt komplett geheilt und alle unangenehmen Nachwirkungen der Geburt behoben. Ich fühlte mich verjüngt. Oh, ich hatte immer noch meine zusätzlichen Pfunde, aber Jorik schien sie zu mögen. Ich musste alle meine Unvollkommenheiten vergessen, denn aus seiner Sicht hatte ich keine. Ich musste mich Jorik überlassen und das war aus meiner Sicht völlig in Ordnung.

Ich wollte keine Kontrolle. Ich wollte Jorik gehören.

Als er mich mit den Fingern auseinander spreizte, meinen

Kitzler saugte und mich mit der Zunge schnippte, überließ ich mich voll und ganz ihm und mein Körper explodierte regelrecht, als sein zufriedenes Knurren mich immer weiter trieb und eine orgasmische Welle nach der anderen durch meinen Körper schickte.

Mein Körper ruckte nur so an den Fesseln. Ich wollte ihn anfassen. Ihn reiten. Ihn küssen.

"Jorik!" Ich bettelte, aber ich war nicht sicher um was. Was ich brauchte. Ihn. Nur ihn. Das war es, wonach ich mich in den Monaten der Trennung so sehr gesehnt hatte. Seinen Duft, seine Hände, die wilde Besessenheit in jeder seiner Berührungen. Ich hatte ihn so sehr vermisst.

"Mehr." Die tiefe Stimme seiner Bestie bewirkte, dass meine Muschi sich wild zusammenzog. Er führte einen zweiten Finger in meine zuckende Muschi ein, fickte mich etwas fester und spreizte mich auseinander, während er sich an meinem Körper entlang nach oben küsste und ich nur so nach Luft schnappte. Er verpasste jedem Nippel einen sanften Kuss, ehe er sich bis an meinen Hals hochleckte und knabberte. Bis an meine Lippen.

Er stoppte. Ich öffnete die Augen und starrte der Bestie ins Gesicht. Der Mann, den ich liebte, war tief in ihr vergraben, aber immer noch da. *Das* war Jorik. Alles von ihm. Und er wartete. Auf was? Meine Erlaubnis?

Seine Finger glitten aus meiner Muschi ein und aus und wir blickten uns in die Augen. Die Bestie wartete auf irgendetwas.

"Küss mich. Fick mich. Tu es. Ich will dich. Alles von dir." Ich formulierte so deutlich und unmissverständlich wie möglich meine Forderungen. "Du gehörst mir, Jorik. Mir."

Seine Bestie lächelte räuberisch und meine Muschi ballte sich um seine Finger zusammen. Feste.

"Oh Gott." Ich musste schon wieder kommen.

"Nicht, Gott. Jorik." Er presste den Daumen auf meinen Kitzler und fing an zu kreisen. Ich schrie seinen Namen und kam.

Meine Muschi zuckte immer noch unkontrolliert, als sein riesiger Schwanz in mich eindrang und mich langsam öffnete.

Er war enorm. Echt verdammt groß und ich musste keuchen, halb vor Schock und halb aus Schmerz als er mich füllte. Mich dehnte. Mich eroberte.

Er war zu groß. Zu dick. Meine Muschi war zu eng, zu angeschwollen, zu empfi—

"Ahhhh!" Wieder musste ich kommen, der Orgasmus durchfuhr mich wie ein elektrischer Schlag. Ohne Vorwarnung. Ohne Anbahnung. Nur seinetwegen. Ich kräuselte mich um ihn herum, befeuchtete seinen Schwanz und erleichterte ihm das Eindringen.

"Jorik." Seine Bestie stöhnte, als meine Muschi ihn zusammenquetschte und er in mich hineinpumpte, langsam rein und raus und dann immer schneller wurde, nachdem er mich vollständig ausgefüllt hatte. "Mir."

"Gott, ja."

Er hielt an. Runzelte die Stirn. Der wohl entzückendste Ausdruck auf einem Bestiengesicht. "Nicht Gott. Jorik. Liebling."

"Ja, mein Schatz. Jorik." Ich liebte ihn. Heilige Scheiße, wie sehr ich ihn liebte. Ich liebte seinen Sohn. Ich liebte seinen Schwanz. Ich liebte es, denn mit ihm fühlte ich mich hübsch. Ich liebte es, wenn ich ihm ausgeliefert war und mich schön, begehrenswert und vollkommen fühlte. "Liebling."

Das besänftigte ihn und er fickte mich inbrünstig, sodass mein Rücken mit jedem Stoß seines massiven Körpers die Wand hochrutschte. Ich war ihm ausgeliefert und an die Wand geschnallt und es sollte nie mehr aufhören. Ich saß in der Falle und wenn ich eine innere Bestie gehabt hätte, dann hätte sie aufgeheult. Ich würde nirgendwo hingehen. Ich konnte nicht. Niemand würde mich von Jorik trennen.

Sein Duft hüllte mich ein. Seine Wärme. Seine Kraft. Er war stark, so stark. Und er gehörte mir.

Ich überließ mich dem Augenblick und Tränen strömten mir übers Gesicht. Ich lieferte das allerletzte Stück meines gebrochenen Herzens aus, jenes Herz, das in Angst gelebt hatte, jenes Herz, das zerbrochen war, als ich ihn für tot geglaubt hatte, jenes Herz, das über Leichen gehen würde, um unseren Sohn zu beschützen. Ich schenkte es ihm, jedes elende, welke Teil von ihm und dazu noch meinen Körper.

Ich kam erneut und diesmal musste ich hemmungslos schluchzen. Ich hatte nichts mehr übrig. Ich war gebrochen und wieder geheilt worden und es tat weh. Es tat verdammt weh, aber ich konnte es nicht stoppen. Ich konnte mich nicht zurückhalten. Ich war wieder heil, hier, mit ihm auf einem fremden Planeten. Solange wir zusammen waren, er, ich und unser Kind, solange war völlig egal, wo wir lebten.

Er schrie und sein tiefes Gebrüll erfüllte unser kleines Zimmer, als er mich gleichzeitig mit seinem Samen füllte. Mich markierte. Mich eroberte.

Noch einmal.

Aber diesmal gab es keinen Raubüberfall, keine Hive, keinen Krieg. Keine Gesetze. Nur uns beide. Und Jori.

Als ich wieder zu Atem gekommen war, machte meine Bestie die Fesseln los und trug mich zum Bett rüber. Er schlang die Arme um mich und fragte nicht, warum ich weinte. Dafür war ich dankbar. Ich wäre sowieso nicht in der Lage gewesen es ihm zu erklären.

So sehr zu lieben schmerzte wie verrückt. Aber es würde kein Zurück geben.

Und das wollte ich auch gar nicht.

11

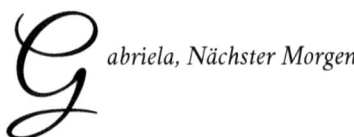

abriela, Nächster Morgen

ATLANEN WAREN BEEINDRUCKEND. RIESIG. DOMINANT. SIE hatten einen intensiven Blick, der jedem vor Schiss die Hose ausziehen konnte. Mir hatte er definitiv die Hose weggeblasen, und das auf eine *sehr* angenehme Art. Nun, nicht alle. Nur ein gewisser Atlane. Und nachdem er mich meiner Hose entledigt hatte ... war er sogar noch dominanter und an *allen* richtigen Stellen riesig gewesen. Eigentlich hätte ich todmüde sein sollen, schließlich hatten meine beiden Männer mich die ganze Nacht wachgehalten.

Jori hatte den Transport reibungslos überstanden; ob Tag oder Nacht, er war ununterbrochen hungrig und kuschelbedürftig. Dasselbe galt für seinen Vater. Jorik war andauernd hungrig ... nach mir und ich war die ganze Nacht hindurch nicht zur Ruhe gekommen. Heute Morgen war ich mit dem Kopf auf seiner Schulter aufgewacht. Ich konnte mich nicht erinnern, ob ich auf ihn drauf gekrabbelt war oder ob Jorik mich dort platziert hatte, aber neben ihm zu liegen war scheinbar nicht nahe genug gewesen.

Ich hatte noch nie mit Jorik geschlafen. Tatsächlich hatten wir vorher nur ein paar Stunden miteinander verbracht. Mit so einem großen Mann das Bett zu teilen ... verdammt, überhaupt mit irgendjemandem das Bett zu teilen hätte sich befremdlich anfühlen müssen, aber das hatte es nicht. Ich hatte tief und fest geschlafen, selbst nach der erholsamen Zeit im Tank. Zum ersten Mal in Monaten, wenn nicht seit fast einem Jahr war ich nicht mehr traurig. Ich war nicht allein.

Mein Körper war leicht mitgenommen. Bisher unbekannte Muskeln machten sich schmerzhaft bemerkbar. Es war nicht gerade so, als ob ich vorher schonmal an die Wand gekettet und ordentlich durchgefickt worden war. Dieser Teil hatte bewirkt, dass meine Muschi jetzt leicht wund war. Aber das war egal. Ich musste lächeln. Es bedeutete, dass Jorik mich durchgenommen hatte. Dass wir zusammen waren.

Gott, ich war *total* bescheuert.

Nachdem ich in der komischen Wanne geduscht—Gott, das Ding hatte sogar einen lächerlich effektiven Haartrocknermodus—und Jori gefüttert hatte, hatte er mir mit einer Maschine auf wundersame Weise ein Kleid hervorgezaubert. Es war locker, luftig und es hatte eine hübsche blaue Farbe. Ein typisch Atlanisches Kleid hatte er gesagt und seinem Ausdruck nach zu urteilen freute ihn der Anblick.

Es freute ihn so sehr, dass er es mir gleich wieder ausziehen wollte. Ich hatte mich noch gerade so zur Wehr gesetzt, denn ansonsten wären wir nie mehr aus unserem Quartier rausgekommen. Stattdessen war er einfach vor mir auf die Knie gegangen, hatte den Saum hochgehoben und seinen Mund aufgesetzt. Zugegeben, er war verdammt geschickt mit seiner Zunge ... Gott, allein schon daran zu denken machte mich ganz heiß. Und ihm widerstehen und nein sagen? Welche vernünftige Frau würde bitte einen umwerfenden Atlanen abblitzen lassen, wenn er ihr die Muschi ausessen wollte?

Ich jedenfalls nicht.

Nachdem ich mich wieder erholt hatte—und er sich den glitzernden Beweis meiner Freude vom Mund gewischt hatte— hatte er uns zum Frühstück in den Essensbereich geführt. Als wir die lautlosen Schiebetüren der Cafeteria durchquert hatten, ließen geheimnisvolle Essensdüfte sofort meinen Magen knurren. Der Raum war weitläufig, er bot etwa dreißig Tischen Platz, allerdings war keine Küche zu sehen. Eine Wand war ganz aus Glas ... oder zumindest sah es aus wie Glas und ich bekam meinen ersten wahren Ausblick auf den Planeten. Ich war *wirklich* im Weltall.

Kein blauer Himmel, keine Wolken. Es sah genauso aus, wie ich mir den Mars vorgestellt hätte; rote, öde Felsbrocken und seltsam gefärbte Pflanzen, die aussahen, als ob sie halb am Verdursten waren. Und darüber? Sterne. Schwarzer Raum. Es fühlte sich leer an. Verwundbar. Und plötzlich war ich mehr als dankbar für die riesige Kuppel über unseren Köpfen, die uns sicher beschützte. Die Landschaft hatte ihren Reiz, war aber nicht wie die Everglades oder der Strand.

Ein Quietschen von Jori brachte mich zurück zu ihm und Jorik. Ich lächelte, als Jori es irgendwie geschafft hatte sich die Faust in den Mund zu schieben, um daran zu nuckeln. Seit wir auf dem Planeten angekommen waren, hatte ich ihn nur zum Stillen gehalten. Ansonsten hatte er in der Space-Version einer Kinderwiege an Joriks Seite des Betts geschlafen—er wollte unseren Sohn in Armlänge haben—oder direkt in seinen Armen. So wie jetzt. Er wollte ihn mir gar nicht mehr hergeben und ich würde ihm dieses Glück nicht verwehren. Es machte mich glücklich die beiden so zu sehen. Eine riesige Bestie, die von einem vierzehnpfündigen Neugeborenen in die Knie gezwungen wurde.

Wir wurden sofort bombardiert. Krieger, mit Cyborg-Implantaten als Augen und Armen wie in einem Science-Fiction-Film kamen auf uns zu und ihre Herzen erweichten sich, als sie Jori erblickten. Ich fragte mich, was sie wohl durchgemacht hatten und dann musste ich über Joriks Antwort nachdenken, als ich nachgefragt hatte. *Drinnen*. Ich hatte keine Ahnung, was sie mit ihm angestellt hatten und ich bezweifelte, dass er mir je alles verraten würde. Allerdings musste er diesen Horror auch nicht unbedingt noch einmal durchleben. Nicht für mich.

Das würde ich nie von ihm verlangen. Aber er und die anderen Atlanen, mit denen er in Gefangenschaft war, waren irgendwie anders. Sie hatten keine der offensichtlich robotischen Körperteile wie die anderen. Und irgendwie schien das noch schlimmer zu sein.

Aufseherin Egara hatte mich kurz über die Kolonie aufgeklärt, sie sagte, dass diejenigen, die von den Hive gefangengenommen und integriert wurden hier lebten. Ursprünglich waren alle in die Kolonie verbannt und gezwungen worden für immer hier zu leben, aber wie sie erwähnt hatte, hatten sich die Zeiten geändert und sie konnten auch auf ihren Heimatplaneten zurückkehren. Allerdings zogen die meisten es vor zu bleiben.

Jorik war hier und ich fragte mich, ob er nach Atlan zurückkehren wollte. Würden wir in der Kolonie bleiben oder woanders hingehen? Solange wir zusammen waren, war es mir egal.

Ein großer Typ, wahrscheinlich ein Atlane, winkte Jori mit seiner Cyborg-Hand zu und machte ein paar glucksende Geräusche. Es war grotesk, aber süß. Jorik räusperte sich und trat zurück.

Sie hatten so viel durchgemacht und doch wussten sie die einfachsten Dinge zu schätzen. Ein Baby war vollkommen unschuldig, es war sich der Hive, dem Tod, der Zerstörung nicht bewusst. Jori war absolut perfekt und unvoreingenommen. Sollten wir hierbleiben, dann würde er mit den Integrationen der Hive um ihn herum aufwachsen und sich nichts dabei denken. Für ihn würden all diese Männer völlig *normal* sein.

"Jorik habe ich noch nie so gesehen," flüsterte Rachel mir ins Ohr. "Du hast ihn echt verzaubert."

"Das muss wohl am Baby liegen," entgegnete ich. Er war schließlich nicht dabei *mich* durch die Gegend zu tragen. Ich war nebensächlich. Der Gedanke war albern, denn er wusste genau, wo ich war und ich hatte keinen Zweifel daran, dass Jorik sofort an meiner Seite sein würde oder mich vielleicht sogar zurück in den ReGen-Tank schleifen würde, sollte ich auch nur niesen.

Wenn ich gedacht hatte, dass Jorik mit mir besitzergreifend war, dann hatte ich mich geirrt. Denn mit Jori setzte er noch einen drauf. Wir beobachteten meinen Partner, als er stolz wie Oskar mitten im Raum stand und seinen Sohn vorführte. Wenn ihm jemand zu nahe kam, dann streckte er den Arm aus und hielt ihn auf Abstand. Wenn jemand Jori halten wollte, dann *verneinte* er kategorisch und mit einem so bedrohlichen Ton, dass ich lachen musste.

Jori sah auf seinen Ellbogen geklemmt so verdammt winzig aus, seine Ärmchen und Beinchen wackelten in dem kleinen Strampler, den Rachel und Maxim uns zusammen mit den anderen Babysachen überlassen hatten. Er hatte dieselbe blaue Farbe wie mein Kleid und sah genauso aus wie die Strampelanzüge auf der Erde, außer dass er keinen Reißverschluss hatte. Jori schaute sie alle an, aber ich bezweifelte, dass er schon besonders viel von ihnen erkennen konnte.

"Er ist sehr mit sich zufrieden," fügte ich hinzu.

"Hmm, diese Typen sind verdammt dominant. Ich habe zwei Prillonen als Partner. Zwei von denen," sprach sie und spielte dabei mit dem kupferfarbenen Band um ihren Hals. "Aber Jorik übertreibt es echt." Sie machte einen Schmollmund. "Ich glaube nicht mehr, dass ich je euer Baby halten werde."

"Wenn ich nicht seine Nahrungsquelle wäre, dann würde ich ihn wahrscheinlich auch nicht mehr zu halten bekommen." Ich lachte und war überglücklich, dass Jorik sich mit seiner Vaterschaft so gut angefreundet hatte. "Du hast dein eigenes Baby."

Sie seufzte. "Ja, aber ist nicht mehr wirklich ein *Baby*. Ich erinnere mich daran, wie es war, als meine beiden Partner mich schwängern wollten." Sie seufzte. "Und als ich dann schwanger war, durfte ich nichts mehr hochheben. Sobald ich irgendein komisches Geräusch gemacht oder um Gottes willen mal gefurzt habe, dann haben sie sich gleich wie verrückt Sorgen gemacht. Du hättest sie erstmal bei der Geburt sehen sollen." Sie machte Pause, dann blickte sie mich mit großen Augen an. "Oh, Gabriela, tut mir leid! Das war egoistisch von mir, mich über meine überfürsorglichen Männer zu beschweren, während du all das mit Jorik verpasst hast. Ich kann es immer noch nicht glauben, dass du das alles alleine durchgestanden hast."

Ich dachte daran, wie schwierig es gewesen war, wie einsam. Wie traurig. Aber als ich Jori dann zum ersten Mal gesehen hatte … es war einfach unglaublich gewesen. Mein Herz war aufgegangen und er hatte es direkt ausgefüllt.

"Ist schon in Ordnung. Ich hab' tonnenweise Medikamente bekommen."

Sie lachte, offenbar erleichtert, dass sie meine Gefühle nicht verletzt hatte. Hatte sie nicht. Ich konnte meine Beziehung nicht mit ihrer vergleichen. Und bestimmt war es mit zwei Männern auch nicht immer leicht.

Wir sahen zu, wie Jori von Jorik auf den anderen Arm genommen wurde und er lächelnd zu mir aufblickte. "Ich bin überrascht, dass er euch überhaupt aus eurem Quartier rausgelassen hat. Nach all den Monaten der Trennung hätte ich nicht gedacht, dass er dich überhaupt etwas anziehen lässt." Sie musterte mich. "Übrigens, hübsches Kleid."

Ein weiteres "nein" kam von Jorik und ein enttäuschter Prillone ging zu seinem Platz zurück.

"Danke," erwiderte ich und strich mit den Händen über den geschmeidigen Stoff. "Der ReGen-Tank wirkt besser als jedes Spa. Rechne noch ein paar Atlanisch besorgte Orgasmen hinzu und ich bin eine rundum glückliche Frau."

Rachel schnaubte und ich grinste.

"Komm, da wir eh nicht an das süße Baby rankommen, werde ich dich den anderen vorstellen."

"Wir dürfen aber nicht zu weit gehen. Jorik wird sonst ausflippen."

Rachel grinste und nahm meinen Arm.

Wir umrundeten den Raum, zuerst trafen wie ihren Zweitpartner Ryston, einen massiven Typen mit scharfen Raubvogelzügen, hellgoldenen Haaren und den passenden Augen. Seine rechte Gesichtshälfte aber war teilweise silbern. Metallisch. Während Jorik keine sichtbaren Zeichen seiner Zeit bei den Hive davongetragen hatte, so hatte die meisten Krieger hier ihr Martyrium nicht unversehrt überlebt. Rachels Partner hatten beide sichtbare Erinnerungen an ihre Folter davongetragen. Maxims Arm war fast vollständig silbern, allerdings konnte ich unter seinem langärmeligen Hemd nur die Hand und das Handgelenk ausmachen und bei Ryston war es die rechte Gesichtshälfte. Ein Mensch namens Denzel hatte komplett silberne Augen. Jeder Krieger hier sah anders aus, aber alle hatten sie denselben traumatisierten Blick in den Augen; ein Blick, der sich verflüchtigte, sobald sie meinen riesigen Partner und seinen winzigen Sohn erblickten.

Wir näherten uns einigen Atlanen und Rachel stellte mir einen Krieger namens Kai vor, der mit zwei anderen zusammensaß. Kai war ein richtiger Goldjunge, er sah aus wie ein Surf-Gott und die beiden anderen, also Wulf und Egon waren dunkelhaarig. Bis auf ihre enorme Größe sahen sie komplett menschlich aus und im Bestienmodus wurden sie sogar noch größer. Um sie herum verstreut saßen noch ein paar weitere Atlanen, einer hieß Braun, er saß mit Rezzer und Caroline, die einfach nur CJ genannt wurde und ihren Zwillingen. Der Junge hieß RJ, also Rezzer Junior. Und um das Ganze noch komplizierter zu machen, wurde das Mädchen ebenfalls CJ genannt, was für Caroline Junior stand. Beide hatten zwar denselben Namen, aber es war nicht allzu schwer sie auseinander zu halten, schließlich trug die eine noch

Windeln. Beide Kinder tollten auf wackeligen Beinchen herum. Rachel erklärte mir, dass sie fast ein Jahr alt waren und ich war überglücklich, dass Jori später hier auch Spielkameraden haben würde.

Mein Lächeln wurde immer angestrengter, als mir einleuchtete, dass Aufseherin Egaras Bemerkungen über die Atlanen richtig waren. Im Vergleich zu den Prillonen und den anderen Rassen hier stachen sie heraus wie bunte Hunde. Sie waren groß. Klobig.

Allein.

Wie Kriegsfürst Tane, ein weiterer Atlane, auf den Rachel gedeutet hatte. Er stand bis an die Zähne bewaffnet an der Seite und andere Männer suchten mit ihm das Gespräch. Die anderen trugen ebenfalls Waffen und eine Art Panzerung. Sie waren in dieselbe Uniform gekleidet und ich fragte mich, ob sie im Dienst waren und wenn ja, warum.

Kriegsfürst Wulf bemerkte mein Interesse an ihnen. "Sie sind eben von einer Jagd zurückgekommen."

"Einer Jagd? Wo?" Und was genau haben sie gejagt? Wir waren von einer Kuppel eingeschlossen, damit wir Sauerstoff atmen konnten. Man hatte mich gewarnt und mir gesagt, dass ich nicht ohne entsprechende Schutzausrüstung nach draußen gehen durfte. Der Planet hatte eine Atmosphäre, aber sie war toxisch.

"In den Minen." Wulfs Wortschatz war genauso erhellend wie der meines Partners. Drei Worte, die meine Neugierde keinesfalls befriedigten. Allerdings fehlte es den Atlanen nicht an Intelligenz. Ihre Antworten waren einfach nur ziemlich einsilbig.

"Und was genau haben sie in diesen Minen gejagt? Schlangen? Skorpione? Höllenhunde?" Nichts davon kam wohl infrage, aber ich wollte eine Antwort. Und wenn ich sie ihm aus der Nase ziehen musste.

"Hive."

Oh Scheiße. Mit offenem Mund starrte ich zur großen

Glaswand raus, dann blickte ich zu Jori. Jorik hatte sich neben uns gesellt und ich war froh. "Sie sind hier?"

"Jetzt nicht mehr."

Nun, das beruhigte mich. Beinahe. Ich hätte nie gedacht, dass es hier Hive geben könnte. Auf diesem Planeten. Mein Gesicht erblasste und ein Schauer ging mir über die Haut.

Wulf stand auf und die anderen Atlanen taten es ihm gleich, sie standen allesamt auf und formten einen Kreis um mich herum. Und Jorik. Und Jori.

Braun stand von seinem Sitz auf—er musste sich erst von dem ungestümen Zwilling befreien, der gerade dabei war an seinem Rücken hochzuklettern—und kam zu uns herüber, Rezzer folgte ihm. Tane verließ seinen Posten an der Tür und kam ebenfalls näher.

Ich war von Aliens umgeben—Atlanen—und alle waren zwei Köpfe größer als ich.

"Du bist sicher Gabriela. Jeder von uns hier würde sein Leben geben, um Joriks Partnerin und ihren Sohn zu beschützen. Genau wie jeder andere Krieger auf dem Planeten."

Ah, okay. Was sollte ich bitte darauf sagen? Sie alle starrten mich eindringlich an. Heftig wäre nicht der richtige Ausdruck gewesen, um es zu beschreiben. "Ähm, danke sehr."

Rezzer und Braun nickten zustimmend und machten sich wieder auf, um die beiden Zwillinge aufzuspüren, aber sie schienen nicht allzu besorgt zu sein. Das hier war ein sicherer Ort und solange die Kinder nicht mit Messern herumrannten oder eine Alien-Steckdose fanden, würde ihnen wohl nichts passieren. Es war beruhigend zu wissen, dass es hier diese Art von Freiheit gab.

Tane ging zu seiner Jagdgesellschaft zurück und Jorik bot mir zwischen ihm und Kai einen Platz am Tisch an. Wulf saß mir gegenüber und so, wie die anderen auf ihn reagierten musste er ihr Anführer sein. Sogar Rezzer und Braun hatten ihn äußerst respektvoll behandelt.

Die vier Männer, mit denen ich hier saß, waren die einzigen

Männer ohne äußere Auffälligkeiten. Kein Silber. Keine künstlichen Gliedmaßen oder Silberaugen. Für Aliens sahen diese vier völlig normal aus.

CJ kam vorbei und stellte mir einen Teller voll dampfend heißer Lasagne hin. Geschmolzener Mozzarella. Frische Tomatensauce. Sofort lief mir das Wasser im Mund zusammen. "Danke!"

"Seit Prime Nial mit einer von uns verpartnert ist, kannst du in der S-Gen-Anlage fast jedes Erdengericht anfordern. Einfach fantastisch!"

Ich lachte und war ganz aus dem Häuschen, weil ich mich scheinbar doch nicht auf lila Gemüse oder seltsames Fleisch beschränken musste. "Gibt es auch Eiscreme?" Mann, ich vermisste die Eisdiele, das Doppel-Karamell-und-Cookie-Eis, das salzige Karamell-Pekannuss-Eis, das—

"Ja, und Schokolade."

"Gott sei Dank." Ich war wirklich erleichtert. Und ausgehungert. Jorik hatte mich fix und fertig gemacht; fünf Minuten länger und ich wäre nach seinen Zuwendungen und dem Stillen von Jori vor Hunger durchgedreht.

"Du sollst nicht deinem Gott danken. Was habe ich dir diesbezüglich gesagt?" Jorik blickte mich mit hochgezogenen Augenbrauen an, während er Joris Rücken rubbelte. Wie dieser Mann den Vater des Jahres geben *und* mich gleichzeitig die ganze Zeit über an Sex erinnern konnte, blieb mir ein Rätsel.

"Erinnerst du dich daran, wie du mir immer Eis serviert hast?" flüsterte er mir ins Ohr.

Ich nickte.

"Dabei habe ich mir immer vorgestellt, dass du es mir nicht in einer Waffel, sondern direkt auf deinem Körper serviert hast. Ich wollte das Erdbeereis von deinen Nippeln lecken und sehen, ob sie genauso rosa sind wie das Eis."

Meine Wangen nahmen genau dieselbe Farbe an.

"Und ich habe mich gefragt, ob du weiter unten auch so süß schmeckst. Jetzt weiß ich es."

Ich schluckte und rutschte leicht hin und her, weil er mich total heiß machte. Ich blickte ihn aber nicht an, denn ansonsten hätte ich mich wohl direkt in der Cafeteria auf ihn gestürzt. Stattdessen schlang ich meine Lasagne herunter. Die beste, die ich je gegessen hatte. Und Ingwertee, denn obwohl ich nicht mehr schwanger war, wurde mir manchmal noch übel. Jorik aß ebenfalls und warf mir hin und wieder ein verheißungsvolles Grinsen zu. Er achtete darauf, dass Jori sicher, geschützt und warm war. Mein Sohn schlief tief und fest in den Armen seines Vaters und einmal mehr ging mir das Herz auf. Tränen kündigten sich an und ich musste den Blick abwenden oder ich hätte mich vor Joriks versammelten Freunden zum Narren gemacht.

Anstatt meine Jungs anzublicken, schaute ich mich um. Jetzt, als das Baby nicht länger im Mittelpunkt stand, waren immer noch eine Menge Krieger versammelt. Viken. Ein Everianischer Jäger, der voll und ganz menschlich aussah, bis er sich bewegte. Dann sah er nämlich aus wie ein Vampir, der abartig schnell über den Boden schwebte. Fast wäre ich ausgeflippt, wäre da nicht ein entzückender kleiner Junge auf uns zugekommen, um Jori und mich anzusehen, das Baby auf den Kopf zu küssen und ohne ein Wort zu sagen wieder zu verschwinden.

Jorik wirkte zufrieden und nickte dem Everianer zu. Der erwiderte den Gruß. "Das ist der Jäger, Kiel von Everis. Und das ist sein Sohn Wyatt."

"Ein netter Junge," sprach ich und ich war überrascht, dass Jorik dem Jungen gestattet hatte, Jori auf den Kopf zu küssen oder ihn allein schon in seine Nähe gelassen hatte.

"Das ist er," bestätigte Jorik. "Er hat einen sehr gefährlichen Vater."

Das wollte etwas heißen, wenn es aus seinem Munde kam. Ich betrachtete noch einmal den Mann—Alien—und fragte mich wie jemand, der so normal, so ... menschlich aussah, in einer Bestie diese Art von Respekt hervorrufen konnte. Neben ihm saß eine Frau. Lindsey, wenn ich mich recht erinnerte, aber ich hatte sie noch nicht kennengelernt. Sie lächelte mir quer durch den Raum zu und ich lächelte zurück. Ihre Reaktion war unverstellt, sie strahlte übers ganze Gesicht und ich wusste, dass wir Freunde werden würden.

Hunderte Krieger gingen in der Cafeteria ein und aus, genau wie Jorik und der Doktor es gesagt hatten. Wie es aussah, waren wir eine große Neuigkeit und *alle* wollten Joriks neue Partnerin und das Baby grüßen. Ich war nicht sicher, ob ich mich an alle Namen erinnern würde und ganz gewiss nicht von jetzt auf gleich.

"Ich bin froh, dass ihr hier seid," sprach Kai und spießte sich ein grünes Blattgemüse mit der Gabel auf. Er grinste, als ich ihm zusah und sein Gesicht wandelte sich im Handumdrehen von grimmig zu charmant.

Warum hatte er keine Partnerin? Ehrlich gesagt war er umwerfend. Nicht, dass ich hinsah, aber ich hätte da ein paar Freundinnen auf der Erde, die sich liebend gerne einen Typen wie ihn unter den Nagel gerissen hätten.

Oder Wulf.

Oder Egon.

Jeden von diesen Typen. Alle hier waren gutaussehende Alphatypen, Cyborg-Implantate hin oder her. In meinen Augen sahen sie damit nur noch heißer aus, noch gefährlicher und unerschrockener. Mutiger. Und ich hatte meinen gefunden. Auf der Erde wimmelte es nur so vor einsamen, enttäuschten Frauen, die sich nur allzu gerne einen Alien-Freak krallen würden. Kein Wunder, dass unsere Frauen sich freiwillig meldeten.

Kai aß seine Mahlzeit auf und wischte sich den Mund mit einer Serviette ab. "Vor deiner Ankunft war Jorik leicht gereizt. Er wollte mir den Kopf abreißen."

Ich blickte zu Jorik rüber. Er war gerade damit beschäftigt einen mürrischen Jori an seine andere Schulter anzulegen.

"Köpfe abreißen? Oh ja, das macht er ziemlich gerne," sprach ich. Ich bezweifelte, dass irgendjemand hier wusste, was auf der

Erde vorgefallen war. Oder womöglich wussten sie es, aber diese Atlanen sahen nun nicht gerade wie Tratschtanten aus. Tatsächlich überraschte mich Kais Eingeständnis.

"Um ihn zu zähmen, gibt es nichts Besseres als eine Frau … und ein Baby," entgegnete Kai. Er neigte den Kopf zur Seite, wie ein fragender Welpe—was bei einem riesigen Krieger echt süß aussah—und blickte von Joriks Handgelenken zu mir.

Jorik schüttelte den Kopf, aber Kai hatte die Geste nicht bemerkt, weil er zu sehr mit mir beschäftigt war. "Keine Paarungshandschellen?" Dann klopfte er Jorik auf die Schulter. "Hat sie dich abblitzen lassen, alter Bursche?"

Paarungshandschellen? Abblitzen lassen? Wovon redete er da? Verwirrt blickte ich zu Jorik rüber, aber er wich mir aus.

"Das geht dich nichts an. Und ich bin noch lange nicht zu alt, Kriegsfürst. Waren nicht vier Männer nötig, um mich am Boden zu halten?"

Kai lachte und Jorik stand auf. Jori quengelte, beruhigte sich aber sogleich, als sein Vater auf ihn einredete. Scheinbar hatte Jorik dieses Kunststück letzte Nacht zwischen dem Stillen gemeistert, um mich schlafen zu lassen. "Die anderen wollen unseren Sohn bewundern, Gabriela. Ich werde ihnen den neuesten Krieger vorstellen."

Jorik lief durch den Raum und wurde sofort von den Neuankömmlingen umzingelt. Ich nutzte die Gelegenheit und blickte zu Wulf. Ich wollte eine Antwort auf Kais Anspielung. Er schüttelte den Kopf und wandte sich wieder seinem Teller zu; er würde mir nichts verraten.

Diese verfluchten Atlanen!

Scheinbar sollte ich nichts davon erfahren, was auch immer sie gemeint hatten. Aber warum? Waren diese Paarungshandschellen etwa sowas wie Eheringe? Wollte Jorik mich nicht für immer haben? War er sich immer noch unsicher? Also nicht mit dem Baby, aber meinetwegen?

Hatte ich mehr aus unserem One-Night-Stand gemacht, als es eigentlich war? Letzte Nacht hatte ich wirklich geglaubt, dass er mich liebt, allerdings hatte er es mir nicht gesagt. Sicher, wir hatten im Bett unseren Spaß gehabt, aber war das auch Liebe? Er hatte nichts davon erwähnt mich zu beanspruchen oder mich mit Handschellen zu versehen oder was auch immer diese Atlanen damit gemeint hatten.

Wollte er mich? Oder wollte er nur Jori und ich war ein schöner Nebeneffekt? Eine Fickgesellin auf einem Planeten ohne Frauen?

Wussten etwa alle hier Bescheid und ich war die einzige, die keine Ahnung hatte?

Ich schaute zu den Atlanen um mich herum, aber sie alle waren plötzlich überaus mit ihrem Essen beschäftigt.

Reezer war der einzige andere Atlane hier mit einer Partnerin. Ich drehte mich in die Richtung um, wo er mit CJ und den Zwillingen saß und musste fast aufschreien, als ich die kunstvollen Armreifen an ihren Handgelenken erblickte. Sie waren reich verziert. Wunderschön. Unübersehbar.

Ich rieb meine nackten Handgelenke unterm Tisch. Das da waren *Paarungshandschellen*. Sie bedeuteten etwas Echtes. Etwas Permanentes. Und ich hatte keine. Jorik hatte sie mir gegenüber noch nicht einmal erwähnt.

Mir wurde plötzlich ganz mulmig zumute und dann dachte ich fast schon, dass mir die Lasagne wieder hochkommen würde.

Was auch immer Sache war, Jorik war definitiv in seinen Sohn verliebt. Quer durch den Raum konnte ich sehen, wie er den Kopf schüttelte und ein finsteres Gesicht machte. Seine riesige Hand tätschelte Joris Rücken und er drehte sich so, damit die Person vor ihm bloß nicht an ihn herankommen würde. Ich biss meine Lippe und musste mich zusammenreißen; ich war nicht sicher, ob ich lachen oder weinen sollte. Ich wusste fast gar nichts über diesen Planeten, über die Leute hier, was sie durchgemacht hatten. Aber das war unwichtig. Außer meinen beiden Jungs war mir alles andere egal. Ich wusste, dass Jorik sich um mich kümmern würde, dass er uns versorgen und beschützen würde. Aber war das auch alles?

Würde das ausreichen?

Jorik war immer noch beschäftigt, also versuchte ich es noch einmal mit Wulf. "Jorik hat gesagt, seine Integrationen wären allesamt in seinem Körperinneren." Ich ließ meine Bemerkung im Raum stehen und starrte Wulf an, damit er mir doch bitte eine brauchbare Antwort gab.

"Wir vier waren ein Atlanisches Experiment. Statt uns mit Metall oder äußerlichen Integrationen zu versehen, haben sie unsere Körper gezwungen mikroskopische Integrationen zu konsumieren, die sich auf Zellebene verbunden haben. Jeder unserer Muskeln, jeder Knochen und jede Zelle wurde verstärkt."

Was? "Was soll das bedeuten? Dass ihr jetzt noch stärker seid?"

"Die Ärzte wissen es nicht genau, schließlich haben sie es noch nie gesehen. Aber ja, wir sind stärker. Wir regenerieren uns schneller, unsere Lungen können ohne Probleme die Atmosphäre hier einatmen."

Krass. "Das ist unglaublich."

Egon und Kai hielten beide inne, als sie meine Reaktion bemerkten.

"Wir sind auf bisher ungekanntem Niveau kontaminiert worden. Wir sind von allen hier am schlimmsten getroffen."

Ich schüttelte den Kopf und ergriff Wulfs Hand. "Nein, ihr seid die besten von ihnen. Die stärksten. Was immer die Hive euch angetan haben, ihr habt es überlebt. Ihr seid ein Wunder. Lebende Wunder."

Wulf wirkte verblüfft, zog aber nicht seine Hand von meiner weg. Egon and Kai aßen weiter, ihre Wangen waren ... knallrot. Hatte ich sie in Verlegenheit gebracht?

"Tut mir leid. Ich wollte euch nicht beleidigen." Ich war nicht sicher, was ich sagen sollte.

Wulf drückte sanft meine Hand. "Du hast uns alles andere als beleidigt. Du hast uns Hoffnung gemacht."

Darauf wurde *ich* knallrot im Gesicht und ich zog meine Hand auf meinen Schoß zurück, gerade, als Maxim laut aufschrie.

"Was?" Maxim sprang auf die Füße und sein Stuhl flog laut zu rasselnd Boden. Es sah aus, als ob er ins Leere sprach. "Soll das ein verdammter Witz sein?"

Er drehte sich und blickte zu Jorik. Im Raum wurde es totenstill.

"Was ist los?" flüsterte ich zu Wulf.

Er zuckte die Achseln.

"Wir sind gleich da," kläffte Maxim, dann drückte er einen Knopf an seinem Hals, als ob er eine Art Sender im Kopf hatte.

Warte. Das hatte er wahrscheinlich sogar. Genau wie ich. Die NPU, die Aufseherin Egara mir vor unserem Transport eingepflanzt hatte, jenes Gerät, mit dem ich in der Lage war die Atlanen zu verstehen, obwohl sie nicht meine Sprache sprachen.

Maxim marschierte zu Jorik rüber und Rachel folgte ihm, nachdem sie ihren kleinen Jungen jemand anderes überlassen hatte, der jetzt dabei war lustige Grimassen zu machen. Ein süßer Knirps, noch ein Spielgefährte für Jori. Meine Freude über das Kind verflüchtigte sich allerdings rasch, denn Rachels Blick husche kurz zu mir rüber, und sie blickte nicht aufmunternd oder beruhigend. Sie blickte besorgt.

Ich vergaß alle Atlanen am Tisch, stand auf und lief zu Jorik und dem Gouverneur rüber. Rachel war vor Schreck ganz bleich geworden. Was war los?

"Hier. Jetzt," sprach Maxim zu Jorik, aber ich hatte den ersten Teil nicht mitbekommen. Ich war zu weit weg gewesen.

Jorik hatte die Augen aufgerissen, seine Haut war blass. Irgendetwas war nicht in Ordnung. "Das kann nicht sein. Gabriela ist bereits hier," sprach Jorik und zog mich an sich heran. Die Geste war nett, aber ich fühlte mich immer noch nicht besser.

"Was ist los?" wollte ich wissen.

Maxim schaute mich nicht an, sondern blickte weiter auf Jorik. Er biss den Kiefer zusammen. "Ich habe eine Nachricht von der Erde bekommen. Joriks Partnerin ist gerade hierher unterwegs."

Ich blickte zu Jorik, seine Augen waren starr auf Maxim gerichtet, aber sein Griff verfestigte sich.

"Ich verstehe nicht, Maxim. Gabriela ist bereits hier," sprach Rachel.

Maxim schüttelte den Kopf. "Nein. Seine *interstellare Braut*. Er ist neulich getestet worden, nachdem er in der Kampfarena fast die Prillonen in Stücke gerissen hat, bevor er von Gabriela und dem Baby erfahren hat. Nach ihrer Ankunft ist er nicht aus dem System des Bräuteprogramms entfernt worden und jetzt ist er verpartnert worden."

Mein Herz raste wie verrückt und auf einmal wurde mir ganz übel. Er war verpartnert worden ... mit einer anderen?

"Das ... das ist unmöglich," sprach Rachel weiter und deutete auf uns. "Sieh dir die beiden an. Sie sind perfekt. Sie haben sogar ein *Baby*."

"Der Test war zu neunundneunzig Prozent genau. Diese Frau ... die Frau, die eben im Transport eingetroffen ist, ist seine ausgewählte Partnerin."

Was war ich dann bitte? Er war mit fast perfekter Übereinstimmung verpartnert worden, und zwar mit einer anderen Frau? Aber ja doch. Ich dachte an Jorik. Er war so gutaussehend. So unglaublich. Heroisch. Zärtlich. Leidenschaftlich. Intelligent. Stark genug, um monatelang als Gefangener der Hive zu überleben.

Und dann gab es noch mich. Eine Erdenfrau, die durch die Hölle gegangen war, nur um die High School zu beenden. Eine Frau mit einem mittelmäßigen Job, die dumm genug gewesen war ungeschützten Sex zu haben und schwanger geworden war. Ich war hier in der Kolonie, aber nicht, weil ich die richtige Frau für Jorik war. Nein, ich war nur wegen des Babys hier.

Jori war der einzige Grund, warum sie mich hier empfangen hatten. Das Baby war der einzige Grund, weshalb Aufseherin Egara überhaupt über mich Bescheid gewusst hatte. Hätte sie nicht den Bericht über Joris Rekordgröße gelesen … wäre ich nicht schwanger geworden, dann hätte sie mich gar nicht erst kontaktiert. Ich hätte mein Leben weitergelebt, wäre weiter zur Arbeit gegangen, um den Touristen Eiskugeln zu schaufeln. Jorik wäre nicht hier in der Kolonie gelandet. Er wäre verpartnert worden. Mit der perfekten Frau.

Sie musste fabelhaft sein. Jorik war zu wundervoll, um irgendetwas anderes zu verdienen. Die Frau war sicher attraktiv. Clever. Witzig. Sexy.

Und sie war nicht ich.

12

orik

"Das muss ein Irrtum sein," sprach ich, als ich mit Gabriela, Rachel und dem Gouverneur den Korridor entlanglief. Jori lag an meiner Schulter; ich wollte ihn auf keinen Fall abgeben. Leute kamen uns entgegen, aber ich schenkte ihnen keine Beachtung. Sie schauten, dann schauten sie ein zweites Mal, weil sie wohl noch nicht von Jori gehört hatten. Wir hielten aber nicht an. Daran war nicht zu denken. Eine interstellare Braut war hier? Jetzt? Für mich?

Die Ankunft einer neuen Braut war immer mit Aufregung verbunden. Ich würde sie in der Kolonie begrüßen, damit ein anderer Mann sie für sich reklamieren konnte. Nicht ich. Sie war Atlan zugewiesen worden, aber nicht direkt mir. Es gab viele feine Krieger hier, Atlanische Männer, die sich liebend gerne um sie kümmern würden, sie verwöhnen würden. Die ihr eigenes Glück finden wollten.

Ich konnte unmöglich mit einer anderen verpartnert worden sein. Mein Herz gehörte Gabriela. Für eine andere Frau war kein Platz. Ich *wollte* keine andere. Meine Bestie ebenso wenig. Mein gesamtes Wesen gehörte der kleinen Erdenfrau, die gerade an meiner Seite lief. Jede Zelle meines Körpers gehörte ihr. Meine Bestie sah es auch so. Sie hatte kaum auf die Nachricht reagiert, war nicht wild geworden, hatte nicht aufgeheult. Sie war ruhig. Sie war zufrieden, weil Gabriela hier war, weil unser Sohn in unseren Armen lag und meine Seele verspürte zum ersten Mal in meinem Leben Frieden.

Ihren Geruch hatte ich zwar in der Badewanne abgespült, aber meine Bestie brauchte nicht länger ihren Duft um sie herum, um sich zu beruhigen. Sie brauchte keine Paarungshandschellen, auch wenn ich sie gerne—voller Stolz—angelegt hätte, um dem versammelten Planeten meine Verpartnerung zu verkünden. Gabriela gehörte mir—uns—und Jori war der offensichtliche Beweis.

Ich brauchte keine künstliche Computerintelligenz, um mir zu sagen, wen ich zu lieben hatte. Ich hatte mich bereits entschieden. Meine Bestie hatte sich entschieden. Und Gabriela hatte eingewilligt. Sie gehörte mir. Ich wollte keine andere. Die Vorstellung, eine andere Frau zu berühren oder Gabriela zu verlieren, ließ meine Bestie auflodern, aber nicht vor Verlangen, sondern mit tödlicher Raserei. Niemand würde mir Gabriela wegnehmen und es überleben.

Die interstellare Braut von der Erde würde sich einen anderen aussuchen müssen.

"Das ist kein Irrtum. Sie wurde eben transportiert." Maxim legte einen Zahn zu und Rachel und Gabriela mussten praktisch rennen, um mit seinem Schritt mitzuhalten. Sie schienen sich aber nicht daran zu stören, denn wir alle wollten so schnell wie möglich zu dieser Frau.

"Woher? Atlan?" fragte ich. Ich liebte es, Gabriela in dem traditionellen Atlanischen Kleid zu sehen und mein Schwanz regte sich, sobald ich sie ansah. Sie wusste nichts über meinen Heimatplaneten, aber das war unwichtig.

"Nein. Von der Erde."

Ich hörte Gabrielas hastigen Atemzug. Ich war genauso überrascht. Ich fühlte mich zu Gabriela hingezogen, also ergab es Sinn, dass der Test jemanden vom selben Planeten ausspucken würde. Aber warum hatte ich mich dann nicht zu *allen* Frauen auf der Erde hingezogen gefühlt? Warum ausgerechnet Gabriela? Ich war davon ausgegangen, dass es so war, weil sie meine Partnerin war.

Nein. Nein! Sie *war* meine Partnerin. Beim Test war ein Fehler unterlaufen. Diese Frau wurde aus Versehen zu mir transportiert. Sie musste zu einem anderen gehören.

Die Tür zum Transportraum glitt auf und Maxim trat zuerst hinein, gefolgt von Rachel. Ich streckte Gabriela meine Hand aus, aber sie ging einfach an mir vorbei. Mir blieb nichts anderes übrig, als ihnen mit Jori zu folgen. Mein Blick fiel sofort auf die kleine Frau auf der Transportplattform. Sie war mein Match. *Angeblich*.

Sie war klein, mit hellbraunem, schulterlangem Haar. Sie trug ein traditionelles Atlanisches Gewand, wie es von der Braut eines Atlanen erwartet wurde. Das Kleid war hellblau und fast identisch mit dem, das ich heute Morgen für Gabriela ausgesucht hatte.

Meine Lieblingsfarbe an einer Frau.

Die Frau drehte sich zu uns um und ich erblickte ihr Gesicht. Ich runzelte die Stirn.

"Du kommst mir bekannt vor," sprach ich. Das tat sie auch. Aber sie schien auch nicht sonderlich besorgt, nervös oder überrascht zu sein. Sie sah … fast schon gelangweilt aus; als ob sie mich erwartet hatte.

Sie lächelte und trat jetzt sichtlich verunsichert die Stufen herunter. "Ich bin so froh. Deine Bestie kennt mich bestimmt schon."

Ihre Stimme klang weich, fast schon geziert.

Ich runzelte die Stirn. Meine Bestie ignorierte sie voll und ganz, sie war nicht im Geringsten interessiert. Sie war viel zu sehr damit beschäftigt unsere Partnerin im Auge zu behalten, die bei der Tür wartete. Ich war ziemlich sicher, dass sie bereits aus dem Raum gestürmt wäre, hätte ich nicht Jori auf dem Arm gehalten. Das hier musste sie ziemlich stressen. Aber dafür bestand kein Grund. Sie gehörte mir und ich gehörte ihr. Diese Erdenfrau bedeutete nichts als ein paar unannehmliche Stunden. Sobald die anderen Atlanen von ihrer Ankunft erfahren würden, würden sie sich gegenseitig übertrumpfen, um sie für sich zu gewinnen. Gut, denn dann könnte ich wieder tief in Gabriela versinken und sie zum Betteln bringen. Härter. Tiefer. Mehr.

Scheiße.

Die Frau machte einen zaghaften Schritt auf mich zu, musterte mich von oben bis unten und blieb stehen. "Ich war noch nie im Weltall, aber ... ich freue mich echt hier zu sein und dir zu gehören. Ich weiß, dass ich dreißig Tage Zeit habe, aber du bist umwerfend. Ich werde sie nicht brauchen. Ich akzeptiere deinen Anspruch auf mich, Krieger."

Nach ein paar Sekunden war sie sich bereits so sicher? Nichts an dieser Sache schien ... plausibel. Wenn sie mir zugeordnet worden war, mein perfektes Match, dann hätte ich ja wohl *irgendetwas* spüren müssen. Bestimmt. Alles außer komplettem Desinteresse. Meine Bestie behandelte sie genauso wie den Transporttechniker. Ich blickte zu Maxim rüber und ausnahmsweise wirkte auch er perplex.

Ich erinnerte mich daran, als ich zum ersten Mal Gabriela gesehen hatte. Sie war auf dem Weg zur Arbeit an der Wachstation vorbeigelaufen. Ihr Haar hatte sie damals lang und glatt zurückgebunden. Sie hatte mich angeblickt und gelächelt. Diese dunklen Augen hatten meine getroffen und *wumm*. Es war wie ein Betäubungsschuss aus der Ionenpistole. Ich war an Ort und Stelle erstarrt. Ich hatte ihr nachgeblickt, als sie die Straße hinuntergelaufen war, hatte ihren Hüftschwung und die volle Rundung ihres Arsches betrachtet. Meine Bestie hatte aufgeheult. Sie war ganz wild geworden. Hatte gekeucht. Und ich ebenso.

Mit ihr aber? Dieser Erdenfrau, die mein fast perfektes Match sein sollte?

Ich spürte nichts. Weniger als nichts.

"Ich bin Rachel." Lady Rone trat nach vorne. Zum Glück hatte sie einen ausreichend kühlen Kopf bewahrt, um wenigstens höflich zu bleiben. Diese Frau war schließlich nicht Schuld daran, dass ein Fehler passiert war. Richtig? Rachel schüttelte ihre Hand, dann deutete sie auf Maxim. "Das ist mein Partner."

"Oh, ein Prillone. Nur einer?"

"Nun, er ist einer meiner beiden Partner."

"Ich bin der Gouverneur hier," sprach Maxim und nickte der Erdenfrau zu. "Wenn Sie mich bitte entschuldigen würden. Ich muss etwas überprüfen." Er ging rüber zum Transporttechniker und stellte sich neben ihn hinter die Steuerkonsole.

"Wie heißt du?" wollte Rachel von ihr wissen.

"Oh, ich heiße Wendy."

"Du bist Amerikanerin?"

Amerika. Eines der Testzentren für Bräute befand sich dort. In—

"Ich komme aus Miami."

Rachel lächelte und gab sich diplomatisch; sie begrüßte die arme Frau, die sich einen Partner erhofft hatte und bitter enttäuscht werden würde. Dann aber fiel mir plötzlich etwas ein. "Du hast im Bräutezentrum gearbeitet," sprach ich, als ich schließlich verstand, warum sie mir so bekannt vorkam. "Aufseherin ... Morda?"

Sie lächelte strahlend. Allerdings war sie nicht besonders attraktiv für eine Frau—sie war zu dünn, nicht weich genug. Zu klein. Zumindest für mich und meine Bestie. Wir bevorzugten üppige Kurven.

Wir wollten *nur* Gabriela.

Eine Aufseherin vom Programm für interstellare Bräute war meine Partnerin?

Aufseherin Morda lächelte—und sie sah plötzlich ganz

anders aus. Glücklich. "Ja. Wie schön, dass du dich erinnerst. Du hast mir einmal geholfen, am Eingang."

Ich erinnerte mich tatsächlich, allerdings nur vage. Ich hatte so vielen Leuten geholfen, Freiwilligen fürs Bräuteprogramm und Freiwilligen für die Koalitionsflotte. Sie war mir nicht besonders aufgefallen, aber das würde ich ihr jetzt nicht sagen.

Rachel blickte von mir zu Wendy und wieder zurück. Als ihr einleuchtete, dass ich nicht mehr zu sagen hatte, quasselte sie weiter, um irgendwie die Zeit zu überbrücken bis der Gouverneur seinen Arsch hierher zurückschwang und diese Sache wieder *gerade bog*. "Wenn du als Aufseherin im Abfertigungszentrum für interstellare Bräute gearbeitet hast, wie bist du dann hier gelandet?"

Wendy zuckte die Achseln und wirkte plötzlich wieder schüchtern. Zu zurückhaltend. Ich konnte mir einfach nicht vorstellen, wie sie dabei war meinen Schwanz zu reiten, wie sie meinen Namen schrie und um mehr bettelte—so wie Gabriela letzte Nacht.

"Ich weiß nicht. Ich habe so viele Bräute verpartnert. Ich habe keine Familie, jedenfalls keine nahen Verwandten. Keine Haustiere oder so. Ich habe mir gedacht: Warum nicht? Warum nicht meinen eigenen perfekten Partner finden? So viele Frauen haben *den Richtigen* gefunden und ich wollte auch drankommen. Und da bin ich, dein Match. Sie haben mir gesagt die Übereinstimmung liegt bei neunundneunzig Prozent." Sie blickte zu mir und ihr Gesicht nahm eine dunkelrosa Färbung an. "Das bedeutet, dass wir in jeder Hinsicht perfekt füreinander sind, oder?"

Gabriela hinter mir keuchte erschreckt. Wendy ignorierte sie. Total. Sie war voll und ganz auf mich konzentriert. Dann blickte sie auf Jori. "Du ... du hältst ein Baby auf dem Arm."

Ihn hatte ich zwischenzeitlich ganz vergessen, aber dann bäumte sich mein Stolz wieder auf und ich tätschelte seinen Rücken. "Ja, er ist von mir."

Sie machte große Augen. "Du ... du hast ein *Baby*?"

"Ja, mit Gabriela." Ich deutete auf meine Partnerin. Sie stand bei der Tür, die Arme vor der Brust verschränkt. Sie wirkte ... klein. Verunsichert. Offensichtlich war sie alles andere als begeistert, dass Aufseherin Morda ... also Wendy hier war. Ich ebenso. Je eher das hier geklärt war, desto eher konnten wir wieder verschwinden.

"Aber ... aber ... was macht sie hier?" fragte Wendy. *"Ich bin deine Partnerin. Wir sind verpartnert worden."*

Der Gouverneur gesellte sich wieder zu uns; ich blickte ihn an und hoffte auf eine schnelle Lösung. Falsch gedacht. "Sie hat recht. Ich habe die Daten für interstellare Bräute überprüft. Wendy Morda *ist* dein Match. Der Transport ist kein Irrtum. Die Testdaten zeigen ein fast perfektes Match." Er neigte den Kopf Richtung Wendy, die mich anblickte.

"Das Baby geht schon in Ordnung," verkündete sie. "Ich wollte schon immer Mutter werden. Ich kann dir helfen, dich um ihn zu kümmern."

Hatte sie den Verstand verloren? "Ich brauche keine Hilfe, Wendy. Er hat bereits eine Mutter. Das muss ein Versehen sein."

Wendy kam auf mich zu und ich wusste nicht, wie ich mit ihren offensichtlich romantischen Gefühlen für mich umgehen sollte, ohne sie zu verletzen. Ich kannte Gabriela und wusste, wie fragil so ein Frauenherz sein konnte. Ich wollte Wendy nicht wehtun—aber sie war nicht meine Partnerin. Und sie würde es nie sein.

Dann trat Gabriela an meine Seite. Ich hatte sie nicht gehört. "Ich werde Jori nehmen," flüsterte sie und hielt ihre Hände aus.

Wendy trat näher. "Nein, das geht schon," sprach sie, als ob sie über unser Baby irgendetwas zu sagen hatte. "Ich dachte, wir würden warten müssen ... neun Monate, um ein Baby zu bekommen. Aber das hier ist besser. Ich habe nicht nur einen Partner, sondern gleich auch noch ein Kind."

Sie wirkte so eindringlich. So eifrig. Ich spürte ... nichts. Vielleicht etwas Abscheu. Sie wollte in neun Monaten ein Baby bekommen? Das bedeutete ... Scheiße, dass bedeutete, dass sie gleich loslegen wollte. Jetzt sofort. Und sie wollte Jori adoptieren?

Auf gar keinen Fall.

"Jorik," flüstere Gabriela und riss mich aus meinen Gedanken. "Bitte."

Ich überreichte ihr Jori und wandte mich wieder an Wendy. "Da wurde ein Fehler gemacht. Tut mir leid. Ich habe schon eine Partnerin. Gabriela."

Wendy blickte zu Gabriela und dann zurück zu mir. "Ihr tragt keine Paarungshandschellen. Wenn sie deine Partnerin ist, müsste sie dann keine Handschellen anhaben?"

Gabriela erstarrte, sie blickte zu mir auf und dieser Blick gefiel mir ganz und gar nicht. Misstrauen? Vorwürfe? Zweifel?

Schmerz?

Scheiße. Wendy hatte recht. Ich hatte Gabriela nichts von den Paarungshandschellen erzählt, weil sie noch nicht hier waren. Ich wollte sie damit überraschen, sobald sie aus Atlan eintrafen. Ich wollte auf die Knie gehen und mich ihr überreichen, damit sie mir die Handschellen umlegen und mich beanspruchen konnte.

Ich wollte diesen Moment. Meine Bestie verlangte danach. Ich hatte die Handschellen von meinem Heimatplaneten angefordert, dabei hatte ich aber nicht gedacht, dass die leichte Verzögerung ein Problem werden würde. Gabriela gehörte mir. Ich gehörte ihr. Ich brauchte keinen sichtbaren Beweis dafür, denn Jori war Beweis genug.

Bis ich ihn doch brauchte. Also jetzt gerade.

"Jorik?" sprach Gabriela, sie klang verunsichert.

Ich drehte mich zu ihr um, blickte ihr ins Gesicht. Ihr Lächeln war verflogen. Ihre Lebenskraft. Ihre Vitalität. Als ob Wendys Ankunft alles aus ihr herausgesaugt hätte. Als ob sie ausgeblutet war. Jori fing an zu quengeln und sie wiegte ihn und tätschelte ihm den Rücken. "Er hat Hunger. Ich muss ihn füttern."

"Ich komme mit dir," sprach ich, denn lieber wäre ich überall gewesen als hier, bei *ihr*.

Und *nur* mit Gabriela. Wie konnte diese Menschenfrau es bloß wagen, mich von meiner wahren Partnerin fernzuhalten!

"Warte!" sprach Wendy. "Was ist mit mir?"

Ich blickte zu ihr und zurück zu Gabriela.

"Geh," sprach Gabriela leise. "Sie ist deine ausgewählte Partnerin."

"Aber—"

Gabriela schüttelte entschlossen den Kopf. "Geh. Du musst dich um sie kümmern. Um das hier." Sie fuhr mit der Hand durch die Luft und umfasste den gesamten Raum. Wendy. Die Transportfläche. Diesen Schlamassel. Ich drehte mich um und die Tür hinter mir ging lautlos auf. Gabriela nahm Jori und machte sich davon. Bei den Göttern, ich wünschte, ich könnte mit ihr gehen. Mein Herz folgte ihr jedenfalls und ich wollte so verzweifelt mit ihr gehen, dass meine Bestie aufheulte.

Ich blickte den Gouverneur an, er zuckte die Achseln. "Ich werde eine Anfrage zur Erde senden. Ich bin nicht sicher, wie es weitergeht. Von einem solchen Fall habe ich noch nie gehört. Ich muss mich mit Prillon Prime in Verbindung setzen und das entsprechende Protokoll ausfindig machen."

Ich war erleichtert, weil sogar er sehen konnte, dass Gabriela meine wahre Partnerin war. Dass Wendy, ganz egal, was die Testergebnisse sagten, es *nicht* war. Und die Gewissheit, dass auch er Zweifel hatte, beruhigte mich ein wenig.

"Wie lange wird das dauern?" fragte ich, denn ich wollte verzweifelt von Wendy weg und zurück zu Gabriela. Aber ich war kein grausamer Typ. Diese arme Frau war quer durch die Galaxie gereist, und zwar mit der Erwartung meine Partnerin zu sein. Sie hatte sich gefreut und alles.

Sie konnte nichts dafür, dass ich sie nicht wollte. Also konnte ich mich wenigstens höflich geben. Ihr meinen Schutz anbieten, bis man ihr einen neuen Partner gefunden hatte. Technisch betrachtet gehörte sie im Moment mir. Ich war verantwortlich für sie.

Eine kleine Hand ergriff meine. Ich blickte hinunter. Wendy. Sie blickte zu mir auf, lächelte. "Du wirst sehen, alles ist in Ordnung. Ich bin so froh, dass ich hier bin, Schatz. Wir werden so glücklich miteinander sein."

Sie ging auf die Zehenspitzen und wollte mir einen Kuss verpassen. Den Göttern sei Dank war sie zu klein und ihr Mund reichte mir gerade so bis zur Schulter.

Ich trat zurück und wehrte sie mit den Händen ab, genau wie ich es mit den Leuten gemacht hatte, die Jori in der Cafeteria betatschen wollten. Sie hatten es gut gemeint. Aber das hier? Wendy Morda, die mich küssen wollte?

Ich war angewidert. Meine Bestie kam nicht zurecht damit.

Als ob mit diesem gescheiterten Anlauf alles, was ich ihr bereits über Gabriela gesagt hatte, nichts bedeutete. War sie verwirrt? Krank? Oder war es ihr schlichtweg egal?

Scheiße.

13

orik

"Das ist nicht dein Zimmer," sprach sie, als ich sie in ein Gästequartier eintreten ließ. Sie schaute sich um und runzelte die Stirn.

Ich betrachtete den weißen Raum. Weiße Wände, dunkler Fußboden. Ein schmales Bett, das keineswegs groß genug war für einen Atlanen und schon gar nicht für zwei Prillonen und deren Partnerin. Ein Tisch, Stuhl und eine S-Gen-Anlage. Hinter der Tür links verbarg sich ein Badezimmer.

"Nein. Das hier ist für Gäste."

Für solche, die nicht bleiben würden.

Sie wandte sich um und blickte zu mir auf. "Ich dachte, wir gehen in dein Quartier." Sie trat näher und berührte meine Brust. "Damit wir uns ... kennenlernen können."

Sie lächelte verführerisch, ich aber wich zurück und stieß gegen die Wand. Götter, diese Pflaume von einer Frau brachte mich zum Rückzug. Nicht einmal die Hive hatten das fertiggebracht.

Meine Bestie knurrte, um sie von uns fernzuhalten, aber das Gegenteil war der Fall. Sie trat näher, so nahe, dass ich spürte, wie ihre Brüste gegen meinen Bauch pressten. Sie schob ihr Bein zwischen meine Beine, sodass ihre Muschi gegen meinen Schenkel rieb. Ich konnte ihre Hitze spüren, die festen Spitzen ihrer Nippel.

Ich ballte die Hände zu Fäusten, nicht, weil ich mich davon abhalten wollte sie anzufassen, sondern um ich davon abzuhalten sie quer durch den Raum zu schleudern. Sie war gewagt, direkt. Dreist.

"Wendy," hisste ich mit zusammengebissenen Zähnen.

Sie aber begrapschte meinen Schwanz, runzelte die Stirn und blickte zu mir auf. "Du bist groß, aber nicht hart." Dann grinste sie. "Ich weiß, wie wir das ändern können."

Sie leckte sich die Lippen und ihre kleinen Finger machten sich an meinem Hosenstall zu schaffen.

"Ich habe mich schon immer gefragt, ob Atlanen gerne einen geblasen bekommen. Man hat mir nämlich gesagt, dass ich echt gut darin bin. Wie ein Hoover."

Ich wusste nicht, was ein Hoover sein sollte, aber sie hörte sich an, als ob sie das schon oft gemacht hatte und ich wollte wirklich nicht einer von vielen sein.

"Und keine Sorge, ich schlucke jeden Tropfen." Sie zwinkerte. "Schatzi."

Scheiße, bloß nicht. Das Wort *Schatzi* brach mich aus meiner Trance. Ich hatte tatsächlich Angst vor dieser Frau. Ich glaubte zwar nicht, dass sie mir körperlich gefährlich werden konnte, aber sie war aggressiv und wild. Zu wild. Und ich wollte nichts Unehrenhaftes tun, indem ich sie verletzte.

Ich wollte nicht von ihr den Schwanz gelutscht bekommen. Ich wollte ihr keinen Tropfen meines Samens geben. Der war nur für Gabriela.

Gabriela.

Ich dachte an sie, sie war allein. Mit Jori. Meine Familie war woanders auf der Basis und ich war kurz davor, von einer anderen Frau einen geblasen zu bekommen.

"Nein," fauchte ich und packte ihre Schultern. "Ich will keinen Hoover. Ich will Gabriela. Sie ist meine Partnerin. *Du* nicht. Da ist ein Fehler passiert. Ich weiß nicht, wie und warum."

Voller Entsetzen blickte sie zu mir auf, dann brach sie zusammen. Tränen stiegen ihr in die Augen und sie ließ die Schultern hängen. "Du willst mich nicht?"

Ich sagte nichts darauf, denn das hatte ich ja wohl eben deutlich gemacht.

"Wegen ihr? Ich kann dir alles geben, was sie dir gibt. Und mehr. Sie hat eben ein Baby bekommen. Sie hat Dehnungsstreifen. Hängetitten. Übergewicht." Sie fuhr mit der Hand über ihre Hüfte. "Willst du nicht eine Jüngere? Jemanden, der fit ist? Straff? Ich kann Dinge machen, die sie nicht kann."

"Gabriela ist die Mutter meines Sohnes. Sie ist meine Partnerin. Tut mir leid, Wendy. Ich kann dir nicht geben, was du willst."

"Aber *ich bin* deine ausgewählte Partnerin." Sie flehte und fuhr mit den Händen über meinen Körper, dann umfasste sie mein Gesicht. "Ich sehe besser aus, Jorik. Und ich liebe dich viel mehr als sie. Ich kann dir Kinder schenken. Viele sogar. Ich werde eine gute Mutter sein. Du wirst sehen." Sie lehnte vorwärts und presste ihre Lippen auf die Uniform an meiner Brust.

Hübscher? Nie im Leben. Wendys Gesicht war ein Raubvogelgesicht, sie sah eher aus wie ein Prillone als meine süße Gabriela mit ihren weichen, runden Wangen und vollen Lippen. Alles an meiner Partnerin war weich und einladend, feminin und schön.

Sie wagte es, sich für besser zu halten als Gabriela? Sie hatte so viele Dinge über meine Partnerin aufgezählt und sie wie Nachteile hingestellt, obwohl das tatsächlich ihre Vorzüge waren. Sie hatte eben *mein* Baby bekommen. Die dünnen roten Linien auf ihrem Bauch waren der Beweis, dass sie *mein* Kind in ihrem Schoß getragen hatte. Und sie hatte keine Hängetitten—sollte dieser Ausdruck das bedeuten, was ich vermutete—, schließlich waren sie voll, schwer und überaus empfindlich. Ihr Extragewicht war perfekt. Vorher war sie zu dünn gewesen, zumindest für meinen Geschmack. Jetzt konnte ich mich an ihren Kurven festhalten, sie streicheln und in ihnen versinken. Sie war genauso, wie ich sie haben wollte.

Und diese Frau? Wendy Morda? Sie war schlank und straff, aber viel zu knöcherig. Und schlimmer noch, ihre Persönlichkeit ging mir auf die Nerven, sie quälte mich mehr als die Hive. Als die mich gefoltert hatten, hatte ich immerhin noch die Hoffnung gehabt, dass Gabriela eines Tages mir gehören würde.

Jetzt war Wendy dabei sie mir wegzunehmen. Das ging gar nicht.

Ich packte ihre Handgelenke und nahm sie von meinem Gesicht weg. Behutsam und kontrolliert drückte ich sie weg. "Wendy, ich habe schon eine Partnerin. Such dir jemand anderes."

"Ich will keinen anderen, Jorik. Ich will dich. Schon immer."

Ich machte kehrt, winkte die Tür auf und stapfte nach draußen, sodass sie zurückblieb. Es war unhöflich, aber das war mir egal. Wäre ich dageblieben, dann hätte es nicht mehr lange gedauert und sie hätte mich wie einen Atlanischen Baum bestiegen.

In der Kommandozentrale angekommen, ging ich schnurstracks zu Gouverneur Rone. Ich unterbrach seine Unterhaltung mit einem Everianischen Jäger und konfrontierte ihn.

"Diese Frau ist *nicht* meine Partnerin," brüllte ich und deutete auf die Tür. "Sie jagt mir die Scheiße aus dem Leib."

Der Gouverneur lächelte erst, dann aber verkniff er es sich rasch.

"Gabriela ist die einzige Frau, die meinen Schwanz anrühren soll. Und wenn das Match hundert Prozent beträgt, ist mir scheißegal! Wendy. Morda. Ist. Nicht. Meine. Partnerin."

Der Everianer war schlau genug, um das Weite zu suchen; was auch immer er mit dem Gouverneur besprochen hatte, und sei es eine Hive-Invasion, es war nicht so wichtig wie das hier.

"Rufen sie Aufseherin Egara an. Sofort," befahl der Gouverneur.

Ich stand neben ihm und blickte auf den großen Bildschirm an der Wand. Es dauerte weniger als eine Minute, bis eine brünette Frau mit gütiger Miene das Bild ausfüllte. Ich hatte sie in meiner Zeit auf der Erde getroffen, aber sie war nur einmal während meiner Schicht ins Gebäude gelangt. Meine Aufgaben beschränkten sich auf den Koalitionseinsatz; mit dem Bräutezentrum hatte ich nicht wirklich viel zu tun.

"Gouverneur, wie schön sie zu sehen. Ich hoffe, Rachel geht es gut."

Rachel war übers Bräutezentrum verpartnert worden und es war nett von ihr, dass sie nachfragte, allerdings war mir das ziemlich scheißegal.

Ich trat nach vorne, sodass sie sich mir zuwandte. "Aufseherin, ich bin mit einer Frau verpartnert worden."

Darauf lächelte sie strahlend und ihr Antlitz war wie ausgewechselt. Sie war ziemlich hübsch. "Ja, wie geht es Gabriela und eurem Baby? Ich gratuliere nebenbei."

"Danke. Sie sind wohlauf. Aber ich rede nicht von Gabriela. Ich meine die Frau, die mir übers Bräutezentrum zugeteilt wurde."

Sie runzelte die Stirn. "Gabriela ist ihre Partnerin, mein Kriegsfürst. Ich habe sie und ihren Sohn persönlich zur Kolonie transportiert."

Meine Bestie knurrte vor lauter Unmut.

"Aufseherin, er meint den Test, den er vor ein paar Tagen absolviert hat," fügte der Gouverneur hinzu. "Der Test hat ein Match ergeben und die Frau wurde hierher transportiert."

"Das ist unmöglich. Wie lautet ihr Name?"

"Wendy Morda," erläuterte er ihr.

Sie riss die Augen auf. "Lassen sie mich kurz nachschauen," sprach sie.

Ich hielt den Atem an, als sie nach unten blickte und sich höchstwahrscheinlich an einem der Tablets zu schaffen machte, die sie in der Erdeneinrichtung verwendeten.

"Ach du meine Güte," flüsterte sie. Sie blickte mit weit aufgerissenen Augen zu uns auf und wirkte leicht fassungslos.

"Was ist, Aufseherin?" fragte ich und versuchte die Ruhe zu bewahren.

"Wollen sie mir etwa sagen, dass Wendy Morda in der Kolonie ist? Jetzt?"

Ich erschauderte, als ich an ihre Hand auf meinem Schwanz denken musste. "Ja," bestätigte ich. "Und sie ist fest davon überzeugt, dass sie meine Partnerin ist."

"Die Testdaten zeigen ein perfektes Match," fügte der Gouverneur hinzu.

"Ja, das zeigen die Daten," bestätigte sie. "Allerdings ist sie nicht erfolgreich getestet worden. Es gibt keine Aufzeichnungen dafür, dass sie überhaupt am Programm teilnimmt. Sie ist nicht ihr Match."

Ich seufzte erleichtert. *Den Göttern sei Dank.*

"Wie kommt es dann, dass sie überhaupt im System aufgelistet ist?" fragte der Gouverneur.

"Das weiß ich nicht. Sie hat Zugang zum System und zu den Daten. Ich gehe davon aus, dass sie die Daten gefälscht und sich selbst mit Jorik verpartnert hat."

Kalter Zorn überkam mich und füllte jeden Tropfen meines Blutes mit Rage, als mir der Tag meiner Rettung wieder in den Sinn kam—der Tag, an dem Captain Mills die Erde kontaktiert hatte. "Und als ich Sie kontaktiert habe und Sie mir gesagt haben, Gabriela hätte einen anderen Mann geheiratet? Der Tag, an dem Sie mich angelogen und mir nichts von meinem Sohn erzählt haben?"

"Was?" Die Aufseherin wirkte sichtlich irritiert und ich seufzte erleichtert, obwohl ich kaum meine Bestie davon abhalten konnte, hervorzukommen und den gesamten Raum zu zertrümmern. Die Aufseherin hatte mit diesem Schwindel nichts zu tun gehabt. Das war offensichtlich. Und sie war es auch gewesen, die Rachel mit dem Gouverneur verpartnert, die anderen Bräute gesendet und Gabriela und meinen Sohn zu mir geschickt hatte. Ihr konnte ich verzeihen, aber nicht derjenigen, die mir meine Partnerin und Braut vorenthalten wollte. "Wann war das?"

"An dem Tag, als uns ein ReCon-Team auf Latiri 4 aufgelesen hat. Ich habe sofort das Bräutezentrum in Miami kontaktiert und nach meiner Partnerin gefragt. Mir wurde gesagt, dass sie mich für tot geglaubt und einen anderen Mann geheiratet hat."

"Einen Moment bitte." Sie starrte auf ihren Bildschirm und ihre Finger huschten über die Anwendung. "Verdammt. Der Anruf wurde nicht aufgezeichnet. Keine Spur." Ihr Gesicht lief knallrot an und ihre Augen funkelten vor Wut. "Ich werde der Sache auf den Grund gehen, aber ich habe das Gefühl, dass ich bereits weiß, was genau da vorgefallen ist."

"Ist das ein normaler Vorgang auf der Erde? Krieger, die ihre Braut erwarten, einfach anzulügen? Uns zu täuschen?" Plötzlich sorgte ich mich um jeden Mann in der Koalitionsflotte. Unsere Krieger kämpften und starben, um die Koalitionswelten zu beschützen. Um ihre ultimative Belohnung, also ihre Braut, auf einer Lüge basierend zu bekommen? Bei dem Gedanken wurde mir ganz schlecht.

"Meine Güte, nein." Die Aufseherin wirkte bedrückt, dann blickte sie wieder auf ihr Tablet. "Ich hätte sie besser beaufsichtigen sollen. Das ist meine Schuld. Ich gebe normalerweise keine persönlichen Daten heraus, aber Wendy Mordas Akte ist als auffällig markiert worden, Gouverneur. Sie hat sich mehrmals testen lassen, aber ohne Erfolg. Ihr Test wurde nie abgeschlossen. Jedes Mal wurde er abrupt beendet. Sie hat nicht das notwendige psychologische Profil, um als Braut ein Match zu erhalten."

"Wie kann man den Test nicht bestehen?" wollte ich wissen.

"Ich wollte ihn nicht machen, aber ich habe nur dagesessen und ein bisschen geschlafen. Ich habe geträumt."

Sie nickte. "Ja, aber sie sind auch psychologisch stabil."

Ich runzelte die Stirn. "Ich wurde monatelang von den Hive gefoltert. Das nennen sie stabil?"

"Verglichen mit Aufseherin Morda, ja." Sie seufzte und tat ihr Tablet beiseite. "Ich vermute, dass sie während ihrer Zeit hier auf der Erde ein Auge auf Sie geworfen hat, Kriegsfürst. Als Sie die Erde kontaktiert haben, muss Wendy den Anruf empfangen haben—sie hat Sie über Ihre Partnerin und Ihren Sohn belogen, um anschließend das Match mit Ihnen zu fälschen." Die Aufseherin rieb sich die Schläfen, als ob sie Kopfschmerzen hatte. "Wahrscheinlich hat sie es getan, weil sie Sie für sich selbst haben wollte."

Ich erschauderte, als ich daran dachte, wie das hätte ausgehen können. Ich war zwar am Boden zerstört gewesen, hatte die Neuigkeit aber akzeptiert. Ich war davon ausgegangen, dass Gabriela den Rest ihres Lebens mit ihrem Erdenmann verbringen würde. Wäre Gabriela auch nur einen Tag später eingetroffen, dann wäre es zu spät gewesen. Ich hätte dem Testergebnis vertraut und Wendy Morda—und meine Bestie— glücklich gemacht. Jedenfalls hätte ich es versucht. Ich hätte meine neue Braut akzeptiert und versucht sie zu lieben.

Der Gedanke erschütterte mich bis ins Mark.

Der Gouverneur trat mit geballten Fäusten nach vorne. Ich war nicht der Einzige hier, der von der Nachricht erzürnt war. "Und Sie haben ihr gestattet weiter im Bräutezentrum zu arbeiten?" sprach der Gouverneur.

"Sie ist durchaus in der Lage, unsere Computerprogramme zu bedienen, Gouverneur. Nachdem sie allerdings den Test nicht bestanden hat, *hätte* sie vom Testprotokoll ausgeschlossen werden und hier auf der Erde verbleiben sollen."

Er verschränkte die Arme vor der Brust. "Sie ist aber *nicht* auf der Erde. Sie ist hier."

"Und sie will mich," fügte ich hinzu.

"Ich würde sagen, dass sie geistig instabil ist, Gouverneur," sprach Aufseherin Egara. "Bitte nehmen Sie sie in Gewahrsam und schicken Sie sie so schnell wie möglich zu mir zurück."

"Ich hole sie, Aufseherin, aber sie hat gegen Koalitionsrecht verstoßen, nicht gegen Erdenrecht. Sobald ich sie finde, geht sie nach Prillon Prime, in einen Flottenknast. Prime Nial soll entscheiden, was mit ihr passieren soll," entgegnete er und klopfte mir auf den Rücken. Feste. Meine Bestie begrüßte den Kontakt; die Bestätigung, dass alles wieder in Ordnung kommen würde. Gabriela gehörte mir. Wendy würde nach Prillon Prime überführt werden und sich für ihre Taten verantworten müssen.

"Ich hole sie. Mir wird sie nicht widerstehen können," fügte ich hinzu. "Sie will mich, und zwar verzweifelt. Ich habe ihr gleich nach dem Transport klargemacht, dass Gabriela meine Partnerin ist, dass da ein Irrtum vorliegt. Im Gästequartier habe ich es ihr dann nochmal erklärt. Wendy weiß, dass ich das Match nicht möchte."

"Weiß sie über Gabriela und das Baby Bescheid?" wollte sie wissen.

Ich nickte. "Ja, sie hat beide gleich bei ihrer Ankunft getroffen, dann hat sie mir versichert, dass sie mich trotzdem will und dass sie sich liebend gerne um Jori kümmern würde."

Die Aufseherin geriet in Stutzen. "Wo ist sie jetzt?"

Ich blickte zum Gouverneur und seine Schultern wurden ganz steif.

"Ich habe sie im Gästequartier gelassen."

"Sie sind nicht in Gefahr, Kriegsfürst," sprach die Aufseherin. "Aber Gabriela könnte in Gefahr sein. Nach dem, was wir heute erfahren haben, würde ich sagen, dass Wendy ausreichend gestört ist, um zu glauben, dass sie nur Gabriela loswerden muss und so ihren Platz einnehmen kann."

"Schwachsinn. Das ist undenkbar, Aufseherin. Weder ich noch meine Bestie würden sie je akzeptieren."

Die Aufseherin machte finstere Miene. "Es geht hier aber nicht um Logik, Jorik. Es geht um eine Obsession."

Der Gouverneur und ich blickten uns an und seine Besorgnis ließ meine eigene Sorge auflodern. "Wo ist Gabriela? Und dein Sohn?"

Ich betrachtete meine nackten Handgelenke; die Armreifen, die Gabriela in Sicherheit—und in meiner Nähe—behalten sollten, fehlten. Meine schmucklose Haut war blanker Hohn gegenüber all dem, was ich meiner Frau geschworen hatte. Liebe. Sicherheit. Schutz. "Ich weiß nicht."

Ich weiß nicht.

Was für ein toller Partner ich doch war. Ich hatte Gabriela erlaubt sich zu entfernen, ohne überhaupt darüber nachzudenken, wo sie hinwollte. Ich war mit der verlogenen Verräterin mitgegangen, jener Frau, die es womöglich auf meine Partnerin abgesehen hatte und ich hatte ihr auch noch erlaubt, mich anzugrapschen. Mit mir zu reden. Mich erobern zu wollen. Klar, ich hatte ihr einen Korb gegeben, aber ich war nicht zu meiner Partnerin zurückgegangen. Stattdessen war ich hierhergekommen. Zum Gouverneur. Und meine Partnerin war in dieser Zeit ohne Schutz.

Der Gouverneur wandte sich an einen Offizier. "Rufen Sie Kiel und seine Jägereinheit. Ich brauchte seine Fähigkeit im Spurenlesen. Und alarmieren Sie jede Wachstation. Wir müssen diese Frauen aufspüren. Sofort."

"Jawohl, Sir." Der Prillonische Krieger nickte und blickte zu mir. Flüchtig. Dann machte er sich davon. Aber ich hatte bereits gesehen, was ich eigentlich nicht sehen sollte.

Sorge. Und Mitleid. Als meine Partnerin und mein Sohn bereits verloren waren.

Scheiße.

14

abriela

Ich blickte auf meinen Sohn hinunter und die Tränen liefen mir über die Wangen. Ich war ausgelaugt. Nach dem Transport, der sexuellen Gymnastik und nachdem ich mich um Jori—und Jorik—gekümmert hatte, war ich todmüde.

Aber das war nur physisch und Rachel das Babysitten zu überlassen und ein Nickerchen zu halten hätte mir bereits geholfen.

Aber mental war ich völlig am Ende. Was sollte ich nur machen? Jorik hatte eine ausgewählte Partnerin, eine Frau, die in jeder Hinsicht perfekt für ihn war.

Und ich? Ich wollte nicht die Art Frau sein, die einen Mann mit einem Baby in die Falle lockte. Einem Baby, das er gar nicht geplant hatte. Klar, er war von Jori wie verzaubert und ich wollte ihn nicht verlassen.

Noch gestern war alles perfekt gewesen. Und jetzt?

Jetzt war ich das fünfte Rad am Wagen, auf einem Planeten, auf den ich nicht hingehörte. Jorik hatte jetzt eine ausgewählte

Erdenfrau. Sollte ich versuchen ihn für mich zu behalten, dann würde ich sowohl Joriks als Wendys Glück zunichtemachen.

Sie waren mit beinahe perfekter Übereinstimmung verpartnert worden. Was konnte ich schon gegen dieses Argument sagen?

Sie sah ja ganz nett aus. Schüchtern. Zierlich. Sehr viel schlanker als ich. Jünger.

Gott. Was zum Teufel dachte ich da?

"Schlaf, mein Kleiner. Alles wird gut, das verspreche ich." Ich beugte mich vor und küsste Joris kostbares kleines Gesicht. Er sah mit jedem Tag seinem Vater ähnlicher. Wie ein Atlane. Er hatte Joriks Teint. Seinen Kiefer. Seine Nase. Und diese Augen? Beide Jungs brauchten mich nur anzublicken und ich war am Dahinschmelzen.

Ich überließ Jori seinem Schläfchen, schloss die Schlafzimmertür und stellte sicher, dass das Babyfon an war—Jorik hatte mir letzte Nacht, als ich vor lauter Sorge nicht schlafen konnte gezeigt, wie es funktionierte—und ging ins Wohnzimmer. Die Couch sah zu weich aus. Zu bequem für die innere Unruhe, die ich verspürte.

Ich hatte Jori gefüttert. Seine Windeln gewechselt. Mit ihm gespielt. Ihn geküsst und geschaukelt. Ich hatte alles Mögliche unternommen, um nicht an Jorik und Wendy zu denken. Allein. Wie sie irgendwo redeten. Vielleicht *mehr* als nur reden.

War er gerade dabei sich in sie zu verlieben? Blickte er sie an und dachte sich—*Hey, sie ist echt hübsch. Habe ich etwa einen Fehler gemacht?*

Ich setzte mich an den Küchentisch, legte meine Arme auf den Tisch und starrte auf meine nackten Handgelenke.

Gab es einen Grund, warum er mir keine Paarungshandschellen angeboten hatte?

"Natürlich gab es einen Grund, du Dummchen." Nur, dass ich diesen Grund nicht laut aussprechen wollte. Ich wollte nicht einmal daran denken, aber der Gedanke war da, in meinem Hinterkopf. So oder so, die Wahrheit war einleuchtend. Jorik hatte mir nie seine Handschellen angeboten, weil ... also er hatte sich einfach dagegen entschieden. Ich würde aber nicht die Frau sein, die jahrelang auf einen Diamantring und einen Heiratsantrag wartete. Obwohl wir zusammen ein Baby hatten, war ich aus seiner Sicht scheinbar nicht mehr als eine Babymama.

Rezzer, der andere Atlane, trug seine Handschellen voller Stolz. Genau wie seine Partnerin CJ. Eigentlich sollte ich sie Caroline nennen, damit sie nicht mit ihrer Tochter verwechselt wurde. Klein CJ und RJ. Die Zwillinge. Bei ihren seltsamen Namen musste ich lächeln—und mir wünschen, dass alles noch so wie gestern wäre. Als ich glücklich war, wahnsinnig glücklich und so verdammt unwissend.

Ich war *nicht* Joriks Match. Ich war nicht dazu bestimmt, seine Partnerin zu sein. Unser Zusammenkommen, mein Trip hierher? Ein riesiger Fehler. Nein, Jori gehörte hierher. Seine Mutter auch, aber nicht mit Jorik.

Sicher, ich liebte ihn. So sehr. Ich liebte ihn genug, um ihn gehenzulassen.

Das Baby machte ein gurrendes Geräusch und ich wischte mir eine Träne von der Wange. Jori würde seinen Vater sehen. Dafür würde ich sorgen. Er verdiente es, Jorik kennenzulernen und der Atlane liebte seinen Sohn. Er würde ihm viele Atlanische Dinge beibringen, von denen ich keine Ahnung hatte. Fremde Bräuche, die er lernen müsste. Er war groß und er würde genauso riesig werden wie sein Vater. Er benötigte Joriks Beistand.

Ich konnte aber nicht hierbleiben und zusehen, wie er sich in eine andere Frau verlieben würde. Ich konnte nicht monatelang abwarten, bis Jorik einsehen würde, dass er einen schrecklichen Fehler gemacht hatte.

Sein Ehrgefühl würde ihn an meiner Seite halten. Das wusste ich. Er war ein guter Mann. Er würde die Mutter seines Sohnes nicht einfach sitzenlassen.

Aber er könnte es mir insgeheim übelnehmen, mich als eine Bürde ansehen und nicht als Segen.

Ich war weniger als zwei Tage mit ihm zusammen gewesen—also wirklich zusammen gewesen. Wie konnte er auch nach solch kurzer Zeit ernste Gefühle für mich entwickelt haben?

"Nicht so, wie ich ihn liebe." Ich führte Selbstgespräche, aber das würde auch nicht helfen. Ich hatte noch nie Glück gehabt. Weder mit meiner Familie, meinen Beziehungen, der Liebe. Zu glauben, dass das plötzlich anders werden würde, war einfach nur albern und ich hatte schon von klein auf gelernt, dass man sich besser nicht in albernen Fantasien verlieren sollte. Und genau das war es—eine Fantasie. Ein Traum.

Und jetzt war es Zeit aufzuwachen und sich wieder an die Arbeit zu machen. Ich musste mich um meinen Sohn kümmern.

Ich hatte nicht viel mitgebracht, nur die schäbige Jogginghose, mein T-Shirt und Joris Babydeckchen. Ich nutzte die S-Gen-Maschine, um eine mittelgroße Tasche herzustellen und stopfte sie voll mit Joris Sachen. Das Erdenoutfit würde den Rückflug antreten. Ich würde meinen Sohn nehmen, den Transportraum ausfindig machen und nach Miami zurückkehren. Zurück in die Realität. Jorik würde ihn dort besuchen können.

Aufseherin Egara konnte sich mit den Besuchsrechten befassen. Ich war nicht sicher, wie das funktionieren würde oder ob sie Jorik überhaupt zurück auf die Erde lassen würden. Ich würde sagen, dass ich besonderen Umständen ausgesetzt war, schließlich hatte die Aufseherin persönlich mich hierher befördert. Sie würde es sicher verstehen. Falls nicht, dann würde ich mir etwas anderen einfallen lassen. Vielleicht auf Atlan?

Eine Sache aber war sicher: Ich konnte nicht hier auf der Kolonie bleiben und mitansehen, wie Jorik eine andere liebte.

Ich war stark. Ich musste stark sein, aber das würde mich brechen. Und Jori brauchte eine starke Mutter und kein nervliches Wrack.

Als ich mich ausgeheult hatte, hörte ich ein leises Klopfen an der Tür. Jorik wäre einfach hereingekommen, also musste es ein Besucher sein. Und weil es ein zögerliches Klopfen war, tippte ich auf eine Frau. Rachel vielleicht? Wollte sie mich trösten? Oder mich überzeugen, dass alles gut werden würde?

Ich wedelte mit der Hand, die Tür schob sich auf und ich stellte schockiert fest, dass Wendy vor der Tür stand und mich anstarrte. Wir waren ähnlich groß, das blaue Atlanische Kleid, das sie anhatte sah fast genauso aus wie meines. Es war surreal, als ob ich einer jüngeren, dünneren Version von mir selbst entgegen starrte.

Sie war zu blass, ihr Haar war hellbraun und nicht das satte Schwarz, auf das ich immer schon ein bisschen stolz gewesen war, aber sie war nicht unattraktiv. Ich wollte sie wirklich nicht hassen, trotz aller Anstrengungen aber wäre ich fast an dem Gefühl erstickt. "Wendy. Was für eine Überraschung."

Wo war Jorik?

Wendy zuckte schuldbewusst die Achseln und lächelte verhalten. "Hi. Ich habe mich gefragt, ob wir miteinander reden könnten?"

Das war das *Allerletzte*, was ich wollte; trotzdem nickte ich und ging einen Schritt zurück, damit sie eintreten konnte.

Sie rührte sich nicht, ihr Blick fiel auf die Tasche, die ich beim Eingang abgestellt hatte. "Können wir einen Spaziergang machen? Ich möchte nicht unhöflich sein, aber ich möchte nicht, dass Jorik hereinplatzt."

Nun, dem konnte ich zumindest zustimmen. Er brauchte nicht mit anzusehen, wie ich zu einem schniefenden Durcheinander wurde. Und sollte ich Wendy an die Gurgel gehen wollen, dann sollte er das auch nicht mitbekommen.

Verdammt, vielleicht sollte ich mich einfach auf das magere Miststück draufsetzen, bis ihr die Luft wegblieb.

"Jori schläft gerade. Ich kann ihn nicht alleine lassen."

Wendy lächelte. "Ja, daran habe ich gedacht."

Kai, also der Kriegsfürst kam in Sicht. Er lächelte mir

aufmunternd zu. "Ich kann auf ihn aufpassen. Ich werde ihn mit meinem Leben beschützen. Du hast mein Wort."

Ich vertraute dem Atlanen, denn für Joriks Sohn würde er buchstäblich sein Leben lassen, also nickte ich und trat auf den Flur. "Du bist mein allererster Babysitter. Erzähl das aber nicht Rachel."

Er nickte, als ob ich ihn mit der schwerwiegendsten aller Missionen beauftragt hatte und er hatte ohne Zweifel verstanden, dass Rachel sich deswegen aufregen würde. "Ich habe ihn eben gefüttert und er schläft. Bevor er aufwacht, sollte ich wieder zurück sein."

Kai lächelte. "Ich war fast fünfzehn, als meine kleine Schwester geboren wurde. Mit Babys kenne ich mich aus."

Wie gut zu wissen. "Okay." Und ich wollte tatsächlich mit Wendy reden. Allein. "Danke."

Er nickte und ich trat auf den Flur heraus, dann glitt die Tür hinter mir wieder zu. Wendy folgte mir und als ich mich umdrehte und sie fragen wollte, wo sie hin wollte, erblickte ich den Riemen meiner Tasche über ihrer Schulter. Erst wollte ich etwas sagen, entschied mich aber anders. Sie wollte offensichtlich nur nett sein. Handtaschen waren auf der Erde völlig normal und die meisten Frauen gingen ohne ihre Tasche gar nicht erst aus dem Haus.

Was auch immer. Sie konnte gerne meinen Packesel spielen. Das war die einzige Freude, die mir an diesem höllischen, herzzerreißenden Tag zuteilwerden würde. Und sollte ich nicht meine monströsen Gefühlsschwankungen in den Griff bekommen, dann würde ich noch vor meiner Ankunft auf der Erde einen totalen Nervenzusammenbruch haben. Vielleicht sollte ich mich für eine Weile in den ReGen-Tank legen. Für eine kleine Erholungskur.

"Kai hat mich herumgeführt," sprach sie. "Die Basis ist echt nett, findest du nicht?"

Ich hatte bisher kaum etwas gesehen, bis auf den Ausblick aus den Fenstern der Cafeteria. Ich war viel zu sehr mit Orgasmen beschäftigt gewesen, um mich mit dem Rest der Basis zu befassen. Also nickte ich stumm und lief weiter, während Wendy uns von einem Gang über den nächsten führte, vorbei an einem großen Gartenbereich mit einigen Pflanzen, die ich tatsächlich wiedererkannte. "Ist das ein Rosenstrauch?" fragte ich laut.

"Oh, ja. Als Rachel hier angekommen ist, muss es sie wohl gestört haben, wie karg hier alles aussieht. Also hat sie angefangen alle möglichen Pflanzen zu importieren. Von allen möglichen Planeten. Kai hat mir ein paar hübsche lila Blumen von Atlan gezeigt. Ich kann's kaum erwarten den Planeten zu besuchen."

Donnerwetter, sie hatte ja schon einiges gelernt. Ich war zwar länger hier, hatte aber keine Ahnung davon. Allerdings war ich auch viel zu sehr damit beschäftigt gewesen mit Jorik Sex zu haben. Vielleicht bedeutete dass ... stopp, daran durfte ich gar nicht erst denken, Jorik und Wendy beim Sex.

"Ja. Das wäre schön," entgegnete ich ungerührt. Oder auch nicht, sollte ich nämlich mit meinem Sohn dorthin verbannt werden. Aber ich würde mich schon arrangieren. Immerhin wusste ich aus erster Hand, dass die Atlanen auf Eiscreme standen.

Wendy sprach regelrecht mit einer Trällerstimme. "Ja. Ich habe es mir schon so oft vorgestellt. Ich werde mit Jorik leben"— sie blickte mich durch ihre Wimpern an—"und natürlich seinem Sohn. So potent wie er ist, werden wir bestimmt noch zwei oder drei Kinder mehr bekommen. Allesamt groß und stark, wie ihr Vater."

Ich hätte etwas Nettes sagen sollen, eine *Floskel*, aber ich bekam kein Wort heraus. Also sagte ich nichts darauf.

Wir liefen am Garten vorbei und einen anderen, sehr langen Gang entlang. Niemand sonst war da und am Ende des Ganges fanden wir uns in einer Art Lagerraum wieder. Große Kisten säumten die Wände, Vorratsbehälter, die mit Transportcodes versehen waren, genau wie in dem Raum, wo ich angekommen war. Keine Ahnung, was in ihnen drin war. Interessierte mich auch nicht.

Ich blickte sie an und verschränkte die Arme vor der Brust. "Was sollen wir hier, Wendy? Und worüber genau wolltest du mit mir reden?" Wäre ich nicht doppelt so schwer gewesen wie diese Frau, dann hätte ich wohl Angst bekommen. Stattdessen wurde ich ungeduldig. Gereizt.

"Ich wollte mit dir über Jorik reden."

Aber hallo. "Dann rede."

"Und Jori."

Das brachte mich auf die Palme. "Jori steht nicht zur Debatte."

Sie wrang die Hände vor dem Bauch und lief auf und ab. Aufgebracht. Sie wirkte … verzweifelt. "Du musst verstehen, dass ich Jorik liebe. Ich habe ihn schon lange geliebt."

Ich runzelte die Stirn. Schon lange? Sie war höchstens ein paar Stunden auf diesem Planeten. Sie hatte erwähnt, dass sie sich bereits auf der Erde begegnet waren, aber Jorik hatte sie kaum wiedererkannt. "Wie ist das möglich?"

"Ich habe dir—und allen im Transportraum—gesagt, dass ich mit ihm im Bräutezentrum gearbeitet habe. Als ich beschlossen habe, selber eine Braut zu werden, habe ich erfahren, dass ich mit Jorik verpartnert wurde. Es war perfekt."

Oh, das wette ich. Diese Schlampe.

Ich entgegnete nichts darauf und sie lief weiter im Kreis um mich herum, sodass ich mich ständig umdrehen musste, um sie zu konfrontieren. "Er ist so groß und gut und mutig. Und sein Sohn wird genauso sein wie er. Ich liebe Jori jetzt schon." Sie machte Halt und lächelte mich an, ihre Augen waren glasig mit Tränen. "Er ist so ein niedliches Baby."

Sie hatte ihn für ganze zwei Minuten gesehen.

"Ja, das ist er."

"Und du sollst wissen, dass ich ihn wie einen eigenen Sohn lieben werde. Ich werde mich um ihn kümmern. Das verspreche ich."

Ich runzelte die Stirn. Wie ihren eignen Sohn? "Was?" Hatte ich sie richtig verstanden? "Er ist *mein* Sohn. Ich bringe ihn wieder zur Erde zurück."

Tränen stiegen ihr in die Augen und sie schüttelte den Kopf. "Oh, nein. Jorik wird nicht einverstanden sein. Das wird ihn traurig machen."

In der Tat. "Er kann ihn besuchen."

"Aber Jori ist mein Sohn," sprach sie weinerlich. "Du kannst ihn nicht zur Erde schaffen. Er wird mich nicht lieben, wenn du ihn seiner Mutter wegnimmst."

Ich legte meine Hand aufs Herz. "Ich bin seine Mutter." Es war höchste Zeit von hier zu verschwinden. Die Schlampe war durchgedreht. Ich musste Jorik warnen. "Ich muss gehen." Ich drehte ab und wollte verschwinden, aber es war zu spät. Wendy hechtete zur Tür, ihr langes Kleid hedderte sich dabei um ihre Beine.

Ich erstarrte, als sie eine Ionenpistole aus einer Seitentasche zog.

Scheiße. Ich hob langsam die Hände hoch.

"Du bist erledigt," sprach sie ungerührt. "Du hast recht. Jorik liebt dich. Er hat mir gesagt, dass er nicht mit mir zusammen sein kann. Dass er dich und seinen Sohn liebt." Sie hob die Pistole und machte mir ein Zeichen, dass ich nach rechts gehen sollte, zu einem der Vorratsbehälter. Ich ging langsam in die vorgegebene Richtung, ließ sie dabei aber nicht aus den Augen. Wir waren allein. Niemand würde mich hier retten. Jori war sicher, aber nicht einmal Kai wusste, wo wir hingegangen waren.

Und diese verrückte Schlampe würde nicht meinen Sohn in die Finger bekommen. Oder Jorik. Er liebte mich. Er hatte es ihr gesagt. Er konnte nicht mit ihr zusammen sein. Er *wollte* sie nicht.

Ich wollte gleichzeitig laut auflachen und schreien. Eine Premiere. Mein Herz pochte so laut, dass es in meinen Ohren hämmerte.

Wendy zückte ihre Waffe, ihre Augen wurden ganz wild. "Geh in die Kiste rein. Ich möchte dich nicht umbringen, schließlich bin ich jetzt eine Mutter und keine Mörderin, aber du musst verschwinden. Jorik wird mich nicht lieben, solange du hier bist. Du musst weg."

Ich möchte dich nicht umbringen. Doch, das würde sie. Ich konnte es an dem blinden Fanatismus in ihren Augen sehen. Offensichtlich war sie von Jorik besessen gewesen, als er im Bräutezentrum auf der Erde gearbeitet hatte. So besessen, dass sie ihm ins Weltall gefolgt war, auf einen anderen Planeten. Um einen Test zu fälschen und sich so mit ihm zu verpartnern.

Sie war verrückt genug, um zu glauben, dass sie mich nur töten musste, damit er sie lieben würde. Dass mein Sohn sie lieben würde. Dass, wenn ich verschwinden würde, sie einfach meinen Platz einnehmen könnte. Dass Jorik und alle anderen in der Kolonie einfach nur mit den Achseln zucken und hinnehmen würden, dass Wendy sich meinen Sohn unter den Nagel riss.

Meinen Sohn.

Sie wollte mir meine Familie rauben.

Beiseite zu treten und Jorik eine Chance aufs gemeinsame Glück mit seiner wahren, ausgewählten Partnerin zu geben war eine Sache.

Das hier? Das hier war falsch. Es brachte mein Blut zum Brodeln. Diese Frau war dabei mein Kind zu bedrohen. Meinen Mann. Meine *Familie.*

Noch ein Mucks und ich würde sie niedermachen. Niemand legte sich mit einer Atlanischen Bestie an. Das wusste jeder. Eine Frau aber, deren Baby bedroht wurde? Oh ja, Wendy würde untergehen.

Vorsichtig hob ich erst das eine und dann das andere Bein über die Kiste, sodass ich ihr gegenüberstand. Die Transportkiste reichte mir bis zur Hüfte. Ich stand in einer riesigen leeren Box.

"Du bist nicht die Richtige für ihn," zischte sie. "Das weißt du." Wendy zückte ihre Pistole, sie zielte auf meine Brust. "Ich tue das hier für Jorik. Du wirst sehen. Er wird mich lieben."

Ich schüttelte den Kopf. "Nein, Wendy. Wird er nicht. Auch nicht, wenn du mich umbringst. Selbst wenn ich nicht mehr da bin. Er wird niemals mit dir eine Familie gründen. *Ich bin* seine Familie."

Sie kreischte, in ihren glasigen Augen flackerte der Wahnsinn auf und ihre Lippen zitterten. Ich hätte sie nicht provozieren sollen.

Sie drückte den Abzug und ein scharfer Lichtblitz explodierte in meiner Brust.

Ich fiel um und sackte in der Kiste zusammen. Ich konnte kaum Luft holen, als der Deckel über mir verschlossen wurde. Plötzlich war es stockfinster.

Die Kiste kam in Bewegung und ich konnte hören, wie Wendy irgendetwas murmelte und abrupt stoppte. Die Kiste wurde fallengelassen, zusammen mit meinem Körper, der zusätzliche Schmerz aber war nichts im Vergleich zu dem Brennen in meiner Brust. Wendys Stimme kam durch den Deckel.

"Ich werde dich fort senden, an einen Ort, wo sie dich niemals finden werden." Sie schlug auf den Deckel und hisste wie eine Schlange. "Jorik gehört mir."

Scheiße. Scheiße. Scheiße.

Ich ignorierte das Brennen und zwang Sauerstoff in meine Lungen. Ich ignorierte die Übelkeit, den Brechreiz und rollte mich auf den Rücken und zog die Beine an die Brust. Mein Kopf drehte sich und der Schmerz war schlimmer als jede Migräne, trotzdem hob ich die Füße an und wünschte mir, ich hätte wie Jorik ein Paar Kampfstiefel an und keine hübschen blauen Sandalen.

Es war egal. Ich würde meine Füße blutig schlagen, solange es mich aus dieser Kiste befreien und meinen Sohn retten würde.

Jorik? Er war ein Kriegsfürst. Er war entschlossen und mutig und stark.

Jori aber? Mein Baby? Er war unschuldig. Klein. Verletzlich.

Ich würde dieser verrückten Schlampe eigenhändig den Garaus machen.

Ich nahm alle meine Kraft zusammen und trat gegen den Deckel.

Die Luft um mich herum war plötzlich wie elektrisiert. Scheiße, ich wusste, was das bedeutete. Die Transportfläche war aktiviert worden. Sie wurde aufgeladen, um mich Gott weiß wohin zu schicken. Wahrscheinlich mitten ins Weltall, wo ich binnen Sekunden verrecken würde. Nur, damit diese Schlampe meine Familie stehlen konnte. Und sie wusste, wie man das anstellte. Schließlich hatte sie sich selbst von der Erde hierher transportiert.

Ich schloss die Augen und trat erneut zu. Nochmal. Und nochmal. Ich musste raus hier. Ich musste meine Familie retten.

Die Spannung wurde immer heftiger, meine Haare klebten mir im Gesicht wie eine Schicht aus statischer Ladung.

Krach.

Der Deckel brach auf und ein dünner Lichtstrahl fiel hinein.

Ich trat weiter zu und fing laut zu brüllen an, als ich hörte, wie sie nervös vor sich hin nuschelte. Wie es aussah, wollte der Transport doch nicht vonstattengehen.

Gott sei Dank. Oder Joriks Göttern. Oder ich hatte einfach nur Glück.

Ich kickte den Deckel weg und stand mit wackeligen Beinen auf. Mein Schädel brummte, aber ich zwang mich, mich auf meinen Feind zu konzentrieren. Die Frau, die mein Baby rauben wollte. Mein Leben.

Sie blickte auf, ihre Augen waren weit aufgerissen und panisch. "Nein! Nein!" Ihre Hände huschten über die Steuerung.

Ich kletterte aus der Kiste raus, machte einen wackeligen Schritt.

Die Tür ging auf und Jorik stürmte hinein, zusammen mit

Wulf, Egon, Braun und dem Gouverneur. Sie alle waren bewaffnet und richteten ihre Pistolen auf Wendy. Wulf feuerte mit unglaublicher Präzision und schoss Wendy die Pistole aus der Hand. Sie flog auf und davon und landete zu weit weg, um mir noch einmal gefährlich zu werden.

Sie schrie, dann brach sie in Tränen aus. "Nein, Jorik. Ich liebe dich. Zusammen würden wir so glücklich sein! Verstehst du denn nicht? Ich mache es für dich. Für uns."

Er blickte mich an und wurde fuchsteufelswild. Seine Bestie befreite sich von einer Sekunde auf die nächste. Sie war riesig. Unerbittlich. Wutentbrannt. "Nein. Gabriela. Partnerin. Mir."

Seine Worte ließen meinen gesamten Körper aufschreien. Er liebte mich. Er wollte mich. Und nicht sie.

Nicht. Sie.

"Nein, ich bin deine Partnerin," heulte sie weiter. "Jorik. Hör zu. Ich bin es. Ich bin deine ausgewählte Partnerin." Erneut drückte sie an der Steuerung herum und fuchtelte mit den Armen über die Anlage. Sie funkelte mich an.

"Das wird nichts werden." Der Gouverneur klang ... resigniert. "Alle Transporte wurden eingestellt."

"Nein!" Wendy kreischte weiter. "Nein. Jorik gehört mir."

Jorik machte einen Schritt auf sie zu und ich erkannte jene tödliche Rage wieder, die ich bereits erlebt hatte, als er dem Gauner in der Eisdiele den Kopf abgerissen hatte.

Wendy war kein Typ. Sie war geistig gestört, aber sie war keine Soldatin.

Jorik musste das nicht für mich erledigen.

Und ich war näher dran.

Ich hob meine Hand, um ihm Einhalt zu gebieten. "Nein, Jorik." Er ging drei Schritte weiter und Wendy blickte voller Angst zu mir rüber.

"Ich liebe ihn," flüsterte sie. Sollte das so etwas wie eine Entschuldigung sein?

"Er gehört mir," fauchte ich. "Genau wie Jori." Meine Wut schäumte über und ich tat etwas, das ich sonst für undenkbar gehalten hätte. Ich schlug sie so hart, dass sie mit einem Hieb zu Boden ging.

Sie fallen zu sehen beruhigte mich aber nicht. Jede meiner Zellen explodierte mit Wut. Ich kam mir vor wie eine Bestie. Sie hatte meinen Sohn bedroht. Mein Baby.

Ich trat an sie heran, fiel auf die Knie und setzte mich auf sie drauf. Dann hob ich die Faust, um sie zu Staub zu schlagen, aber ein paar riesige Atlanische Arme hielten mich zurück.

Jorik.

"Liebling. Nein. Hände wehtun."

Darauf musste ich lachen. Von allen Dingen in diesem Moment machte er sich ausgerechnet Sorgen, weil ich mir die Hände ramponieren könnte? Dass ich kurz davor war, eine Frau zu vermöbeln war ihm offenbar egal.

Ich drehte mich in Joriks Arme und klammerte mich auf Leben und Tod an ihm fest und in der Zwischenzeit kamen Wulf und Egon vorbei, um sich um Wendy zu kümmern. "Jori?" fragte ich.

Wulf antwortete mir. "Er ist sicher bei Kai und der möchte sich am liebsten blutig schlagen, weil er dich mit ihr allein gelassen hat." Wulf zog Wendy auf die Füße hoch und die elende Frau leistete keinen Widerstand. Sie wirkte gebrochen, genau wie ihr Nasenbein. Ihr Gesicht war blutüberströmt und sie würde garantiert ein blaues Auge davontragen.

Siehst du, Schlampe.

Trotzdem tat sie mir nicht wirklich leid.

"Schafft sie in eine Zelle," befahl der Gouverneur. "Ich muss diesen Fall bei der Koalitionsführung auf Prillon Prime einreichen."

"Nicht auf der Erde?" fragte ich.

Der Gouverneur schaute mich an. "Sie hat nicht gegen die Erdengesetze verstoßen, sondern gegen unsere."

Oh, Scheiße. Daran hatte ich gar nicht gedacht. Das Programm für interstellare Bräute war ein Herzstück der Koalition. Es war ihnen überaus wichtig.

Maxim schüttelte den Kopf. "Wendy hat nicht nur das System ausgenutzt, sie hat außerdem Jorik belogen, ihr Match gefälscht und versucht die Frau eines Atlanen zu kidnappen. Dafür wird sie lange in einem Koalitionsgefängnis einsitzen."

Wendy wurde angeführt und ich blieb reglos in Joriks Armen.

"Mir." Joriks Bestie hielt mich fest, als wäre ich aus kostbarstem Glas. So behutsam.

Ich umarmte ihn sogar noch fester. "Ich liebe dich, Jorik."

Lange Zeit standen wir einfach nur da und das war völlig in Ordnung.

15

abriela

"Wie man auf der Erde so schön sagt, ich meine es ernst," erklärte ich Wulf, als er neben mir im Transportraum stand. Wir starrten auf die Transportfläche und warteten auf die Paarungshandschellen, die mein Partner am Tag meiner Ankunft auf Atlan bestellt hatte. Das hatte ich in der Zwischenzeit herausgefunden.

Am Tag meiner Ankunft. Meine ganze Sorge darüber, dass ich nicht seine ausgewählte Partnerin war oder die verfluchten Paarungshandschellen hätte vermieden werden können, wenn er es mir einfach *gesagt hätte.*

Seine Hand schwebte über dem Touchscreen und er blickte zu mir herunter. "Ich bezweifle, dass du anderen Männern den Kopf verdrehen willst. Jorik wird nicht erfreut sein, solltest du mit anderen Männern Zeit verbringen wollen."

Er sah dermaßen ernst dabei aus, dass ich lachen musste.

"Was?" sprach er stirnrunzelnd.

"Jorik ist der Einzige für mich. Und mit Jori habe ich bereits alle Hände voll zu tun."

Seine Schultern entspannten sich. Wir hatten schon genug durchgemacht und ich war überzeugt, dass er erleichtert war, weil alles ein glückliches Ende genommen hatte.

Ich auch. Jorik—mit Jori fest auf dem Arm—war beim Gouverneur und sie redeten mit Aufseherin Egara. Ich wollte nicht dabei sein, also hatte ich mir Wulf geschnappt, um diese wichtige Aufgabe anzugehen.

"Damit meine ich, dass ich die Handschellen an Jorik sehen möchte. Damit nicht noch eine Irre auftaucht und versuchen kann ihn mir wegzuangeln."

"Ah," sprach er. "Ja, das klingt vernünftig nach all dem, was du durchgemacht hast. Aber sollte nicht Jorik sie dir anlegen?"

"Wie gesagt, ich werde kein Risiko mehr eingehen," erwiderte ich. "Ich möchte sie so schnell wie möglich an seinen Handgelenken sehen."

"Du weißt aber, dass eine Atlanische Verpartnerung aus mehr besteht, als sich einfach nur die Handschellen umzulegen?"

Ich nickte. "Ich hole die Handschellen. Jorik wird sich sicher um den Rest kümmern."

Ich biss meine Lippe und musste mir ein Lächeln verkneifen, als ich daran dachte, wie Jorik sich um den Rest kümmern würde. Ich mochte es, wenn er im Bett ganz wild und bestienhaft wurde ... und außerhalb des Schlafzimmers. Und diese ... Verpartnerung? Allein schon beim Gedanken daran wurde ich feucht.

Wulf grunzte und machte sich wieder an den Knöpfen zu schaffen. "Solch aufwendige Handschellen zu bestellen ist zwar nicht gewöhnlich, aber euer Match ist schließlich auch alles andere als gewöhnlich."

Ich runzelte die Stirn. "Was soll das heißen?"

Wulf grinste. "Jorik hatte keine lebenden männlichen Vorfahren. Niemand, der ihm ein Paar Handschellen vermachen kann. Normalerweise werden uns die Handschellen von unseren

Großvätern oder Urgroßvätern überreicht, wenn sie sterben. Die meisten Paarungshandschellen sind hunderte Jahre alt."

"Aber?" Das klang faszinierend ich war leicht betrübt, weil Jorik keine Familie mehr hatte. Allerdings hatte er jetzt mich und Jori und ich würden ihn nie mehr verlassen. Nach seinem Tode würden sie wohl meine klammen, toten Finger von seinem Körper aufhebeln. Und selbst dann würde ich wahrscheinlich zurückkehren und jeden heimsuchen, der mich dazu zwingen würde ihn loszulassen.

"Jorik hat ein neues Familienwappen kreiert. Die Handschellen sind beim talentiertesten Schmied auf Atlan in Bestellung gegangen. Sie sind wertvoller als die meisten Anwesen auf Atlan."

Heilige Scheiße. "Im Ernst?" So viel zum Thema Diamantklunkerring. Das hier hörte sich nach viel mehr an. "Wie ein Haus?"

Wulf grunzte. "Nein. Wie ein Schloss mit Ländereien." Er grinste, als die Transportfläche wummerte und der *sehr* vertraute elektrische Sog mir die Haare zu Berge stehen ließ. "Dein Partner ist extrem wohlhabend, wie alle Atlanischen Krieger."

Das verwirrte mich zwar, aber ich konnte einfach nicht mehr den Blick von der prachtvollen Schachtel abwenden, die mitten auf der Transportfläche aufgetaucht war. Sie war mit aufwendigen Schnitzereien verziert und ich konnte mir nicht einmal vorstellen, wie schön die Handschellen sein mussten, die in einer solchen Verpackung verschickt wurden. "Wenn ihr alle so reich seid, warum lebt ihr dann hier?"

Er runzelte die Stirn. "Wir sind auf Atlan nicht gerne gesehen. Für unser Volk stellen wir eine Gefahr dar." Er klang traurig und ein bisschen ratlos, also hakte ich nicht weiter nach. Später würde ich Jorik danach fragen.

Wulf ging zur Plattform und hob mühelos die Schachtel auf; als ob es sich um einen Schuhkarton handelte—obwohl sie offensichtlich aus schwerem Metall gemacht war—und stellte sie mir vor sie Füße. Er legte einen Riegel um und machte den Deckel auf.

Ich blickte herunter.

"Wow." Große, mehrfarbige Handgelenkringe lagen in weiches, schützendes Metall eingebettet. Zwei passende Paare. Das sehr viel kleinere Paar war offensichtlich für mich. Joriks aber? Sie hätten mir auch um die Waden gepasst, die Gravuren waren so detailliert und komplex, dass ich sie stundenlang betrachten würde. Die Schellen waren aus verschiedenen Metallen gemacht—Platin, Zinn, Silber und Gold—die alle zu einem fremdartigen Design zusammengewoben waren, das dem Auge Streiche spielte.

Wulf hob das größere Paar auf und hielt es mir hin.

"Die wird niemand übersehen können," sprach ich und nahm das größere Paar. Sie waren schwer, solide. Weit. Überaus beständig. Ich blickte zu Wulf hoch. "Danke."

"Gern geschehen. Ich werde Jorik finden und sicherstellen, dass er sich sofort in euer Quartier begibt."

Ich seufzte und versuchte mich zu beruhigen. Mein Herz raste. "Das ist zwar eine große Bitte, aber könntest du für eine Weile auf Jori aufpassen, während wir … du weißt schon." Ich errötete; auch wenn Wulf genau wusste, was wir vorhatten. Paarungshandschellen standen für eine Sache. Die endgültige Eroberung. Und das bedeutete wilden, hemmungslosen Sex. "Ich habe ihn vor kurzem gefüttert. Und da Jorik ihn vorher herumgezeigt hat, wird er wahrscheinlich die meiste Zeit schlafen."

Er riss überrascht die Augen auf, dann lächelte er. Er war so gutaussehend. Zwar nicht so wie Jorik, aber immerhin. Ein Atlane. Scheinbar hatte ich eine *Schwäche* für Bestien. Eines Tages würde er eine Frau *sehr, sehr* glücklich machen. Ich konnte nur hoffen, dass das schon bald sein würde.

Dann verzog er das Gesicht. "Ich werde ihn zu dir senden, wie du wünschst, aber er wird unmöglich das Baby abgeben."

Ich blickte schüchtern zu ihm. "Sag ihm, seine Partnerin ist nackig und erwartet ihn."

Darauf wandte er den Blick ab. "Seine Bestie würde mich dafür in Stücke in reißen."

Ich lachte, denn das stimmte wahrscheinlich. "Frag ihn, ob du das Baby halten darfst. Ich bin sicher, dass dir etwas einfallen wird."

Ich brach auf. Wulf würde den Babysitter spielen. Seit dem Fiasko mit Wendy hatte Jorik sich schlichtweg geweigert Jori aus den Augen zu lassen, trotz der Tatsache, dass Kai wie versprochen auf ihn aufgepasst und ihn beschützt hatte.

Wir trennten uns, Wulf machte sich auf zu Jorik, ich ging zurück in unser Quartier. Wir beide hatten eine Mission und keiner von uns beiden würde sich geschlagen geben.

Jorik

Mit einem Gefühlsmix aus Wut, Frustration und Erregung stürmte ich in unser Quartier.

"Liebling!" schnaubte ich. Sie war nicht im Wohnzimmer, als ich sie aber im Schlafzimmer erblickte, machte ich abrupt halt. "Scheiße," flüsterte ich.

Gabriela, *meine* Gabriela, lag auf der Seite, den Ellbogen angewinkelt und den Kopf auf die Hand gestützt. Nackt. Ein Bein hatte sie über das andere geschlungen, sodass ihre süße Muschi verdeckt blieb. Ihr Arm lag über ihren Brüsten und bedeckte ihre Nippel, ihre üppige Größe aber konnte sie nicht verbergen.

Sie war eine Erscheinung. *Mir.* Prächtig. *Mir.* Eine Versuchung. *Mir.*

"Gabriela," flüsterte ich. *Mir.*

Meine Bestie wiederholte dieses eine Wort immer wieder und mein Schwanz wurde unmöglich härter.

Erst, als sie sie aufhob und sie von ihren Fingern baumeln ließ, bemerkte ich die Handschellen. Paarungshandschellen. Jene zwei Paare, die ich auf Atlan bestellt hatte.

"Du gehörst mir, Jorik," sprach sie.

Ich nickte. "Ja."

"Ich werde nicht zulassen, dass andere Frauen dich mir wegnehmen. Also lege ich dir die Paarungshandschellen an."

Ich zog eine Augenbraue hoch. Grinste. Nur Gabriela würde auf so eine Idee kommen.

Nein, es war nicht eigenartig. Das hier war *unsere* Normalität.

"Ja, Liebling," sprach ich. "Wo hast du sie her?" Sie sagte nichts darauf. "Ah, lass mich raten. Wulf?"

Sie zuckte die Achseln.

"Die Handschellen sind aber nicht der einzige Teil der Eroberung," warnte ich sie.

"Das hat Wulf erwähnt."

Ich runzelte die Stirn und trat in den Raum. "Solange du nackig in unserem Bett liegst, darfst du nicht von anderen Männern sprechen, Liebling."

Durch ihre Wimpern blickte sie zu mir auf.

"Wulf hat auch gesagt—"

"Liebling," warnte ich.

"—dasselbe, dass die Handschellen längst nicht alles sind. Ich habe ihm gesagt, dass du dich um den Rest kümmern wirst."

Scheiße.

"Richtig," knurrte ich. Ich zog mir mein Oberteil über den Kopf, dann zog ich mir in Rekordzeit den Rest aus. "Meine Bestie und ich wissen ganz genau, wie wir dich ficken müssen, um dich für immer zu erobern. Es wird heftig werden, Gabriela."

"Okay," flüsterte sie und ich konnte sehen, wie sie sich hin und her wand.

"Ich werde dich ordentlich durchnehmen. Tief."

"Jorik."

"An die Wand genagelt, mit gefesselten Armen."

Sie setzte sich auf und streckte die Arme aus. "Jetzt, Jorik."

Ja. Jetzt.

Sie nahm eine der größeren Handschellen und hielt sie mir hin. Ich gab ihr mein Handgelenk und sah zu, wie sie mir das Symbol unserer Partnerschaft um den Arm legte und einrasten ließ.

Dann blickte sie zu mir auf. "Du. Gehörst. Mir. Jorik. Wir wurden zwar nicht von einem dämlichen Computerprogramm verpartnert, aber wir sind perfekt füreinander." Sie hob die zweite Handschelle hoch und legte sie um mein anderes Handgelenk.

Meine Bestie heulte vor Freude, als sie das kühle Gewicht der Handschellen spürte. Ich genoss das Gefühl der Endgültigkeit, das sie versprühten. Ich würde sie mit Stolz tragen, damit alle wussten, dass ich zu Gabriela gehörte. Voll und ganz.

Und ihre Liebe bewahrte mich davor die Kontrolle zu verlieren, sie bewahrte mich vorm Paarungsfieber und davor, mehr Bestie als Mann zu werden. Die Handschellen stellten sicher, dass ich ihr komplett ergeben war, dass ich sie liebte, zu ihr gehörte und sie und unser Kind mit meinem Leben beschützen würde.

Meine Bestie beruhigte sich, sie war auf schockierende Weise zufrieden, selbst als ihr Appetit immer größer wurde ... sie wollte sie.

Ich langte nach unten, las ihre Handschellen vom Bett auf und legte sie ihr um. "Du gehörst mir und nur mir. Ein Blick, und ich wusste, dass du zu mir gehörst. Niemand wird dich mir wegnehmen. Wir werden nie mehr getrennt werden. Ich bin dein und du bist mein."

Als es vollbracht war und die kunstvollen Handschellen ihre Handgelenke schmückten, sprang sie in meine Arme und küsste mich. Ihre zarte Haut, ihre üppigen Brüste pressten gegen meinen Torso und ich umpackte ihren Arsch. Ich war im siebten Himmel.

Ihre Beine umschlangen meine Taille und mein Schwanz klemmte zwischen uns, er war hart, dick und unnachgiebig. Ich drehte um, lief zur nächsten Wand und presste sie vorsichtig dagegen, sodass es kein Entkommen mehr gab. Sie würde jeden harten Zentimeter von mir zu spüren bekommen; meine Stärke, meine Selbstkontrolle.

Ich spürte das Gewicht der Handschellen um meine Handgelenke und verstand, dass es soweit war. Dieses intime Ritual erfüllte mich mit äußerst primitiven Trieben. Gabriela wollte es. Meine Bestie verzehrte sich danach. Und ich ebenso. Unsere Bindung, die permanente Verbundenheit machte mein Verlangen für sie unglaublich heftig. Ich wollte sie erobern, vereinnahmen und ausfüllen, und zwar sowohl ihren Körper als auch ihr Herz.

Nach diesem Alptraum mit Aufseherin Morda war ich mir sicherer denn je. Unerbittlicher. In Eile. Ein quälender Drang, das hier zu vervollständigen, ließ meinen Schwanz nur so pochen.

"Jorik," hauchte sie, als ich mich an ihrem Hals entlang leckte und knabberte. Eine Hand umpackte ihren Arsch, die anderen hielt ihre Handgelenke über ihrem Kopf zusammen und sie war mir ausgeliefert.

Ich arbeitete mich über ihr Schlüsselbein bis zu ihren Brüsten runter, um schließlich küssend und kreisend ihren Nippel abzuwaschen. Ich ging behutsam vor, denn das Stillen von Jori hatte sie empfindlich gemacht. Ich wandte mich erst einem und dann dem anderen zu, ehe ich sie erneut küsste und ihre Zunge meine fand.

Ich konnte mich nicht länger zurückhalten. Mein Schwanz pochte, er sehnte sich danach sie auszufüllen. Meine Eier waren straff nach oben gezogen und bereit, sie mit meinem Samen zu füllen. Mir war klar, dass er keine Wurzeln schlagen würde, schließlich hatte der Doktor ihr eine Spritze verpasst, aber das instinktive Bedürfnis sie zu befruchten würde nie nachlassen. Sobald sie für ein weiteres Kind bereit war, würde ich es ihr schenken.

Ich zog zurück und brachte meinen Schwanz an ihrem Eingang in Stellung.

"Liebling, sieh mich an," knurrte ich.

Ihre Lider flatterten, dann blickte sie mich an.

"Ich erobere dich. Jetzt. Für immer."

"Ja."

Das war alles, was ich von ihr hören musste, alles, was meine Bestie wissen wollte und ich drang tief in sie ein und zog sie gleichzeitig nach unten.

Sie schrie auf, ihre inneren Wände zogen sich zusammen und zerquetschten mich. Scheiße, ich würde es nicht lange aushalten. Ihre feuchte Hitze war dabei mich zu verschlingen.

"Ich erobere dich auch, Jorik. Jetzt. Für immer. Fick mich. Feste."

Gerne, meine kleine Amazone. Sie hatte Wendy Morda mit der Schlagkraft einer Bestie die Fresse poliert, aber ich wusste, dass ihr mütterlicher Instinkt dahinter steckte. Niemand würde sich mit meinem Kind anlegen. Und die Gewissheit, dass Gabriela so eine leidenschaftliche Beschützerin war, erfüllte meine Bestie mit Stolz.

Ich zog zurück und rammte feste hinein, genau wie sie es wollte. "Ja, Liebling."

Ich überließ meiner Bestie die Führung und wurde immer größer, sodass ich sie mit nach oben hob. Mein Schwanz in ihr drin wurde ebenfalls größer und sie legte den Kopf in den Nacken und biss ihre Lippe; ich war bereits süchtig nach diesem Anblick. Sie stöhnte, während mein Schwanz wuchs. Meine Bestie war die ganze Zeit über präsent gewesen, sie hatte sich zurückgehalten und gewartet, um zum Zuge zu kommen.

Jetzt war sie wie ausgehungert nach dieser endgültigen Eroberung.

"Mir." Meine Bestie brüllte regelrecht und Gabriela flüsterte ununterbrochen meinen Namen, als ich aus ihrer feuchten Hitze herauszog und wieder tief in sie hinein rammte. Sie für immer eroberte.

Ich hielt sie fest und meine Finger strichen über die Schellen an ihren Handgelenken. Sie würde nirgendwo hingehen, denn mein Schwanz hatte sie komplett ausgefüllt. Ihre Fersen gruben sich in meinen Arsch und feuerten mich an. Ich nahm sie schnell, derbe, wild. Das Geräusch von Fleisch auf Fleisch vermischte sich klatschend mit unseren abgehakten Atemzügen. Unsere Haut war schlüpfrig und schweißbedeckt. Wir waren wie entfesselt, hemmungslos.

Sie fühlte sich unbeschreiblich gut an und ich wollte nie mehr ihren Körper verlassen. Mein Glück befand sich genau vor meinen Augen und ich würde sie zuerst kommen lassen. Ich langte zwischen uns, fand ihren Kitzler und streichelte ihn sanft mit dem Finger.

Wir blickten uns in die Augen. "Komm," befahl meine Bestie. "Jetzt." Sie würde kein nein als Antwort gelten lassen und ich zwickte vorsichtig ihren Kitzler.

Das reichte aus. Meine Partnerin mochte es grob, sie mochte es wild. Ihre Muschiwände kräuselten sich und zogen mich tiefer in ihren Körper hinein, während sie vor Lust nur so schrie. Ich fickte sie unablässig, aber meine Beherrschung war begrenzt. Meine Bestie ergab sich ihr schließlich und schenkte ihr alles. Meinen Körper, meinen Samen, mein Herz.

Ich brüllte vor Erleichterung und ergoss mich in ihr.

Ich wusste es. Wir waren verpartnert. Beansprucht. Sie gehörte mir. Die Handschellen waren gar nicht nötig, um uns aneinander zu binden.

Ich drehte um, lief zum Bett und drängte meine Bestie zurück, während ich in ihr vergraben blieb. Ich wollte sie ebenfalls. Sie gehörte mir und ich wollte sie im Bett, wo ihre Weichheit mich umgeben würde. Vorsichtig ließ ich mich auf die Matratze runter und setzte sie auf mich drauf. Ich würde nicht herausziehen, sondern einfach warten bis sie wieder soweit war. Ich war immer noch steif; es sah nicht so aus, als ob sich das in gegebener Zeit ändern würde.

"Wenn wir uns ausgeruht haben, werde ich dich kosten, Liebling. Jeden Zentimeter an dir," sprach ich und strich über ihren verschwitzten Rücken.

"Ich bin aber kein Eis," konterte sie, ihr Kopf ruhte auf meiner Brust.

Ich lächelte und ich dachte daran, wie sie auf der Erde hinter der Theke gestanden und mir bei jedem meiner Besuche eine köstliche Leckerei angeboten hatte. "Nein, aber du bist mein Lieblingsgeschmack."

Ich drehte uns um, sodass sie unter mir lag. Ich fing an sie zu küssen und leckte ihre Haut, kostete sie. Ihr einzigartiges Aroma. Ich würde nie genug bekommen.

"Gabriela, ich liebe dich. Jede Zelle meines Körpers liebt dich."

Ihre Muschi zog sich zusammen und kräuselte sich. "Jorik."

Ich stieß zu. Sie stöhnte, ihre Hände suchten mein Haar, dann zog sie mein Gesicht an ihres und küsste mich. So zärtlich.

"Ich liebe dich auch. Du gehörst jetzt mir. Mit Bestie und allem."

Ganz besonders meine Bestie, aber das brauchte ich ihr nicht zu sagen. Sie hatte die ganze Nacht, um es ihr zu *beweisen*.

16

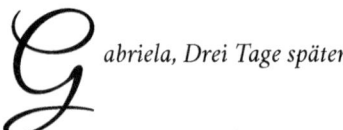

abriela, *Drei Tage später*

"Er ist kein Spielzeug, mit dem man einfach rumhantieren kann," brummte Jorik. Er hielt Jori mit einem engen Footballgriff an seine Brust gepresst und hatte nicht die geringste Absicht ihn abzugeben. Das Funkeln seiner Paarungshandschellen erinnerte mich daran, dass er mir gehörte, dass alle meine Wünsche in Erfüllung gegangen waren.

Jorik war mein. Für immer.

Wendy war längst nicht mehr da, man hatte sie nach Prillon Prime transportiert, zusammen mit zwei Everianischen Jägern. Aufseherin Egara hatte uns versichert, dass Joriks Testergebnis vollständig aus dem System gelöscht worden war, damit so ein Fiasko nicht noch einmal passieren konnte.

Ich lächelte Jorik an, als er mich aber böse anfunkelte, musste ich es mir verkneifen. Das wollte aber nicht richtig klappen.

"Wulf hat auf ihn aufgepasst, als du mich erobert hast—"

"Und ich habe dich gründlich erobert," sprach er leise.

Ich wurde rot. Konnte nicht anders. "Ja, ziemlich gründlich," bestätigte ich. "Aber alle möchten mal drankommen."

"Mit deiner Eroberung?" scherzte er.

"Mit dem Babysitten."

"Wenn wir alle mit Babysitten drankommen lassen, dann werden wir Jori erst wiedersehen, wenn er zwölf ist."

Ich verdrehte die Augen. "Quatsch," konterte ich.

Wir betraten die Cafeteria, wo viele Koloniebewohner warteten. Sie standen auf und fingen an zu klatschen. Jorik schlang seinen freien Arm um meine Schulter und seine Brust schwoll vor lauter Stolz fast auf Bestiengröße an. Zuerst hatte ich das mit den Paarungshandschellen nicht wirklich verstanden. Auf der Erde war der Ehering für viele Frauen ein Symbol, dass sie geliebt wurden. Dass sie von einem *Mann* beansprucht wurden. Dass sie gewollt und begehrt wurden. Ein äußeres Zeichen für 'Finger weg'. Da steckte jede Menge verkorkste Psychologie dahinter und ich versuchte, das Ganze irgendwie zu verstehen.

Hier aber? Im Gegenteil. Diese Handschellen bedeuteten, dass *er* beansprucht, verpartnert und *auserwählt* worden war. Der Gegensatz kam mir seltsam vor, aber ich konnte nicht bestreiten, wie ich mich dabei fühlte und ich fragte mich, ob ein Erdenmann sich genauso fühlte wie ich jetzt gerade, wenn er seiner Geliebten einen Verlobungsring über den Finger streifte.

Er gehörte MIR. M. I. R. Und alle auf diesem Planeten und sogar auf allen anderen Planeten würden es wissen. Sogar Wendy.

Ich war territorial. Das war es. Ich hatte mich in eine territoriale, primitive Bestienfrau verwandelt.

Und es störte mich nicht. Allerdings hatte man mich auch in eine Transportkiste gesteckt und beinahe Gott weiß wohin gesendet. Also war es mein gutes Recht, Jorik wenn es sein musste ans Bein zu pinkeln.

Den drastisch hohen Zahlen unverpartnerter Männer in der Kolonie zufolge kam es nicht oft vor, dass hier jemand seine

Partnerin fand. Unsere Geschichte war definitiv einzigartig und voller Hindernisse. Aber wir waren jetzt zusammen und ich hatte meiner Bestie Handschellen umgelegt.

Eigentlich hätte ich schockiert sein müssen, als Jorik mir gesagt hatte, dass er sie bis zu seinem Tode nie mehr abnehmen könnte. Stattdessen aber war ich ... glücklich darüber. Für immer bedeutete wirklich für immer und das war in Ordnung so.

"Ich freue mich so für dich," sprach Rachel und kam auf uns zu, um mich zu umarmen. "Und ich bin wütend. Ich habe dir doch gesagt, dass du mich anrufen sollst, wenn du einen Babysitter brauchst. Und jetzt haben schon *zwei* Leute auf Jori aufgepasst."

"Das waren besondere Umstände," erwiderte ich. "Abgesehen davon hast du Max."

Der kleine Junge in ihren Armen. Er war fast zwei und im Vergleich zu Jori war er so verdammt groß. Mit seiner karamellfarbenen Haut und den blonden Haaren sah er genauso aus wie sein Vater, Ryston. Und so wie Rachel Jori anblickte, war ich ziemlich sicher, dass sie bald noch ein Baby bekommen würde. Vielleicht ein Mädchen, das so aussah wie der Gouverneur, ihr anderer Partner.

Der Junge wurde unruhig und sie ließ ihn runter. Der Knirps rannte seinen beiden Vätern entgegen. "Ja, aber es gibt nichts wie diesen frischen Babygeruch."

"Stellt euch in eine Reihe, sodass jeder einmal Jori halten darf," verkündete Jorik.

Ich blickte lächelnd zu ihm auf.

Er war so ernst, so streng. Kein lieber Papa, sondern ein richtiger Beschützer. Nun, er war beides, aber seine innere Bestie bewachte das Baby mit Leidenschaft.

"Lass uns Platz nehmen," sprach ich und deutete auf ein paar leere Stühle.

Widerwillig setzte er sich hin, Jori blieb eng an seine Schulter geklemmt. Das Baby war jetzt wach und schaute sich um.

Max kam direkt auf Jorik zugelaufen und stellte sich zwischen seine geöffneten Knie. Er hob sein pummeliges Fingerchen. "Baby."

Maxim—ich musste mich anstrengen, um den Gouverneur beim Vornamen zu nennen—kam herüber, hob ihn hoch und ließ ihn kopfüber an den Knöcheln baumeln. "Du bist mein Baby," sprach und schwang ihn vor und zurück wie ein Pendel. Der Junge quietschte nur so und sein ausgelassenes Gelächter erhellte alle Gemüter im Raum.

"Das reicht, ich nehme ihn," sprach Rachel mutig—oder vielleicht war sie einfach nur übereifrig—zu Jorik.

"Lass sie ihn halten," flüsterte ich ihm zu.

"Hat sie sich auch die Hände gewaschen?" wollte er wissen, als er sie misstrauisch beäugte.

Sie streckte ihm prustend die Hände aus und Jorik gab schließlich nach. Rachel nahm unseren Sohn und kuschelte ihn an sich, sie beugte sich vor und atmete ihn ein. Ich kannte dieses Gefühl, diesen Geruch, dieses niedliche Schnüffeln, das nur Neugeborene von sich gaben. Sie drehte ab und lief mit Jori davon.

"Wo zum Teufel will sie hin?" schnappte Jorik und wollte aufstehen. Ich fasste sein Handgelenk, damit er sitzen blieb.

"Lass sie gehen."

"Als Nächstes sagst du mir noch, dass er eine Runde mit dem Shuttle fliegen darf."

Ich lachte und sah ein, dass Vater nun mal Vater war, egal auf welchem Planeten. "Dafür muss er erstmal sitzen können."

Wulf kam zu uns herüber und versperrte Jorik die Sicht. Jorik schob ihn an der Hüfte beiseite. "Aus dem Weg. Wenn ich Jori schon nicht halten kann, dann will ich ihn wenigstens sehen."

Wulf trat beiseite, damit er freie Sicht hatte.

"Ich gratuliere." Wulf nickte uns zu und ich hielt meine Handschellen hoch. Erst hatte ich nicht geglaubt, dass sie uns regelrecht zusammenschweißen würden; dass eine Trennung von Jorik tatsächlich wehtun würde. Dann hatte ich es ausprobiert und als Jorik auf dem Bett gesessen hatte, war ich aus unserem Quartier gegangen. Ich hatte es bis halb über den Flur geschafft, bis es angefangen hatte zu schmerzen. Meine Güte, was für ein höllischer Schmerz, was für ein schreckliches Gefühl der Trennung mich überkommen hatte. Ich war schnurstracks ins Zimmer zurückgerannt und Jorik in die Arme gesprungen.

Er hatte mir versichert, dass ich, falls nötig die Handschellen jederzeit abnehmen konnte, aber er würde sie nicht mehr abnehmen. Ein Atlane war seinen Worten nach stolz darauf den Trennungsschmerz auszuhalten. Es war eine Erinnerung an das Geschenk, das seine Frau für ihn darstellte und bewahrte die Atlanen am Rande des Paarungsfiebers davor, die Kontrolle über ihre Bestie zu verlieren.

Männer. Wie auch immer. Ich hatte den heftigen Elektroschock unserer Trennung jedenfalls nicht genossen. Sollte er auf Mission ausrücken müssen, dann würde ich die Handschellen abnehmen müssen.

Ich freute mich fast schon darauf, denn Jorik würde sie mir dringlichst wieder anlegen wollen. Nackt.

Wyatt kam vorbeigerannt. Er trug einen Umhang um den Nacken und hatte einen Mini-Koalitionsgürtel um die Taille geschnallt. Daran baumelte eine Spielzeugpistole und andere Gegenstände, die die meisten Kämpfer bei sich trugen. Von Rachel und Wulf hatte ich gehört, dass Lindseys Mutter sie und Wyatt von der Erde besuchen kam.

Ihre Mutter, also Carla, unterhielt sich gerade mit einem älteren Prillonischen Krieger. Oder besser gesagt er beugte sich vor und lehnte sich *sehr* nahe an sie heran.

Hatte er eben ihr Haar beschnüffelt?

Ich fasste Jorik am Arm und wollte ihn fragen.

Wenn ich es nicht besser gewusst hätte ...

"Er ist so verdammt niedlich, nicht?" sprach ich und deutete auf das Kind.

"Wyatt? Ja. Ein netter Junger, aber Jori wird sicher größer werden als er. Stärker."

Daran hatte ich keinen Zweifel.

"Wo sind die ganzen Mädchen?" fragte ich mich. Es lag tonnenweise Testosteron in der Luft, soviel stand fest.

"Tia Zakar. Hunt und Tyran sind ihre beiden Väter."

"Prillonen?" sprach ich. Ich hatte von Kristin gehört, der anderen Erdenfrau hier, die genau wie Rachel mit zwei Prillonen verpartnert war, aber ich hatte sie noch nicht getroffen. "Kristin, richtig? Von der Erde?"

"Ja. Aber sie ist einige Tage lang in den Höhlen von Basis 5 auf Jagd gegangen. Ihre Partner haben sie begleitet. Das Kind haben sie natürlich mitgenommen."

"In den Höhlen?"

Natürlich hatten sie das. Ich grinste und konnte es gar nicht erwarten, diese andere Erdenfrau zu treffen; eine Frau, die unverblümt genug war, um ihre beiden Prillonischen Männer mit ins Schlepptau zu nehmen, damit sie in unterirdischen Höhlen nach Hive *jagen* konnte. Sie hörte sich an wie eine Art Superwoman.

"Dann sind da noch Rezzers Zwillinge. Eines davon ist ein Mädchen." Jorik schaute sich um. Es sah aus, als ob er die Zwillinge suchte, in Wirklichkeit aber beobachtete er Jori, der Rachels Armen entnommen worden war und jetzt von einem Prillonen gehalten wurde, der mehr nach Cyborg aussah als sonst irgendetwas. Aber er blickte lächelnd auf Jori herab und sein Griff war so sanft.

Wenn man vom Teufel spricht. Zwei kleine Knirpse rannten kreischend vorbei. Das kleine Mädchen rannte seinem Bruder hinterher. Sie trug zwar rosa und hatte Schleifen im Haar, aber sie war schnell und so wie sie ihren Bruder einholte, ihn heftig umarmte und seine Wange küsste, würde sie später nicht gerade schüchtern sein.

Rezzer, eine gigantische Bestie, hob das kleine Mädchen hoch und trug sie zu uns herüber.

"Ihr solltet so eine hier machen," sprach er und blickte lächelnd auf seine Tochter. Sie hatte einen ähnlichen Teint wie er und tätschelte seine Wange. "Zuerst ein Junge ist gut, aber danach müsst ihr ein Mädchen machen. Warte erstmal, wie dann dein Beschützerinstinkt aussehen wird, Jorik."

Er küsste das kleine Mädchen auf den Scheitel und setzte es Jorik auf den Schoß. Sie rappelte sich auf und stellte sich auf seine Schenkel, dann tätschelte sie Joriks Wangen. Er riss grinsend die Augen auf und hielt ihre kleine Taille, damit sie nicht umfiel.

"Liebling, ich wünsche mir ein kleines Mädchen," sprach er zu mir und blickte auf CJ.

Oh ja, ein süßes Mädchen, genau wie die kleine CJ, aber mit Joriks Genen ... meine Eierstöcke waren startklar.

"Sie soll so aussehen wie du," sprach er und blickte mich an. Das Feuer in seinen Augen war mit nichts vergleichbar, was ich mir je hätte vorstellen können. Jedenfalls nicht, bis ich ihn getroffen hatte. Ich sah Anbetung. Liebe. Totale Akzeptanz.

Mein Herz machte einen Sprung und ich lächelte.

"Na schön."

Er starrte mich mit aufgerissenen Augen an. "Na schön? Jetzt?"

Ich hatte auf der Krankenstation zwar eine Verhütungsspritze bekommen, aber die konnte man auch wieder rückgängig machen. "Ich werde zum Arzt gehen, damit wir so bald wie möglich loslegen können. Bis dahin können wir schonmal ... üben."

Jorik war augenblicklich auf den Beinen und Klein-CJ baumelte vor ihm in der Luft, als er sie von sich gestreckt hielt. Er lief zu ihrem Vater rüber und überreichte sie ihm.

Dann suchte Jorik nach Jori und sah, dass er in den Armen eines anderen Atlanen eingeschlafen war. "Kai!"

Der Alien wandte sich zu Jorik um.

"Pass auf Jori auf."

"Ist mir eine Ehre." Kai strahlte über beide Ohren und mir

wurde klar, dass er befürchtet hatte, dass Jorik—oder ich—ihn für den Vorfall mit Wendy verantwortlich machen würde. Die Geisteskranke. Ich würde aufhören mir ihren Namen in Erinnerung zu rufen und sie nur noch *die Geisteskranke* nennen.

Jorik ergriff meine Hand und schleifte mich Richtung Ausgang.

"Wartet! Ich dachte, ich wäre mit Babysitten dran!" rief Rachel.

Jorik wandte sich zu ihr um. "Ihr alle werdet ihn wohlauf und am Leben halten oder ihr werdet es mit meiner Bestie zu tun bekommen. Ich muss mich jetzt um meine Partnerin kümmern."

Noch ehe ich vor Schreck aufkeuchen konnte, hatte Jorik sich auch schon nach unten gebeugt und mich über die Schulter geworfen. Als ich mich zur Wehr setzte, gab er mir einen Klaps auf den Arsch und trug mich aus der Cafeteria und dann den Gang entlang.

"Du möchtest üben, Liebling, für ein kleines Mädchen? Können wir gerne machen. Und später werden wir diese Spritze rückgängig machen und wirklich loslegen."

Ich hatte nichts dagegen einzuwenden. Als er mich in unser Quartier beförderte und ich das Spiel seines knackigen Hinterteils betrachtete, wusste ich, dass das Leben nicht besser sein konnte. Wenn es nach Jorik ginge, dann würden wir allerdings schon bald ein kleines Mädchen bekommen.

Perfekt.

WILLKOMMENSGESCHENK!

TRAGE DICH FÜR MEINEN NEWSLETTER EIN, UM LESEPROBEN, VORSCHAUEN UND EIN WILLKOMMENSGESCHENK ZU ERHALTEN!

http://kostenlosescifiromantik.com

INTERSTELLARE BRÄUTE® PROGRAMM

DEIN Partner ist irgendwo da draußen. Mach noch heute den Test und finde deinen perfekten Partner. Bist du bereit für einen sexy Alienpartner (oder zwei)?

Melde dich jetzt freiwillig!
interstellarebraut.com

BÜCHER VON GRACE GOODWIN

Interstellare Bräute® Programm

Im Griff ihrer Partner

An einen Partner vergeben

Von ihren Partnern beherrscht

Den Kriegern hingegeben

Von ihren Partnern entführt

Mit dem Biest verpartnert

Den Vikens hingegeben

Vom Biest gebändigt

Geschwängert vom Partner: ihr heimliches Baby

Im Paarungsfieber

Ihre Partner, die Viken

Kampf um ihre Partnerin

Ihre skrupellosen Partner

Von den Viken erobert

Die Gefährtin des Commanders

Ihr perfektes Match

Interstellare Bräute® Programm: Die Kolonie

Den Cyborgs ausgeliefert

Gespielin der Cyborgs

Verführung der Cyborgs

Ihr Cyborg-Biest

Cyborg-Fieber

Mein Cyborg, der Rebell

Cyborg-Daddy wider Wissen

Interstellare Bräute® Programm: Die Jungfrauen

Mit einem Alien verpartnert

Zusätzliche Bücher

Die eroberte Braut (Bridgewater Ménage)

AUCH VON GRACE GOODWIN

Interstellar Brides® Program

Mastered by Her Mates

Assigned a Mate

Mated to the Warriors

Claimed by Her Mates

Taken by Her Mates

Mated to the Beast

Tamed by the Beast

Mated to the Vikens

Her Mate's Secret Baby

Mating Fever

Her Viken Mates

Fighting For Their Mate

Her Rogue Mates

Claimed By The Vikens

The Commanders' Mate

Matched and Mated

Hunted

Viken Command

Interstellar Brides® Program: The Colony

Surrender to the Cyborgs

Mated to the Cyborgs

Cyborg Seduction

Her Cyborg Beast

Cyborg Fever

Rogue Cyborg

Cyborg's Secret Baby

Interstellar Brides® Program: The Virgins

The Alien's Mate

Claiming His Virgin

His Virgin Mate

His Virgin Bride

Interstellar Brides® Program: Ascension Saga

Ascension Saga, book 1

Ascension Saga, book 2

Ascension Saga, book 3

Trinity: Ascension Saga - Volume 1

Ascension Saga, book 4

Ascension Saga, book 5

Ascension Saga, book 6

Faith: Ascension Saga - Volume 2

Ascension Saga, book 7

Ascension Saga, book 8

Ascension Saga, book 9

Destiny: Ascension Saga - Volume 3

Other Books

Their Conquered Bride

Wild Wolf Claiming: A Howl's Romance

HOLE DIR JETZT DEUTSCHE BÜCHER VON GRACE GOODWIN!

Du kannst sie bei folgenden Händlern kaufen:

Amazon.de
iBooks
Weltbild.de
Thalia.de
Bücher.de
eBook.de
Hugendubel.de
Mayersche.de
Buch.de
Bol.de
Osiander.de
Kobo
Google
Barnes & Noble

GRACE GOODWIN LINKS

Du kannst mit Grace Goodwin über ihre Website, ihrer Facebook-Seite, ihren Twitter-Account und ihr Goodreads-Profil mit den folgenden Links in Kontakt bleiben:

Web:
https://gracegoodwin.com

Facebook:
https://www.facebook.com/profile.php?id=100011365683986

Twitter:
https://twitter.com/luvgracegoodwin

ÜBER DIE AUTORIN

Hier kannst Du Dich auf meiner Liste für deutsche VIP-Leser anmelden: **https://goo.gl/6Btjpy**

Möchtest Du Mitglied meines nicht ganz so geheimen Sci-Fi-Squads werden? Du erhältst exklusive Leseproben, Buchcover und erste Einblicke in meine neuesten Werke. In unserer geschlossenen Facebook-Gruppe teilen wir Bilder und interessante News (auf Englisch). Hier kannst Du Dich anmelden: http://bit.ly/SciFiSquad

Alle Bücher von Grace können als eigenständige Romane gelesen werden. Die Liebesgeschichten kommen ganz ohne Fremdgehen aus, denn Grace schreibt über Alpha-Männer und nicht Alpha-Arschlöcher. (Du verstehst sicher, was damit gemeint ist.) Aber Vorsicht! Ihre Helden sind heiße Typen und ihre Liebesszenen sind noch heißer. Du bist also gewarnt...

Über Grace:

Grace Goodwin ist eine internationale Bestsellerautorin von Science-Fiction und paranormalen Liebesromanen. Grace ist davon überzeugt, dass jede Frau, egal ob im Schlafzimmer oder anderswo wie eine Prinzessin behandelt werden sollte. Am liebsten schreibt sie Romane, in denen Männer ihre Partnerinnen zu verwöhnen wissen, sie umsorgen und beschützen. Grace hasst den Winter und liebt die Berge (ja, das ist problematisch) und sie wünscht sich, sie könnte ihre Geschichten einfach downloaden, anstatt sie zwanghaft niederzuschreiben. Grace lebt im Westen der USA und ist professionelle Autorin, eifrige Leserin und bekennender Koffein-Junkie.

https://gracegoodwin.com

www.ingramcontent.com/pod-product-compliance
Lightning Source LLC
LaVergne TN
LVHW011823060526
838200LV00053B/3885